KB069356

엄마의
인생은 나에게
내일을 살아갈
기적이 되었다

엄마의 인생은 나에게 내일을 살아갈 기적이 되었다

초 판 1쇄 2021년 08월 19일

지은이 김영숙
펴낸이 류종렬

펴낸곳 미다스북스
총괄실장 명상완
책임편집 이다경
책임진행 김가영, 신은서, 임종익, 박유진

등록 2001년 3월 21일 제2001-000040호
주소 서울시 마포구 양화로 133 서교타워 711호
전화 02) 322-7802~3
팩스 02) 6007-1845
블로그 http://blog.naver.com/midasbooks
전자주소 midasbooks@hanmail.net
페이스북 https://www.facebook.com/midasbooks425

© 김영숙, 미다스북스 2021, *Printed in Korea*.

ISBN 978-89-6637-946-0 03810

값 15,000원

미다스북스는 다음세대에게 필요한 지혜와 교양을 생각합니다.

엄마의 인생은 나에게 내일을 살아갈 기적이 되었다

김영숙 지음

"엄마, 내 엄마로 살아줘서 고마워"
내가 가장 사랑했던 엄마의 이야기

미다스북스

프롤로그

가슴에 꼭꼭 숨겨뒀던 엄마의 이야기,
엄마는 우리에게 많은 걸 남기고 가셨다

나는 엄마에게 제대로 효도 한번 해보지도 못한 채 엄마를 보내야 했다. 엄마는 쉰아홉이라는 나이에 먼저 천국으로 가셨다. 쉰아홉이 얼마나 젊은 나이인지 그때는 몰랐다. 엄마가 많지 않은 나이에 돌아가셨다는 것이 세월이 갈수록 더 느껴진다. 엄마를 보내고 14년이란 긴 세월 동안 나는 엄마를 마음 한켠에 묻어두었다. 누군가 엄마의 얘기만 하면 마음이 아파서 피하고 싶었다. 그렇게 엄마의 얘기를 마음속 깊이 꼭꼭 숨겨두었다.

책을 쓰면서 내 마음에 슬픔으로 자리잡고 있던 엄마의 이야기를 하나씩 하나씩 풀어갔다. 제목을 정할 때부터 눈물이 났다. 목차를 만들고 한 글자 한 글자 써 내려가면서 마음이 풀리기 시작했다. 책을 다 쓰고 출간을 앞둔 지금은 오히려 마음이 편하다. 나는 엄마를 위해 그리고 사랑하는 아내를 먼저 보낸 아빠를 위해 이 책을 쓴다고 생각했다. 하지만 책을 다 쓰고 보니 오히려 나를 위해 쓴 것 같다.

우리 외갓집은 그 지역에서 제일 부자였다. 엄마는 부잣집 딸로 태어나 어렵지 않게 자랐다. 그러나 결혼할 때는 한쪽 다리에 장애가 있는 아빠를 만나 평생 아빠의 다리 역할을 하며 힘겹게 사셨다. 첫째 아들의 죽음으로 인한 슬픔, 연달아 딸 셋을 낳으며 받아야 했던 압박감, 아빠의 많은 사업 실패로 감당해야 했던 냉혹한 현실. 특히 배 사고로 삶과 죽음의 문턱에서 기적적으로 다시 살아난 아빠. 그 옆에서 모든 걸 온몸으로 받아들여야 했던 엄마의 삶. 엄마는 서울에 올라와 내 자식들 굶기지만은 말아야 한다는 생각으로 열심히 일만 하고 사셨다. 평생 밤낮이 바뀐 삶을 사셨다. 그 흔한 여행 한 번 가본 적도 없고 친구들을 만나 수다 떨며 밥 먹으러 가본 적도 없다. 가장 마음이 아픈 건 우리들이 가장 힘겹게 사는 모습만 보고 돌아가셨다는 것이다. 지금은 모두 다 잘살고, 엄마한테 많은 걸 해드릴 수 있는데…. 엄마를 생각해보면 모든 것이 아쉬움뿐이다.

하지만 엄마는 우리에게 많은 걸 남기고 가셨다. 그중의 첫 번째가 바로 엄마의 사랑이다. 엄마의 사랑은 인생을 살아가는 데 저기 밑바닥 가장 깊은 곳에 뿌리 박힌 사랑이다. 우리는 그 사랑의 힘으로 이 험한 세상을 이겨나가는 것 같다.

나는 언젠가는 엄마가 침상에서 나에게 들려준 이야기를 책으로 써야겠다고 생각했다. 아빠도 아빠가 지금까지 살아온 삶을 컴퓨터에 다 입력해두시고 책을 쓰고 싶어 하셨다.

어느 날 유튜브를 보다가 책을 쓰라고 강조하는 〈김도사TV〉를 보게되었다. 〈한국책쓰기1인창업코칭협회(이하 한책협)〉를 운영하시는 국내

최고의 책 쓰기 코치인 김도사님은 언젠가는 책을 쓰겠다는 생각을 하고 있던 나를 자극시켰다. '성공해서 언젠가는 책을 써야지.'라는 나의 꿈을 강하게 노크하는 것 같았다.

"성공해서 책을 쓰는 게 아니라. 책을 써야 성공합니다."
"백날 자기계발 책만 읽으면 뭐 합니까? 책 한 권 쓰는 게 진짜 자기계발입니다!"

김도사님의 이 이야기는 나의 사고를 완전히 바꿔놓았다. 나는 생각만 하고 있던 엄마의 이야기를 책으로 쓰기로 했다. 아빠도 팔십이 다 되셔서 더 나이 들면 몸이 쇠약해질 수도 있다. 아빠가 조금이라도 건강하실 때 빨리 써야겠다는 생각이 들었다. 아빠가 컴퓨터에 저장해둔 '나의 일생'이라는 파일을 받았다. 한글 파일로 30장 정도 되었다. 아빠가 주신 내용과 내가 알고 있는 것들을 토대로 엄마의 이야기를 써 내려갔다.

책을 쓰면서 '내가 지금 이렇게 힘든 걸 왜 하나?' 싶기도 했다. 지금은 다 쓰고 나니 감사함뿐이다. 먼저, 내가 막연하게만 갖고 있던 책 쓰기라는 꿈을 나의 의식을 열어 곧바로 실천하게 이끌어준 〈한책협〉 김도사(김태광 대표)님께 무한한 감사를 드린다. 항상 긍정의 마인드를 지니고 엄청난 파워로 이끌어주신 권동희 대표님께도 깊은 감사를 드린다. 책 쓰는 과정에서 많은 도움을 준 여러 코치님들께도 진심으로 감사드린다.

책을 쓰면서 느낀 게 있다. 하나는 오 남매 중 첫째로 태어난 큰언니가 얼마나 많은 고생을 했는지 알 수 있었다. 언니는 어릴 때부터 착한 딸이었다. 동생들 돌보는 건 일상이었다. 아빠가 배 사고 났을 때 엄마와 함께 밤을 지샌 것도 큰언니였다. 큰언니는 서울에 이사 와서 바쁘게 일만 하는 부모님 대신 집안일을 했고, 아침에 일찍 일어나 우리들 도시락도 싸줬다. 고생한 큰언니를 생각하면서 고마운 마음에 많이 울었다.

또 하나는 엄마를 고생만 하다가 일찍 돌아가신 불쌍한 분으로만 생각했는데 엄마가 정말 복이 많으신 분이었다는 게 느껴졌다. 엄마가 돌아가시는 그날까지 아빠는 엄마 옆에서 잠시도 떠나지 않고 엄마를 지켜주셨다. 그리고 누구도 외국에 가거나 멀리 살지 않고 우리 오 남매와 손자, 손녀들 모두 엄마 곁에서 같이 모여 살았다. 부모로서 정말 행복한 삶이라는 생각이 들었다.

엄마가 침상에서 남긴 말로 나의 삶이 완전히 바뀌었다. 말이 바뀌고, 의식이 바뀌었다. 이 책을 읽는 분들도 좋은 변화가 있으리라 믿는다. 서툰 컴퓨터 실력으로 원고를 다 보시고 일일이 피드백해주신 아빠께 정말 감사드린다. 이 책을 사랑하는 아빠와 나의 형제들에게 바친다. 우리 오 남매 혜영이 언니, 영미 언니, 경수, 민학이와 함께 엄마의 사랑을 다시 느끼고 싶다.

2021년 8월, 김영숙

차 례

1장　내가 가장 사랑했던 엄마의 이야기

2장 서울살이 10년 만에 분당에 아파트를 장만하다

3장 인생에서 가장 행복했던 시간

4장 엄마가 암이란다 얼마나 견딜 수 있을까?

5장 사랑은 나중에 하는 게 아니라 지금 하는 것이었다

절대 부모님은 기다려주지 않는다.
천년만년 나랑 같이 살 것만 같지만
절대 그럴 수 없다.
그래서 사랑은 나중에 하는 것이 아니다.
지금 옆에 계실 때 하는 것이다.

내가 가장 사랑했던
엄마의 이야기

01

딸이 무슨 공부를 해

요즘은 '여아선호' 사회라고 할 정도로 딸을 낳고 싶어 한다. 옛날에는 아들 못 낳으면 죄인 취급 받았는데 이제는 세상이 바뀌고 있다.

이런 사회 풍조로 나온 유머가 있다. '딸 둘에 아들 하나면 금메달, 딸 둘이면 은메달, 딸 하나에 아들 하나면 동메달, 아들 둘이면 목메달'. 세상에 이런 일이! 아들만 낳으면 목메달이라니…. 나는 졸지에 목메달 감이 되어버렸다. 요즘은 부모님께 무뚝뚝한 아들보다 살갑게 대해주는 딸을 선호하는 세상이 되었다.

엄마는 전라남도 신안군에 있는 섬에서 태어났다. 내가 어릴 때 부모님이 태어나신 곳을 가려면 반나절은 걸렸던 것 같다. 배를 타고 30분 정도 갔다. 배에서 내려서도 거의 2시간은 걸어가야 했다. 친가와 외가 친척들이 모두 그곳에 사셔서 방학 때는 항상 놀러 갔다. 시골은 논, 밭, 가축이 있으면 부자다. 외갓집은 일해주는 인부들이 있을 정도로 그 지역에서는 제일 큰 부자였다. 당시는 서울에 살아도 못 먹고 사는 사람이 많았다. 굶지 않고 잘 먹고 살면 그게 최고였던 세상이다. 그럭저럭 살았다던 아빠네 집도 죽을 먹었다고 했다. 동네에 끼니 걱정하며 못 먹고 사는 집들도 있었다고 한다. 그런 시절에 외갓집은 '쌀밥'을 먹고 살았다.

그때 당시는 철저한 '남아선호사상'이 팽배한 시기였다. 워낙 아들, 아들 했던 시기라, 여자가 시집가서 아들을 못 낳으면 그냥 죄인이 돼버렸다. 외할머니가 시집가서 딸을 연달아 넷을 낳았으니 시어머니의 구박이 이만저만이 아니었을 것이다. 그래서 외할아버지는 둘째 할머니를 들이셨다. 이유는 오직 아들을 낳기 위해서였다. 두 할머니는 좋은 분들이셨다. 두 분은 서로 옆에 살면서 돌아가실 때까지 잘 지내셨다. 그때 할머니 두 분을 큰할머니, 작은할머니라고 불렀다. 큰할머니는 자식을 1남 7녀, 작은할머니는 3남 1녀를 낳았다. 외할아버지의 자식이 총 열두 명이나 됐다. 그 시절에 열두 명의 자식을 쌀밥 먹여서 키웠다 하니 할아버지는 진짜 부자였나 보다.

할아버지가 돌아가시고도 두 할머니는 잘 지내셨다. 그래서 나는 작은 할머니랑 서울 아현동에 있는 삼촌 댁에 몇 번 간 기억이 있다. 서울에 갔다 오면 친구들한테 자랑하곤 했었다. 친구들한테 서울 말씨를 알려준 다고 잘난 척했다. 지금 생각해보면 서울 말씨도 아니고 사투리였는데 애들은 신기해했다.

외갓집은 잘사는데도 딸들에게는 배움의 기회를 주지 않았다. 가까이 있던 학교가 없어졌기 때문이다. 외할아버지 입장에서는 딸들을 공부 시 키려고 굳이 멀리까지 보내고 싶지는 않으셨던 모양이다. 딸들은 동네 서당에서 한글과 산수 정도 배우는 걸로 끝이었다. 아예, 서당조차도 못 들어간 이모도 있다.

얼마 전 외삼촌이 돌아가셨다. 외갓집 식구들은 거의 다 모인 것 같았 다. 삼촌, 이모가 열두 명이고 그 아래 자식들이 네다섯 명이니 다 모이 면 엄청난 식구들이다. 나는 셋째 이모한테 예전에 살아왔던 얘기를 들 었다. 옛날이야기 듣는 것 같이 너무 재미있었다. 이모들 이름도 웃겼다. 10월에 태어나서 시월이, 땅꼬, 천녀, 옥금, 매화…. 다음에 아들 낳으라 고 이름을 그렇게 지었다고 한다. 아마, 삼촌 이름은 목포에 가서 돈 주 고 지었을 것 같다. 나는 이모한테 "이모, 왜 할아버지는 딸들 학교를 안 보냈어요?" 물어봤다. 딸은 결혼하면 남의 식구니까 안 가르쳤다고 했다. 외할아버지는 "딸은 시집가서 살림만 잘하면 된다"고 말씀하셨다고 한다. 하루는, 우리 외할머니의 오빠들이 셋째 이모를 가르쳐보겠다고 외할아버지 몰래 데리고 갔다고 한다. 하지만 외할아버지한테 걸리고 말았다. 셋째 이모는 다시 집으로 돌아와야 했다. 그분들은 이모를 돈 하나도 안 들이고 대학까지 다 보내겠다고 했다. 그래도 외할아버지는 완강하게 반대하셨다.

이모는 그때 이모를 안 보내준 외할아버지가 지금은 너무 원망스럽다고 하신다. 다른 건 몰라도 글을 제대로 못 배운 게 한스럽다고 하셨다. 글을 모르니 지하철 탈 때나 버스 탈 때 너무 힘들었다고 한다. 대중교통을 이용할 때 물어물어 다니셔야 했다. 참 속 터질 일이다. 딸로 태어났다는 이유로 학교 문턱을 한 번도 못 디뎌봤다니….

나는 이모 옆에서 한참 이야기를 듣다 깜짝 놀랐다. 외삼촌이 초등학교 갈 때, 이모가 삼촌을 업고 학교까지 바래다줬다고 한다. 외삼촌이 닳을까 봐 학교까지 업고 갔다고 한다. 나중에는 키가 커서 업어도 발이 땅에 닿으니 리어카같이 생긴 걸 만들어서 태우고 다녔다고 했다. 이모한테도 집안에 하나뿐인 아들인 외삼촌이 너무 귀했다고 한다. 이모랑 삼촌 나이 차이가 여섯 살밖에 나지 않는데도 동생을 업고 학교에 바래다줬다니…. 지금으로써는 상상도 못 할 일이다. 외삼촌은 그 많은 딸 중에 아들이 하나니, 얼마나 귀했을까? 온 가족의 귀남이다.

1992년 MBC에서 〈아들과 딸〉이라는 인기 드라마가 방영되었다. 드라마 배경은 1960년대부터 1980년대까지를 보여준다. 남아선호사상이 깊게 뿌리내린 집에서 이란성 쌍둥이로 태어난 김희애(후남이)와 최수종(귀남이)의 이야기다. 이름만 들어봐도 알 수 있다. 그야말로 귀남이는 귀한 아들이었다. 쌍둥이 누나가 남동생 기죽인다고 누나는 남동생보다 뭐든지 잘하면 안 된다. 쌍둥이 누나는 항상 찬밥 신세였다. 같은 날 같은 시에 태어났는데도 누나는 남동생을 위해 생일 잔칫상을 차려주려고 엄마와 부엌에서 일해야 한다. 이것 하나만 봐도 알 수 있다. 당시에는 여자로 태어났다는 이유로 엄청난 차별 대우를 받고 자랐다는 걸. 인기가 많았던 드라마였다. 드라마를 보고 온 다음 날에는 삼삼오오 모여 드라마 얘기를 했다. 아들과 딸을 차별하는 엄마 때문에 열 받고 속 터져 하는 여자들이 많았다. 60년대에도 아들과 딸을 그렇게 차별했는데, 40년도에 태어난 우리 엄마는 말할 것도 없다.

엄마도 우리가 자랄 때 항상 하신 말씀이 못 배운 게 한이라고 하셨다. 욕심도 많고 뭐든 열심히 하는 엄마가 공부했다면 아마 전혀 다른 인생을 사셨을 것이다. 엄마는 집에서 인부들 밥이랑 간식을 차려주고 집안일을 했다고 한다. 꿩 잡으러 나가기도 했는데 꿩을 누구보다 잘 잡았다고 했다. 지는 게 죽어도 싫어서 뭘 해도 누구보다 잘했다고 한다. 그렇게 지기 싫어하고 욕심 많은 엄마였는데 엄마가 공부했다면 어떤 인생이었을까?

이모들이 다들 그런 환경에서 자라서인지 아들밖에 모른다. 모두 자식에 대한 사랑이 엄청 강하다. 하지만 그중에서도 아들을 너무 티 나게 더 좋아하신다. 장례식장에 모여서 얘기하는 이모들은 모두 아들 자랑이다. 엄마도 결혼해서 딸 셋을 연달아 낳고 넷째로 남동생을 낳았다. 그러다 보니 내 남동생은 귀남이었다. 바로 위에 누나인 나로서는 항상 그게 불만이었다. 엄마는 우리 중 그 누구의 생일도 챙겨준 적이 없다. 하지만 남동생의 생일만큼은 챙겨주셨다.

하루는 엄마가 나를 생각이나 하는지 시험해보고 싶었다. 그래서 집 나가겠다고 말하고 며칠 친구 집에서 생활했다. 같은 동네에 사는 친구였다. 나는 엄마가 찾아올 줄 알았다. 내가 나갈 때 은정이네 집에 가 있겠다고 말하고 나갔기 때문이다. 아무리 기다려도 엄마는 나를 찾으러 오지 않았다. 친구 엄마의 얘기를 들으니, '영숙이 잘 있죠?'라고 물어봤다고 한다. 내가 엄마한테 두 손 두 발 다 들었다. 내가 졌다. 나는 다시 집으로 들어갔다. 엄마가 어릴 때 아들밖에 모르는 집에서 자랐으니 엄마도 어쩔 수 없다고 생각하고 포기했다.

내 남동생이 조금만 늦어도 걱정하셨던 분이다. 딸들이 늦게 오는 건 아무렇지도 않아 하셨다.

"엄마, 밤에 다니면 위험한데 딸 걱정해야지. 아들이 뭐가 걱정이야?"

얘기해도 아무 대답이 없었다. 딸 셋 낳아 구박받고 살다가 아들을 낳았으니…. 엄마한테는 얼마나 귀한 아들이었겠냐마는 사춘기 시절 나는 그걸 이해할 수 없었다. 엄마는 내가 차별한다고 불만을 얘기하면 "다섯 손가락 깨물어 안 아픈 손가락이 어딨겠냐?" 하셨지만 엄마의 행동은 달랐다. 하루는 언니가 그랬다.

"네가 이해해라. 아들 못 낳는다고 구박받았으니 아들이 얼마나 귀하겠냐?"

내 남동생이 태어난 날 나는 엄마 옆에 있었다. 엄마가 혼자 애기를 낳은 것이다. 온 방이 피범벅이 되었다. 엄마는 나에게 빨리 나가서 엄마고추 낳았다고 얘기하라고 했다. 그때, 내가 네 살이었다. 그런데 그때의 그 장면이 생생히 기억이 난다. 나는 엄마가 시키는 대로 집 밖으로 나가 엄마가 고추 낳았다고 얘기하고 다녔다. 엄마에게는 그날이 엄마 생에 가장 기쁜 날이었을 것 같다.

엄마는 돌아가시기 몇 년 전에 한글을 배우러 다니셨다. 글을 배우고 싶어 하는 나이 많은 어른들이 다니는 곳이다. 평생 배우지 못한 한을 풀려고 한글 공부를 시작하신 거다. 공부하고 온 날은 복습을 잘하는 성실한 학생이셨다. 엄마는 공부하면서 너무 행복해하셨다. 딸로 태어났다는 이유로 배움의 길을 가보지 못한 우리 엄마…. 바둑판 공책에 연필로 또박또박 한글을 쓰던 엄마의 모습이 생각난다.

부잣집 딸의 결혼

"행복한 결혼 생활에서 중요한 것은 서로 얼마나 잘 맞느냐보다 다른 점을 어떻게 극복해나가느냐이다."

톨스토이의 결혼에 관한 명언이다. 절대 그 누구도 심지어 같은 날 같은 시간에 태어난 쌍둥이라도 다 다르다. 하물며 결혼을 위해 만난 남녀는 오죽하겠는가? 나랑 잘 맞아서 결혼한 사람도 결혼해 살다 보면 안 맞는 것투성이다. 20~30년 동안 서로 다른 환경에서 서로 다른 부모님 밑에서 살아왔는데 맞는 게 있다는 것이 오히려 신기한 일이다. 신발 벗고 들어오는 것부터 시작해서 수건 걸어놓는 것, 양말 벗어놓는 것 등 아주 사소한 것까지 서로 다른 것들이 너무 많다. 조금씩 양보하고 이해하지 않으면 서로가 서로에게 이해 안 갈 부분이 너무 많다.

아빠는 외삼촌의 친구였다. 한 동네 위, 아랫집에 살면서 아빠는 외삼촌 집에 자주 놀러 갔다고 한다. 그 동네에서 고등학교를 목포로 다닌 분이 유일하게 아빠와 삼촌이라고 했다. 그래서 친하게 지냈다고 한다. 아빠는 친구 집에 갈 때마다 삼촌의 바로 아래 동생인 엄마를 자주 보게 되었다고 했다. 밭일을 해주는 인부들이 있어서 엄마는 밭에 나가 일하지 않고 주로 집에서 집안일을 했다고 한다. 집 안을 청소하고 인부들 밥과 간식을 챙겨 드렸다.

아빠가 친구 집에 놀러 가면 집은 항상 깨끗하게 정리되어 있었다고 했다. 다른 이모들도 엄마랑 같이 집안일 하면서 지냈을 것이다. 그래도 유독 엄마는 집 밖에 잘 안 나가고 집안일을 더 부지런히 도와 드렸던 딸 중의 하나였다. 아빠는 부지런하고 깔끔한 엄마가 마음에 들었다고 한다.

아빠는 외삼촌에게 엄마와 사귀어보고 싶다고 얘기했다. 그때는 외할아버지가 돌아가시고 안 계셔서 외할머니의 허락만 받으면 되었다. 외할머니는 반대하지 않고 잘 사귀어보라고 했다고 하신다. 아빠도 친할아버지에게 엄마를 사귀어도 괜찮을지 여쭤보셨다. "그 집 어머니가 좋은 분이라 그 딸도 좋을 거다."라고 흔쾌히 승낙하셨다고 한다. 우리 외할머니는 그 동네에서 좋은 분으로 소문났던 분이다. 외갓집은 워낙 살림이 큰 부자라서 일손이 부족할 때가 많았다. 그럴 때마다 동네 사람들이 외할머니를 도와줬다고 한다.

양쪽 부모님의 허락을 받은 우리 부모님은 1년 정도 사귀다가 결혼하셨다. 그때 아빠는 스물다섯 살, 엄마는 스무 살이었다.

엄마가 항상 우리 딸들한테 한 얘기가 있다. 절대 결혼 빨리 하지 말아라. 최대한 늦게 해라. 지금 생각해보면 엄마가 어떤 마음으로 그런 말을 했는지 알 것 같다. 여자는 결혼과 동시에 모든 삶이 변하게 된다. 특히 우리나라는 더 심하다. 결혼과 관련된 속담 중에 "죽어도 시집 울타리 밑에서 죽어라"는 게 있다. 여자가 한 번 결혼하면 시집에서 끝까지 살아야 한다는 말이다. 요즘 같은 세상에서는 젊은 친구들이 이해하지 못할 속담이다.

우리나라에서 빈번히 발생하는 병이 있다고 한다. 바로 '명절증후군'이다. 명절 때문에 받은 스트레스로 생기는 병이다. 우리나라 고유의 문화에서 발생하는 일종의 '문화증후군'이다. 요새는 다들 맞벌이를 한다. 하지만 명절에는 여자들이 하는 일이 훨씬 많다. 명절 때 시댁 가서 일하고 명절이 끝나면 남자들과 똑같이 출근한다. 그래서 명절에 받은 정신적, 육체적 스트레스로 명절 뒤에 병원을 찾는 여자들이 많다고 한다. 얼마나 정신적으로 힘들면 정신과까지 찾아갈까?

세상이 많이 변한 건 맞다. 그래도 아직까지 여자에게 불리한 것이 더 많다. 남편들이 많이 도와준다고 하지만 아이들 돌보는 거, 살림하는 건 여자의 몫이다. 거기다 똑같이 사회생활을 하고 있으니, 결혼한 여자들은 슈퍼우먼이 되어야 한다.

친정에서는 모두 귀한 딸들이다. 평생을 다른 환경에서 살아왔는데 전혀 다른 환경에 적응해서 산다는 건 쉬운 일이 아니다. 그런데 우리 사회는 며느리니까 당연히 그래야 한다는 분위기다. 엄마 시대 때는 더 심했다. 시집가면 그 집 사람인 것이다. 죽을 정도로 힘들어도 친정 가서 못 살겠다고 말할 수도 없었을 것이다. 호된 시집살이를 겪은 분들은 시금치의 '시' 자만 들어도 싫다는 말을 한다.

엄마는 친할머니가 일찍 돌아가셔서 시어머니의 시집살이는 없었다고 한다. 대신 한참 윗 동서인 큰엄마가 너무 무서웠다고 했다. 엄마는 큰엄마가 저기 멀리서 걸어오면 벌벌 떨었다고 한다. 큰엄마랑 나이 차이가 많이 나서 대하기가 조심스러웠다고 했다.

시댁은 식구가 많았다. 엄마는 그 살림을 하느라 잠도 제대로 못 잤다고 했다. 아침에 일찍 일어나 항아리에 물을 길어 와야 했다. 그때는 수도가 없어서 밥하고 설거지하고 가족들 씻을 물을 샘에 가서 길어 왔어야 했다. 물 긷는 건 여자들이 해야 할 일이었다. 엄마는 친정에서 한 번도 해보지 않은 농사일도 해야 했다.

남들 다 하는 일인데 뭐가 그리 힘들까 생각할 수도 있다. 그래도 한 번도 해보지 않은 일을 한다는 건 엄마한테는 너무도 힘든 일이었다. 아빠의 왼쪽 다리가 불편하셔서 아빠가 해야 할 일도 엄마가 대신했다. 아빠는 세 살 때 침을 잘못 맞았다. 왼쪽 다리가 뼈는 계속 자랐지만 근육이 정상적으로 성장하지 않아 왼쪽 다리에 힘이 별로 없었다.

하지만 워낙 공부도 잘하고 활발하셔서 엄마는 아빠의 그런 면을 보고 결혼하신 것 같다. 아빠는 걸을 때 아픈 한쪽 다리를 살짝 지탱해서 걸으신다. 걷는 데는 문제 없다. 무거운 짐을 들어서 옮겨야 하는 일만 못 했다. 우리 오 남매를 키울 때도 애기를 업는 것도 안아주는 것도 다 엄마가 했다. 엄마는 평생 아빠 다리 역할을 해주셨다.

옛말에 '여자 팔자 뒤웅박 팔자'라는 말이 있다. 여자는 어떤 남자를 만나서 결혼하느냐에 따라 팔자가 결정된다는 말이다. 요새는 여자들이 사회생활을 많이 해서 여성 CEO도 많다. 남편보다 더 수입이 많은 여성도 많다. 학벌도 남성에 뒤지지 않는다. 하지만 옛날에는 남편이 벌어다 준 돈으로 살아야 했다. 남편의 수입이 적다고 해서 여자가 당당하게 나가서 일하는 시대가 아니었다. 그저 남편이 벌어다 준 돈으로 알뜰하게 가정을 꾸려나가야 했다.

1950~60년 우리나라 시골에서 쌀밥을 배불리 먹고 사는 집이 얼마나 됐을까? 엄마는 온 식구가 쌀밥 먹고 일했을 정도로 그 지역에서 제일가는 부잣집의 딸이었다. 결혼 전에는 특별한 고생 없이 살아서 그런지 결혼하고 나서 '내가 왜 결혼했을까?' 하고 후회했다고 한다. 엄마의 발등을 찍고 싶을 정도였다고 한다. 아빠랑은 사이좋은 부부로 잘 지냈지만 육체적으로 힘든 것들이 엄마를 후회하게 만든 것이다.

우리 친가와 외가는 바로 위, 아랫집이었다. 엎어지면 코 닿을 만한 가까운 곳이 엄마의 친정집이다. 나 같으면 친정엄마한테 가서 힘들어서 못 살겠다고 했을 것 같다. 엄마는 외할머니가 걱정하실까 봐 힘들다는 내색을 안 하셨다고 한다. 그냥 꾹 참고 살았다고 했다. 엄마가 외할머니에게 가서 몸이 힘들다고 투정 부렸다면 외할머니는 일할 사람이라도 보내줬을지도 모른다.

아빠는 사람들과 어울리는 걸 좋아하셨다. 술도 좋아하시고 화투도 엄청 잘 치셨다고 한다. 머리가 좋아서 그런 것도 잘하신 것 같다. 명절에 남동생 둘과 아빠가 화투를 칠 때가 있었다. 두 아들은 아빠한테 기도 못

편다. 어릴 적 기억에 나는 아빠를 졸졸 쫓아다니는 막내딸이었다. 아빠가 안 들어오실 때는 어디에 계신지 다 알고 있었다. 엄마는 가끔 아빠가 나가서 안 들어오면 나한테 아빠 좀 데리고 오라고 시켰다.

추운 겨울이 되면 시골에서는 별로 할 게 없다. 남자들은 모여서 오직 화투 치는 게 일이었다. 아빠는 사람을 좋아하셔서 친구들과 자주 술도 마시고 화투도 치셨다. 아빠가 "술 좋아하고 화투를 좋아해서 엄마의 애를 태웠다"고 말씀하셨다. 엄마는 아빠가 좀 더 엄마와 있어주길 원하셨던 것 같다. 그래도 아빠는 성실한 분이셨다. 한참 젊을 때라 친구들과 어울리는 걸 좋아하셨던 것 같다.

어딜 가든 손으로 들고 다니는 건 다 엄마의 몫이었다. 교회 갈 때 성경이 든 무거운 아빠의 가방을 항상 엄마가 들고 다니셨다. 아빠와 살면서 행복한 일도 많았겠지만 장애인 남편과 살면서 보통 여자들보다 감당해야 할 것들이 더 많았을 것 같다. 남부럽지 않은 부잣집 딸로 태어나 남들보다 편하게 살았다. 하지만 결혼할 때는 장애가 있는 남자를 택했다. 아빠의 성실함과 정직함, 긍정적이고 적극적인 모습을 보고 아빠를 선택하셨을 것 같다. 부잣집에 태어나 편하게 살았던 엄마는 결혼과 동시에 모든 것이 바뀐 삶을 사셨다.

03

셋째도 또 딸이야?

부모님이 결혼하고 2년 만에 첫째 아들이 태어났다. 딸만 낳는다고 구박받았던 외할머니와는 다르게 처음부터 아들이 태어났으니 얼마나 기뻤을까? 엄마는 어릴 때부터 오직 아들 아들 하는 그런 집안 환경에서 자랐다. 그 당시 아들을 못 낳는 여자는 심한 구박도 감당해야 했다. 그런데 처음 태어난 아이가 아들이었으니 심적인 부담은 없었을 것이다.

하지만 그 아들은 네 살 때 물에 빠져 죽고 말았다. 네 살이면 가장 재롱 부리고 눈에 넣어도 안 아플 만큼 예쁜 시기다. 부모님은 몇 달 동안 밖에 못 나갔다고 한다. 특히 엄마는 제정신이 아니었을 것이다. 시댁을 나와 분가해서 행복하게 사는 것 같았다. 그런데 아들의 죽음이라니…. 어느 누가 그걸 감당할 수 있겠는가? 부모님은 그 슬픔을 달래기 위해 다음에 태어날 아기는 아들이든 딸이든 빨리 낳고 싶었다고 했다.

그 뒤 첫째 큰언니가 태어났다. 언니가 태어났을 때는 너무 기뻤다고 했다. 자식을 잃은 뒤 얻은 딸이었다. 그러니 얼마나 사랑을 쏟았겠는가? 둘째는 아들이길 바랐겠지만 또 딸이었다. 둘째도 딸이니 그냥 섭섭했을 것 같다. 셋째는 양보할 수 없었을 것이다. 당연히 아들이 태어나야 한다고 생각하셨을 것 같다. 그런데, 현실은 또 딸이었다. 아빠는 태어난 나를 쳐다보지도 않고 "또 딸이냐? 에이~" 하면서 나가버리셨다. 셋째마저 딸이 태어나서 말로 표현할 수 없이 속상하셨나 보다.

나는 둘째 영성이를 낳고 산후조리원에서 몸조리를 했다. 산후조리원은 병원에서 아기를 낳고 몸조리하러 들어가는 곳이다. 아기들은 한곳에 모여 조리원에 근무하는 분들이 보살펴준다. 엄마 대신 목욕도 시켜주고 재워주고 우유도 먹여준다. 아기가 젖 먹어야 하는 시간에는 젖 먹이라고 불러준다.

산모들은 아기를 바로 출산하고 왔기 때문에 몸이 정상이 아니다. 제대로 앉지도 못하고 걷지도 못할 수도 있다. 나는 자연 분만을 했고 건강해서 그런지 바로 앉아 있었고 잘 걸어 다닐 수 있었다. 그래서 답답한

방 안에 혼자 있지 않고 항상 공동으로 사용하는 거실에 나와 있었다. 아기를 낳은 엄마들의 처음 이야기는 다 똑같다. 아들인지 딸인지, 아기를 어떻게 출산했는지, 몇 시간이나 진통했는지 이야기한다.

출산한 엄마들끼리 옹기종기 모여 앉아 이야기하는 시간이 많았다. 사연도 여러 가지다. 한 엄마는 첫째 딸을 낳고 이번에 둘째도 딸을 낳았다고 한다. 그래서 시댁 어른들 보기가 죄송스럽다고 울면서 얘기했다. 아들을 못 낳은 스트레스가 이만저만이 아니었다. 아들만 셋을 낳은 엄마도 있었다. 두 아들도 힘든데 셋째마저 아들이니 어떻게 키울지 막막하다고 했다. 아들만 키우는 엄마들은 딱 봐도 다르다. 씩씩하게 보인다고 해야 하나? 아무튼 딸 키운 엄마와는 분위기가 다르다.

부모 된 입장에서는 아들도 있고 딸도 있으면 좋을 것이다. 그런데 자식들 다 키워놓은 어른들 말씀은 좀 다르다. 키울 때는 동성이 좋다고 하신다. 동성끼리는 같이 크면서 공유할 수 있는 게 많고 다 커서도 잘 지낸다고 했다.

딸 낳으면 낳는 날만 좀 서운하지 키우면서도 좋고 다 커서는 더 좋다고 한다. 아들은 낳는 그 순간만 맘이 편하지 그 이후부터는 고생 시작이라고 한다. 키우면서도 힘들고, 잘 키워났더니 남의 식구란다.

내가 출산한 시기인 2000년대 초만 해도 아들은 하나 있어야 한다는 분위기였다. 요새는 진짜 딸을 더 선호하는 사람들이 많아졌다. 결혼해서 사는 걸 봐도 딸들이 부모님에게 살갑게 잘하고 잘 챙겨준다. 남자는 여전히 자기의 부모님한테도 무심하다. 어른들의 말씀이 다 키워보니 딸이 좋다고 많이 말씀하신다. '딸을 낳으면 비행기 타고 아들 낳으면 버스 탄다'는 말이 괜히 나온 게 아니다.

과거, 1993년의 셋째 아이 이상 출생성비는 여자아이 100명당 남자아이 209.7명을 넘을 만큼 성비 불균형이 심각했다. 2020년 인구 동향 조사 결과 출생성비는 여자아이 100명당 남자아이가 104.9명으로 '남아선호사상'이란 말이 무색해지고 있다. 오히려 느껴지는 분위기로는 '여아선호사상'으로 바뀌고 있는 것 같다.

우리 친정은 오 남매다. 딸 셋, 아들 둘이다. 딸을 연달아 셋을 낳고 남동생 둘이 넷째, 다섯째로 태어났다. 엄마는 진짜 아들 욕심이 많았던 것 같다. 넷째 남동생이 엄마의 한을 풀어줬을 텐데도 아들은 하나 더 있어야 한다고 했다. 그래서 다섯째 막내를 낳은 거라고 하셨다. 엄마의 바람대로 다섯째도 아들이었다.

엄마는 막내를 낳고 많이 아팠다. 나의 기억으로는 엄마가 아파서 힘이 없이 항상 누워 있었다. 엄마가 아픈 걸 알았는지 다행히 막냇동생은 순한 아들이었다. 엄마가 너무 아파서 아무것도 할 수 없었다. 그래서 친척 언니들이 와서 엄마 대신 밥도 해주고 살림을 해줬었다. 아픈 엄마를 대신해 큰언니가 일을 많이 했다. 그래서 내가 놀지도 못하고 집에서 엄마를 도우면서 동생들을 돌봐줘야 했다. 아빠는 아픈 엄마를 위해서 건강에 좋다는 건 다 사다 주셨다.

자식 많은 집에 모든 부모님들이 대부분 그렇듯 아빠, 엄마는 큰딸과 큰아들이 더 맘이 갔던 모양이다. 큰언니는 처음에 태어난 오빠가 죽고 난 뒤 생긴 자식이라 애지중지 키웠을 것이다. 자식을 잃은 부모의 마음을 위로하는 딸이 태어났으니 사랑을 한 몸에 받았을 것이다. 넷째 남동생은 딸을 연달아 셋을 낳고 태어난 아들이다. 부모님께는 엄청난 기쁨을 선사한 자식이다. 친할아버지는 내가 세 번째 딸로 태어났을 때, 엄마에게 한마디 하셨다고 했다. "지 에미가 딸만 낳더니 그 딸도 딸만 낳네…." 엄마도 한마디 했다고 한다. "아부지, 내가 꼭 아들을 낳을 테니 걱정마쇼." 하셨다고 했다. 3년 뒤 바라고 바라던 아들이 태어났다. 부모님의 고향 마을과 읍내 우리 동네는 경사 난 날이다. 아빠는 엄마가 몸을 좀 추스릴 수 있는 일주일 뒤 동네잔치를 벌였다고 한다.

언니 둘은 부모님이 사시던 농사 짓는 시골에서 태어났다. 나와 내 남동생들은 읍내에서 태어났다. 그때 부모님이 열심히 살아서 가게가 장사도 잘되던 시기다. 엄마는 오직 자식밖에 몰랐다. 어디 가서 누구랑 놀아 본 적도 없다. 오직 가는 곳은 교회뿐이었다. 아빠는 어른들과 술도 마시고 잘 어울리시는 분이셨다. 하지만 엄마는 오직 집에서 우리 오 남매만 키우고 장사만 하셨다.

그곳은 시골이라 아이들은 다들 얼굴이 시커멓게 그을려 있었다. 동네 아이들과는 다르게 큰언니는 공주처럼 자랐다. 부모님은 또 자식을 잃게 될까 봐 언니를 조심히 키웠다고 한다. 큰언니는 긴 머리를 항상 땋고 다녔다. 다른 아이들과는 좀 다르게 컸다고 한다. 언니 동창들 말에 의하면 큰언니는 그 동네에서는 서울 사람이었다고 한다.

그 동네에 피아노 학원이 처음 들어왔을 때 큰언니는 피아노를 배웠다. 아마 피아노라는 건 TV에서나 보는 신기한 물건이었을 것이다. 아빠는 큰언니를 위해서 엄청나게 비싼 백과사전도 사주셨다. 반면 둘째 언니는 남자처럼 지냈다. 리어카를 가져다가 애들 태워서 온 동네를 돌아다녔다고 했다. 남자처럼 산에도 다니고 완전 선머슴처럼 자랐다고 했다. 내 기억으로도 둘째 언니는 머리카락을 길러본 적이 없는 것 같다. 항상 짧게 잘려 있었고, 큰언니는 긴 머리카락이었다.

나는 아빠가 어딜 가실 때 아빠의 껌딱지였다. 안 데리고 가면 울고불고 난리를 치니 어쩔 수 없이 데리고 다녔다. 아빠가 화투를 칠 때도 어른들과 술을 드실 때도 나는 항상 옆에 있었다. 시간이 지나면 그 옆에서 자고 있었다고 한다. 넷째와 다섯째는 너무 어려서 엄마 품에서만 지내던 시절이다.

우리가 서울로 올라와 분당에 살았을 때 얘기다. 한번은 외할머니가 우리 집에 쉬려고 올라오셨다. 14층까지 올라오려면 엘리베이터를 타야 한다. 외할머니는 엘리베이터를 타면 어지럽다고 하셨다. 우리는 외할머니한테 엘리베이터는 가끔 타시고 더 계시라고 했다. 하지만 답답한 아파트 생활을 견디지 못한 할머니는 얼마 안 계시고 다시 시골로 가셨다.

엄마는 시집가기 전까지 외할머니랑 한 번도 떨어져본 적이 없었다. 집에서 살림만 했다고 하니 외할머니랑 가장 많은 시간을 보냈을 거다. 외할머니의 모든 삶을 옆에서 지켜보고 자란 거다. 엄마는 외할머니가 아들 못 낳아 받은 한스러운 삶을 옆에서 가장 많이 지켜보고 살았을 것이다. 엄마는 외할머니를 시골에 다시 내려보내고 '어메~ 어메~ 우리 어메~' 하면서 울었다. 나는 그때 어려서 그 눈물의 의미를 몰랐다. 지금 생각해보면, 아들을 못 낳은 죄인의 모습으로 살았던 외할머니를 생각한 마음의 눈물이 아닐까 싶다.

04

아빠는 배, 엄마는 항구

읍내에 나와 시작한 부모님의 장사는 잘됐다. 새로운 상가를 매입하여 가게를 확장하셨다. 아빠는 주변 각 마을에 자전거로 물건을 배달했다. 그리고 여객선을 이용해서 섬마을까지 물건을 배달했다.

장사는 점점 잘되었다. 섬으로 배달하는 횟수가 늘어나니 배가 필요했다. 배를 마련하고 선장과 기관장을 두었다. 섬에 있는 가게로 배달하면서 많은 매상도 올리게 되었다. 아빠는 섬으로 배달 가는 날이면 아침 일찍 출발하여 밤늦게 들어오셨다고 한다.

어느 날은 가까운 섬으로 아빠 혼자 외상값을 받으러 갔다. 가다가 배가 움직이지 않고 멈춰버렸다. 기관 고장으로 위험한 일을 겪게 된 것이다. 다행히 지나가는 배의 도움으로 구조되었다.

그날이 바로 아빠의 심경이 변한 날이다. 아빠는 엄마가 교회 가는 걸 너무 싫어하셨다. 엄마가 아빠를 두고 잠시도 혼자 어딜 가는 걸 싫어하셨다. 엄마는 항상 아빠 옆에 있어야 했다. 엄마한테 교회 가지 말라고 하면서 성경책을 찢기까지 하셨다.

하루는 아빠가 배를 샀으니 고사를 지내자고 했다고 한다. 엄마는 교회 다니는 사람한테 어떻게 고사를 지내자고 하느냐고 아빠랑 다퉜다고 한다. 아빠는 그날, 교회를 다니는 엄마를 핍박해서 이런 어려움을 당하는구나 하는 생각이 들었다고 했다. 아빠는 배 사고가 났던 날 이후로 엄마랑 교회를 다니게 되었다.

아빠가 배에 물건을 가득 싣고 섬으로 배달 가던 추운 1월의 어느 날 이야기다. 아빠의 말로 전해본다.

． ． ．

명절 기간에는 다 쉬기 때문에 명절 동안 밀린 주문이 많았다. 명절이 지나고 배에 물건을 가득 싣고 선장, 기관장과 함께 배를 몰고 나섰다. 한 시간 정도 가는데 배가 이상했다. 배는 움직이지 않고 바다 한가운데서 멈춰버렸다. 그때가 오후 5시 정도 되었다. 기관장이 기계를 고치기 위해 아무리 시도해봐도 배는 움직이지 않았다. 날은 점점 어두워져 가고 있는데 배는 물결 따라 바다로 밀려만 가고 있었다.

그때 전투 경찰 근방 초소를 지나게 되었다. 나는 구조선을 보내 달라고 소리쳤다. 초소에서는 구조선을 보내겠다고 스피커를 통해서 대답해 주었다. 하지만 아무리 기다려도 구조선은 오지 않았다. 배는 차츰 큰 바다로 떠밀려 가고 있었다.

라디오에서는 태풍 주의보가 발효 중이라는 일기 예보가 나왔다. 정말 참담한 심정으로 밤은 깊어만 갔다. 시간이 밤 11시, 12시를 지나는데 태풍 주의보가 태풍 경보로 변했다. 파도는 점점 거세지고 산더미처럼 무섭게 밀려왔다. 파도는 금방이라도 배를 삼킬 것 같았다. 이제는 살 수 없는 지경에 놓이게 되었다. 해양경찰서에서도 태풍이 너무 심해 구조선을 보내주지 못한 것 같았다.

두려움을 느낀 기관장은 모든 걸 포기한 마음으로 바다로 뛰어내리려고 했다. 나는 큰소리를 치면서 뛰어내리지 못하게 기관장을 말렸다. 태풍은 점점 더 거세지고 금방이라도 배를 삼킬 것만 같았다. 배는 계속 침몰 직전의 위기였다.

나는 하나님께 살려달라고 하면서 기도하고 찬송을 불렀다. 안사람이 평소에 자주 불렀던 곡이다. '나의 갈 길 다 가도록 예수 인도하시니…. 무슨 일을 만나든지 만사형통하리라.' '하나님! 우리를 살려주십시오. 오늘이 주일날인데도 주일을 온전히 지키지 못했습니다. 내 욕심만 생각하고 주일을 범했습니다. 이번 한 번만 살려주십시오. 살려주시면 평생 주일을 범하지 않겠습니다.' 집에 있는 나의 아내와 어린 다섯 자녀들이 걱정이 되어 울면서 기도했다.

배는 거센 파도에 실려 먼바다로 밀려가고 있었다. 점점 시간은 흘러가고 살아날 가망이 전혀 없는 상태라는 생각이 들었다. 만약 배가 침몰되면 가족들이 나의 시체라도 찾아야 한다는 생각이 들었다. 그래서 배 앞칸에 있는 조그마한 방 같은 곳에 들어가 있었다. 싣고 왔던 물건 중에 소주가 있었다. 나는 소주를 마시고 아내와 자식들을 생각하면서 배가 침몰되는 순간만을 울면서 기다렸다.

선장이 나를 큰소리로 부르며 "사장님! 이제는 진짜 다 끝났습니다."라고 소리쳤다. 배의 주변을 살펴보니 바다 한가운데에 우뚝 솟은 바위(암초)가 보였다. 배가 그 암초에 부딪치면 이제 다 죽는 것이다. 선장은 "이제는 살 수 없습니다. 이제는 다 죽었습니다."라고 말했다. 배는 암초 있는 곳으로 가고 있었다. 배가 암초 옆으로 다가가더니 한참을 머뭇머뭇했다. 우리는 그 순간 암초로 내려야겠다고 생각했다. 나는 기관장과 암초로 내렸다. 선장은 미처 내리지 못했다. 배는 다시 큰 바다로 밀려 밀려갔다. 한참 후에야 또다시 배가 암초 옆으로 밀려왔다. 그 순간 선장도 배에서 내리게 되었다. 배에 타고 있던 우리 세 사람이 다 암초에 내렸다. 배는 다시 뒤로 밀려가더니 산더미 같은 파도가 배를 삼켰다. 배는 바닷속으로 침몰됐다. 그 배에 계속 타고 있었다면 어떻게 됐을까? 우리는 다 죽은 목숨이었을 것이다.

침몰된 배에서 탈출은 했지만 바닷물이 밀물이면 바닷물에 덮쳐 죽는 거다. 반면 바닷물이 썰물이면 바닷물이 빠지게 되어 살 수 있었다. 바닷물이 밀물이냐 썰물이냐에 따라서 우리는 다시 생사기로에 서 있었다.

암초에 앉아 나는 하나님께 기도를 하면서 살려달라고 애원했다. 우리는 한참 후에 바닷물이 빠지는 썰물 시간대라는 걸 알게 되었다. 새벽 네다섯시 쯤 되었을때 바닷물이 빠져나가는걸 볼 수 있었다. 그때, 바다 저편에 사람들이 보였다. 사람들을 향해서 살려달라고 소리쳤다. 우리가 외치는 소리를 들은 사람들은 염려하지 말라고 했다. 바닷물이 어느 정도 빠지게 되면서 육지로 건너갈 수 있는 길이 생겼다.

우리는 구사일생으로 기적처럼 살아나게 되었다. 우리가 태풍을 만나서 바다 한가운데 떠다닌 시간이 11시간에서 12시간 정도였다. 그 면에 있는 지서 직원들과 마을 주민들이 같이 나와 있었다. 목포경찰서에서 전화가 와 해변으로 나와 있었다고 했다. 어젯밤에 그쪽에서 배가 침몰했는데 시체 3구가 떠밀려올 것이라고 연락받았다고 했다. 목포경찰서에서는 배가 바닷물에 침몰된 후부터 수신이 안 되니 우리가 다 죽었다고 생각했던 거다.

온몸은 꽁꽁 얼어 있었다. 우리는 그 마을의 어느 집으로 들어갔다. 따뜻한 물을 주고 따뜻한 물로 씻게 하고 식사까지 주셨다. 그 마을에서 2~3일 정도 더 머물게 되었다.

마을에 어떤 사람이 바닷가에서 많은 물건이 떠 밀려왔는데 혹시 우리 물건이 아니냐고 물었다. 바닷가에 가보니 우리가 싣고 왔던 물건들이 여기저기 흩어져 있었다. 소주 상자, 음료수 상자, 과일 상자 등 여러 가지 것들이 밀려와 있었다. 그 물건들을 수집하여 마을 가게에 팔았는데 그 금액이 30만 원에서 40만 원 정도가 되었다. 그 돈을 동네에 드리고 오려 했는데 절대 안 받겠다고 거절하셨다. 나는 나중에 다시 한번 찾아뵙겠노라고 말씀드리고 집으로 돌아왔다.

• • •

아빠가 집에 와서 제일 먼저 들린 곳이 우리 동네 목포경찰서 관할 지서였다고 한다. 배가 사고 나기 시작한 때부터 끝날 때까지 밤새도록 엄마와 전화로 통화하면서 고생해주셨다고 한다. 집에 도착한 아빠는 동네 사람들에게 환영받았다. 집은 잔칫집 같이 북적였다. 그날 밤 파도가 너무 심해서 아빠가 돌아온 건 기적이었다. 다들 죽었다고 생각했었다. 죽었을 것이라 생각한 사람이 살아왔으니 동네에서는 다들 아빠를 보러 오셨다.

아빠는 다시 마음을 추스르고 사고 났을 때 도와주신 섬으로 갔다. 지역 주민들에게 정월 대보름에 찾아가서 감사를 전했다고 한다. 음식을 마련해서 드렸는데 온 동네 사람들이 정월 대보름 명절이라 농악을 치면서 즐거워했다고 한다. 나도 언젠가 그 섬에 간 일이 있었는데 그 섬 주민들이 나한테 그 사람의 딸이냐고 반가워하셨다.

배가 침몰되던 그 밤이 어찌나 파도가 심했던지, 목포방송국 KBS라디오에서는 세 명의 선원이 실종되었다는 방송을 했다. 아빠는 그렇게 구사일생으로 살아나셨다. 그때 내가 여섯 살이었다. 동네 사람들이 우리 집에 다 몰려와서 식사하셨던 생각이 난다. 너무 어려서 뭐가 뭔지 잘 몰랐다. 나중에 커서야 알았다. 우리 아빠가 그렇게 기적처럼 다시 살아나셨다는 것을….

그날 밤 열한 살이었던 큰언니는 엄마하고 아빠를 기다리고 있었다. 계속 목포경찰서와 통화를 하면서 아빠의 상황을 들으면서 기다리고 있었다. 나중에는 아빠가 죽었을지도 모른다고 했다고 한다. 그 말을 들었을 때 엄마의 심정이 어땠을까? 나는 아무것도 모르고 잠을 잤다. 엄마가 울면서 기도하고 계셔서 잠깐 일어난 기억이 있다. 그날도 힘든 엄마와 함께 밤을 지샌 건 큰언니였다. 엄마가 힘들 때마다 항상 엄마 옆에서 엄마를 위로해준 자식은 큰언니였다.

엄마는 아빠가 섬으로 배달하러 간 날은 아빠가 오실 때까지 항상 바닷가에 나가 있었다. 바닷가에 앉아서 먼바다를 바라보면서 아빠를 위해 얼마나 많은 기도를 했을까? 엄마가 아빠를 기다리면서 항상 불안해하고 애간장 녹이는 삶을 사셨을 생각을 하면 마음이 아프다. 엄마는 저 멀리 아빠의 배가 보이면 그제서야 안심했을 것이다. 섬으로 배달하러 가는 날이면 아빠는 '배'가 되어 바다로 나갔고, 엄마는 '항구'가 되어 아빠를 기다렸다.

05

돈을 세기 귀찮을 정도로 많이 벌다

아빠는 30대 초반에 많은 돈을 벌어보셨다고 한다. 경험이 있는 상태에서 돈을 버셨다면 어떻게 관리하고 융통해야 하는지 아셨을 것이다. 하지만 그런 경험이 별로 없는 상태에서 젊은 나이에 버신 돈이다. 그러다 보니 돈은 벌었어도 사업에 어떻게 활용하고 관리해야 하는지를 모르셨다. "초년 고생은 사서라도 한다."라는 속담이 있다. 이 말은 젊은 시절의 고생은 장래 발전을 위하여 중요한 경험이 되므로 그 고생을 달게 여기라는 뜻이다.

요즘엔 이 말이 무색해졌을지도 모른다. 하지만 결혼하기 전에 고생한 경험들은 나중에 피가 되고 살이 되는 중요한 경험이라고 생각한다. 결혼하고 처자식이 생기면 더는 혼자 몸이 아니기 때문에 그때는 모든 것이 신중해야 한다.

부모님의 고향은 우리나라 소금 생산량의 70%를 차지한다는 신안천일염이 나오는 전라남도 신안군이다. 지금도 시골에 내려가면 염전을 하는 친척들이 있다. 몇 년 전에 아빠와 언니들, 남동생들 조카들까지 온 식구가 시골에 내려간 적이 있다. 아이들이 염전에서 일하는 걸 체험해봤다. 하얀 눈꽃처럼 보이는 소금이 아이들에게는 마냥 신기하기만 했을 것이다.

내가 어릴 적 염전을 처음 봤을 때는 여름에 눈이 내린 줄 알았다. 염전이 너무 넓어서 끝이 보이지 않았다. 지금은 어릴 때처럼 큰 느낌은 느낄 수 없었다. 하지만 그곳은 우리나라 최대 넓이의 염전이다. 그곳은 염전으로 생계를 유지하는 분들이 많다.

아빠도 고등학교를 졸업하고 큰아빠의 염전 사업을 도왔다고 한다. 아빠는 의사가 꿈이었다. 선생님들의 추천을 받아 연세대학교에 의대에 지원하기로 했다. 원서를 써서 큰아빠한테 원서 접수를 부탁드렸다. 큰아빠는 알았다고 하시고 원서를 제출하지 않으셨다. 큰아빠는 일 좀 도와주다가 대학은 나중에 가라고 말씀하셨다고 한다.

아빠는 일단 큰아빠의 말대로 일을 도와주기로 하셨다. 그렇게 일만 하다 보니 당연히 공부와는 멀어졌다. 대학 가고 싶은 열정도 사라졌다고 한다. 아빠는 일하면서 학교를 못 가 배우지 못한 분들에게 한글, 산수, 영어를 가르치셨다고 한다.

아빠는 20대 초반에 그 시골 마을에서 공부도 가르치고 염전 일을 도우면서 안주하셨다. 아빠는 그때의 배운 경험으로 결혼 후에 염전과 관련된 새로운 일거리를 만드셨다. 소금이 소비자한테 가기까지의 많은 과정에서 필요한 일자리를 만드셨다.

소금을 60kg의 짚으로 짠 가마니에 넣는 사람이 있고, 그걸 운반하는 사람이 있다. 아빠는 그런 일을 관장하는 책임자의 역할을 하셨다고 한다. 그 일을 할 수 있는 분들을 모집하셨다. 그런 후 노동조합을 결성하여 분회장 역할을 하셨다.

노동조합은 정부에서 승인 받은 노동조합으로 목포에 있는 노동조합 지부 사무실에 가서 노동조합장 승인을 받아서 하는 것이었다. 여기에서의 수입은 상당히 좋은 편이었다고 한다. 아빠가 수입이 좋아지자 너도나도 그 일을 하려고 했다. 그래서 나중에는 경쟁자도 많이 생기고 싸움도 일어났다고 한다.

아빠는 소금 일과 더불어 세 개 마을을 관장하는 부락 이장을 3~4년 정도 하셨다. 이장은 보리농사 때 호당 보리 한 말씩, 벼농사 때 벼 한 말씩 거두어서 이정세를 받았다. 수입은 아니지만 양식이 들어오는 것이었다. 우리 가족에게는 식량이 되었다. 그런 일을 하시면서 행정공무원 시험을 보시고 합격하셨다. 하지만 신체적으로 장애를 입었다는 이유로 면접에서 떨어지셨다. 다리를 못 쓰는 것도 아니고 약간 불편한 수준이다. 그것 때문에 면접에서 떨어지다니⋯. 많이 속상하셨을 것 같다.

아빠는 다리가 불편하셔도 무슨 일이든 열심히 하셨다. 대신 무거운 걸 들고 운반하는 것만 못 하셨다. 그건 엄마의 몫이었다. 아빠는 엄마가 아빠 대신 일하면서 농사일 하는 걸 너무 안타까워 하셨다. 아빠는 엄마를 고된 농사일에서 벗어나게 해주고 싶으셨다.

엄마와 상의하여 육지로 나가서 장사를 하기로 결정하셨다. 그곳을 '읍내'라고 불렀다. 그곳은 각 섬의 중심지라고 할 수 있다. 5일마다 장도 열리고 면사무소가 있는 곳이다. 부모님은 5일장이 서는 근방에 조그마한 가게를 임대하여 식료품 가게를 했다. 사람들이 많이 왕래하는 곳이라 장사가 잘되었다고 한다.

동네 사람들은 아빠를 항상 좋은 사람으로 인정해주셨다. 글쓰기가 서툰 분들의 행정 업무를 대신 해주기도 하셨다. 사람들이 싸움이 일어나 지서(파출소)로 가는 길에 우리 가게에 들려 아빠를 만나 해결하고 돌아가시기도 했다고 한다. 잘 베푸시고 적극적인 성격이시라 주변에 사람들이 많았다. 항상 우리 가게는 사람들이 북적였다. 우리 집은 5일장에 나와서 섬으로 들어가기 전에 꼭 거쳐 가는 곳이었다.

부모님은 그곳에서 5년 정도 임대하여 장사하다가 시골에 있는 집과 논밭을 팔아 새로운 상가를 매입하셨다. 가게는 크게 확장되었다. 아빠는 가게의 물건들을 여기저기 자전거로 배달하셨다. 섬에도 물건을 배달하면서 열심히 장사하셨다.

큰언니가 동창회 갔을 때, 언니 친구들이 "다른 가게는 손님이 없어도 너희 가게는 항상 사람이 많았어."라고 옛날을 회상했다고 한다. 아빠가 배를 사서 운반하다가 죽을 뻔한 고비를 넘기시기 전까지 장사는 잘됐다. 그 배 사고는 아빠에겐 엄청난 충격이었을 것이다. 배 사고 이후 모든 의욕을 잃어버리셨다. 다시는 그 장사를 하고 싶은 생각이 없었다고 한다. 엄마와 상의해서 장사를 정리하기로 하셨다.

가게를 전세로 내주고 사람 많은 곳을 피해 조용한 동네로 이사했다. 한참 동안 마음을 추스르며 집에서만 쉬셨다고 한다. 그래도 가족들은 먹여 살려야 하니 뭘 해야 할까 고민하셨다. 아빠는 문득 '소금을 팔면 어떨까?' 하는 생각이 들었다고 한다. 그 고장에서 많이 생산되는 소금을 소금이 생산되지 않는 곳에다 팔면 돈이 될 것이라고 생각하셨다.

예전에 염전 관리하는 일도 해보셨고 경험이 있으셔서 소금 장사는 생소하지 않으셨다. 대대적으로 어업을 하는 지역을 찾아다니면서 소금을 주문하여 판매하기 시작했다. 처음엔 가까운 지역부터 시작하셨다. 부지런히 뛰면서 점점 활동 범위를 넓혀 가셨다. 가까이 신안군에 있는 어촌부터 시작하셨다. 주로 전라남도 지역인 완도, 진도, 여수, 여천군을 다니셨다. 완도군의 농협, 수협과 미역 공장, 여천군에 있는 각 섬과 섬지방의 농협 일대를 거래처로 삼았다.

지역을 계속 넓혀가다 보니 경상남도로도 뻗어갔다. 삼천포, 통영, 사천군, 합천군, 남해군. 나중에는 강원도 근방 어촌과 제주도의 농협과 수협을 찾아다니면서 거래처를 확보하셨다. 제주도는 왔다 갔다 하기가 힘든 곳이다. 그래서 제주도를 한번 들어가면 오래 머무셨다. 택시를 대절해 하루 종일 영업망을 확보하셨다.

외상 거래도 많이 있었지만 농협과 수협은 모두 다 현찰 거래였기 때문에 현금이 많이 들어왔다고 한다. 제주도에 오래 머물다가 돌아오신 날은 현금이 너무 많았다. 그렇게 들어 온 현금이 너무 많아 세어보기 귀찮을 정도였다고 한다. 이렇게 열심히 일하셔서 전국적으로 확장된 사업은 승승장구였다.

아빠가 제주도에서 오실 때는 바나나와 파인애플을 사 오셨다. 바나나는 제주도에서나 볼 법하고 육지에서는 보기 힘든 귀한 과일이었다. 드라마 〈응답하라 1988〉이라는 드라마에도 바나나가 나왔다. 가족 셋이 바나나 하나를 세 동강 내서 먹는 장면이었다. 바나나는 1988년 서울에서도 보기 드문 과일이었다. 그러나 80년대 초반 시골에서는 어땠겠는가? 그렇게 보기 드물었던 바나나와 파인애플은 나에겐 흔한 간식이었다.

이렇게 계속 전국적으로 뻗어나간 사업은 운반비가 많이 들었다. 소금 운반하는 배를 구입해서 판매 사업을 하면 더 많은 소득이 있을 것이라고 생각하셨다. 그래서 소금 60kg를 2천 가마나 실을 수 있는 엄청 큰 화물선을 구입하셨다. 특히 제주도는 태풍이 세서 그 정도 크기는 되어야 한다고 했다. 그 배를 사기 위해 여기저기 돈을 빌렸다. 인심 좋은 아빠에게 돈 구하는 건 어려운 일이 아니었을 것이다.

그렇게 소금 장사를 잘해오시다가 어느 날 또 배 사고가 났다. 경상도 삼천포를 다녀오다가 다른 배와 부딪치는 사고가 났다. 사고는 우리 배가 100% 잘못했다고 한다. 상대편 배 수리비를 다 배상해주셨다. 그리고 우리 배도 고장 난 부분을 수리했다. 양쪽의 수리비는 엄청나게 큰 금액이었다고 한다. 배도 빚을 져서 샀는데 엄청난 금액의 배 수리비까지 감당해야 했다. 아빠는 몇 년 전 배 사고 난 걸 까마득히 잊어버리시고 또 한 번 큰 배를 사신 거다. 배는 수리에 들어가고 소금 장사는 출하 기일을 지키지 못했다. 아빠는 다시 엄청난 빚을 지게 됐다.

 사업을 크게 하다 보니 돈도 많이 벌었다. 반면 사업이 기울어지게 되니 타격도 너무 컸다. 돈을 세어보기 힘들 정도로 많이 벌었을 때는 그것이 영원할 줄 알았을 것이다. 하지만 그 모든 걸 다 잃어버렸을 때는 우리 오 남매를 어떻게 키우고 살지 막막하셨을 것 같다.

06

그림같이 예쁜 우리 집

전원주택이 한참 인기 있을 때가 있었다. 국내에 전원주택이란 용어가 처음 쓰인 게 1985년 무렵이라고 한다. 나는 80년대 초반에 전원주택에서 살았다. 그때는 그 집이 전원주택인지 몰랐다. 조용한 동네에 예쁘게 생긴 집들이 옹기종기 모여 있었다. 내가 살던 집이 그런 전원주택이었다는 걸 나중에서야 알았다. 그 당시 어린 내 눈에는 우리 집은 동화책에 나오는 그림 같은 집이었다.

부모님이 결혼하고 처음 살던 집은 친가 시골집이었다. 시골집이 다 그렇듯이 넓은 마당에 방 세 개에 부엌, 창고, 화장실 이렇게 지어진 집들이다. 친할아버지는 큰방, 큰아빠네 일곱 식구들은 작은방, 부모님은 건너편 방. 그래도 부모님은 결혼해서 방 한 칸을 차지하셨다.

그 시절은 식구들이 많았어도 한방에서 온 식구가 다 같이 잠을 잤다. 큰아빠네 방에서는 큰아빠, 큰엄마, 오빠 셋, 언니 둘. 이렇게 많은 식구가 한 방을 써야 했다. 지금이야 말도 안 되지만 그때는 그게 당연한 거고 불편한 줄 모르고 살았다. 사촌오빠 말을 들어보니 그 당시 오빠는 친할아버지와 방을 같이 사용했다고 한다.

부모님이 결혼하고 3년을 친가에 사셨다. 3년 뒤 큰아빠는 우리 부모님에게 집을 지어주셨다. 그 집도 큰 마당에 방이 세 개, 부엌, 밖에는 화장실, 창고, 두 분이 살기에는 넓은 집이다. 그 집에서 큰언니와 둘째언니가 태어났다. 큰아빠가 논밭을 떼어주고 집도 지어주셨다. 이제 모든 건 두 분의 몫이다. 두 분이 농사짓고 먹을 것과 생활할 것을 충당해야 했다. 새로 지은 집에서 아빠, 엄마, 큰언니, 둘째 언니 이렇게 넷이서 5년 정도 살았다고 한다.

부모님이 세 번째 사신 집은 배 타고 나가는 읍내였다. 아빠는 농사일 때문에 힘든 엄마를 위해 읍내로 나와 장사를 시작하셨다. 큰언니는 손을 잡고, 둘째 언니는 아직 어려 등에 업고 이사했다고 한다. 그 집은 가게와 방 한 칸, 부엌이 딸린 집이었다고 한다.

그 집에서는 언니 둘을 키우며 가게를 꾸려나가며 사셨다. 읍내는 5일마다 장이 열렸다. 각 섬에 사는 분들이 물건을 가져다가 팔았다. 장이 열리면 서로 멀리 있는 친척들끼리도 만나는 기회가 생겼다. 우체국이나 파출소, 면사무소 등 관공서가 있는 곳이었다.

아빠는 인심 좋은 분이고 사기 칠 것 같지 않은 분이라고 평가되었다. 그렇게 믿음이 가는 분이라 장사도 더 잘되신 것 같다. 점점 돈도 모이고 장사도 잘됐다. 그래서 5일장이 서는 곳과 조금 더 가까운 곳으로 가게를 확장해서 옮기게 되었다. 그 가게는 좀 커서 지금으로 말하면 슈퍼마켓 수준이었다.

네 번째 부모님이 사신 곳은 가게가 크고 뒤에 마당이 딸린 집이었다. 뒤에 마당과 창고가 있는 큰 집이었다. 가게도 크고 집도 컸다. 나와 남동생 둘이 다 그 집에서 태어났다. 나는 먹고 싶은 과자가 있으면 그냥 가져다 먹었다. 아무도 뭐라 할 사람 없었다. 세상 아무것도 모르고 먹고 싶으면 먹고, 놀고 싶으면 놀았던 시기다.

나는 여자아이들과 고무줄놀이하거나 공기놀이하며 놀지 않았다. 남자아이들과 딱지치기 하고 놀았다. 우리 집이 가게를 하기 때문에 상자 같은 게 많았다. 그 상자로 딱지를 만들었다. 나의 딱지는 다른 애들 것과는 재질부터가 달랐다. 내 딱지를 이길 사람은 없었다.

우리 가게에 내 눈에 탐나는 상자가 하나 있었다. 선반 제일 높은 곳에 있던 위스키 상자였다. 나는 그 상자가 탐나서 저걸로 언젠가는 딱지를 만들어보겠다고 쳐다봤다. 하지만 끝내 그 위스키 상자로는 딱지를 만들지 못했다.

가게 옆에 큼지막한 거실 같은 방이 바로 연결되어 있었다. 모든 생활은 그 방에서 했다. 손님이 갑자기 오셔도 바로 나갈 수 있었다. 그곳에 살 때 엄마가 아프셔서 친척 언니들이 와서 살림을 해줬다. 그래서 다른 방들은 친척 언니들이 사용했다. 우리 집은 친가나 외갓집의 모든 식구들이 거쳐서 가는 곳이었다. 배 타고 나왔다가 못 들어가는 일이 생기면 우리 집에서 잤다. 친척 오빠들도 시골에 학교가 없으니 우리 집에서 학교를 다녔다.

내 기억으로는 우리 집에는 항상 사람들이 많이 왔던 것 같다. 5일장이서는 가까운 곳이기도 하고 배 타고 가는 길목이어서 섬에 들어갈 때 우리 집을 항상 들려서 갔다.

나는 그 집에서의 추억이 하나 있다. 나는 절대 알약을 못 먹는 아이였다. 알약을 목구멍으로 넘기질 못했다. 가루로 빻아서 먹이면 다 토해버렸다. 약을 먹으면 열이 좀 내려갈 텐데 그 약을 넘기지 못하니 며칠째 아픈 채로 끙끙 앓았다. 내가 아파서 부모님 두 분이 밤새 나한테 알약을 먹이려는 모습이 아직도 생생하다.

어른이 되어 그곳을 다시 갔을 때, 나에겐 하늘만큼 크게 느껴졌던 그 동네가 너무 작아보였다. 먹을 게 천지였던 우리 슈퍼도 지금 내 눈엔 작은 구멍가게로 보였다. 나의 추억은 그 모습 그대로지만 나는 세월 따라 이만큼 컸다.

다섯 번째 집은 읍동이라고 부르는 곳이었다. 동쪽이라고 해서 그렇게 불렀다고 한다. 아빠가 배 사고로 모든 의욕을 잃은 상태여서 교회 가깝고 조용한 동네로 이사 갔다. 하나님이 기적적으로 살려주시고 아빠의 신앙은 더욱 좋아졌다. 엄마와 매일 새벽예배를 가셨다.

한참 일을 안 하고 마음을 추스르셨다. 그때는 오직 기도만 하셨다. 그 마을은 새로 재정비된 곳이었다. 그곳은 집들이 다 이뻤다. 시골 같지 않은 포장이 잘된 동네였다. 전에 살던 곳은 사람들이 북적이는 시장과 가까운 곳이라면 다섯 번째 집은 조용하고 한적한 곳이었다.

위치가 좋아서 멀리 산이 정면으로 보였다. 내가 처음 그 집을 봤을 때 동화에 나오는 예쁜 집으로 기억된다. 공주가 된 기분이었다. 큰 마당이 있었다. 마당에서 앞을 내다보면 사계절을 느낄 수 있는 산이 보였다. '야호~' 하고 소리치면 메아리쳐 왔다. 넓은 마당에서 겨울에 친구들과 눈사람을 크게 만든 기억이 있다.

집에 들어가면 첫 번째 큰 거실이 있었다. 예전에 가게 바로 옆에 방이 있었던 것과는 전혀 다른 구조였다. 거실 옆에 방 하나를 우리는 큰방이라고 불렀다. 그 방에는 TV가 있었다. 온 식구가 밥을 먹을 때는 그 방에 상을 깔고 먹었다. 아침 햇살이 잘 드는 방이었다.

건너편에 있는 방은 작은방이라 불렀다. 작은방은 굉장히 컸다. 책상이 몇 개가 들어갔는데도 방이 넓었다. 그리고, 그 방에 딸린 부엌이 있었다. 지금 생각하면 한 지붕 두 가족이 살 수 있는 구조로 만든 것 같다. 나는 거의 그 방에서 놀았다. 내가 어릴 때 종이인형이 인기였다. 종이에 예쁘게 그려진 긴 머리의 공주들을 가위로 잘라서 친구들과 함께 인형놀이를 했다. 종이에는 사람도 있고, 식탁도 있고, 밥 같은 것도 그려져 있었다. 나는 친구들과 그 방에서 인형 놀이를 하면서 놀았다.

마당에 모래도 많았다. 나랑 남동생들이랑 흙 놀이를 하고 놀면 그걸 치우는 건 큰언니의 몫이었다. 나는 마당에서 놀기 바빴다. 지저분한 걸 못 보는 엄마를 위해 큰언니는 마당을 쓸기 바빴다.

거실 뒤편으로 부엌이 있었다. 부엌으로 들어가기 전에는 큰방만 한 공간이 있었다. 거기는 찬장이나 선반 같은 걸 뒀다. 부엌은 신발을 신고 나가야 했다. 내가 신기하게 봤던 것이 엄마가 부엌에서 일할 때 서서 하는 것이었다. 부엌이라는 곳은 항상 쭈그리고 일하는 곳으로만 생각했었다. 처음에 서서 요리하는 게 너무 신기해 보였다.

부엌 뒤에 문을 열고 나가면 작은 마당이 있었다. 거기에 장독대가 있어서 엄마는 고추장, 된장을 담가 두었다. 1층 거실에 계단이 있었다. 집에 그런 계단이 있다는 것이 너무 신났다. 계단으로 올라가면 2층이다. 작은 거실이 하나 있었고 방이 있었다.

내가 우리 집에서 제일 좋아했던 것이 바로 그 방의 창문이었다. 나는 그 창문이 너무 좋았다. 창문이 네모난 게 아니라 동그랗게 돼 있었다. 동그란 유리 창문이다. 어린 나의 눈에는 창문이 동그랗다는 것이 너무 신기했다. 그보다도 그 창문이 만화에 나오는 공주들이 바라보는 창문 같았다. 그 방은 밖으로 나가는 문이 있었는데 그 문을 열면 옥상 마당이 있었다. 지금으로 보면 옥탑방의 마당 같은 것이다.

우리 집은 넓었다. 앞에도 큰 마당이 있었지만 뒤로 돌아가면 엄마가 상추랑 고추 같은 걸 키울 수 있을 정도로 넓은 땅이 있었다. 엄마는 거기에 채소를 심었다. 집이 넓어서 한번은 '이영무 축구단'이 우리 집을 숙소로 사용한 적도 있다고 한다.

엄마가 결혼하고 그 집에 살 때가 제일 편했을 것 같다. 장사를 안 해도 되고 살림만 하면 됐다. 뒷마당 텃밭에 먹을 것들을 심고 그것들은 우리 식구의 반찬이 되었다.

우리 집에서 조금만 올라가면 바로 교회였다. 매일 새벽예배 가는 엄마한테는 교회 가까운 것이 가장 좋았을 것 같다. 새벽마다 가서 종을 울렸다. 시간이 많으니까 교회 가서 청소도 했다. 엄마에게는 그때 그 그림같이 예쁜 집에서 살 때가 가장 편안하고 행복한 시절이었을 것이다.

07

매일 울면서 기도하는 엄마

우리 가족이 교회 가까운 읍동에 살았을 때 아빠 사업이 잘됐다. 엄마는 농사를 안 해도 되고 가게 나가서 장사를 안 해도 되었다. 교회도 근처에 있어서 언제든지 갈 수 있었다. 엄마의 일생에서는 처음이자 마지막으로 살림만 하고 살 수 있었던 시절이다.

아빠의 사업은 늘 '배'를 사는 게 문제였다. 지난번에 샀던 배도 수리비, 인건비가 많이 들어 문제였다. 처분하지도 못하고 무리하게 운행하시다가 결국엔 바다에 침몰되어버렸다. 그 배는 아빠를 죽음의 문턱까지

가게 했던 배다. 보통 사람들 같으면 그렇게 무서운 일을 겪고 나면 배나
바다는 쳐다보기도 싫을 것이다.

아빠는 그 전 배 사고는 까맣게 잊어버렸다. 두 번째 샀던 배는 너무 크
고 비싼 배였다. 무리하게 사는 바람에 빚을 지고 산 배다. 예전 사업은
아빠가 어느 정도 감당할 만했다. 반면, 이번 사업은 너무 많이 커지다
보니 아빠가 감당할 수 있는 수준을 넘었다. 배도 없고 장삿길도 막혔다.
일부 외상값은 받지도 못했다. 배를 사는 데 여기저기 돈을 꿔서 빚도 많
은 상태였다. 아빠는 다시 한번 진퇴양난의 기로에 서게 됐다.

부모님은 아무것도 우리의 힘으로 못 한다고 느끼셨다. 날마다 교회에
가서 하나님께 기도하셨다. 성경 이사야 41장 10절 말씀이 있다.

"두려워하지 말라. 내가 너와 함께 함이라. 놀라지 말라. 나는 네 하나
님이 됨이라. 내가 너를 굳세게 하리라. 참으로 너를 도와주리라. 참으로
나의 의로운 오른손으로 너를 붙들리라." - 성경 이사야 41장 10절

이 말씀을 붙들고 아빠의 삶은 날마다 성경 읽고 기도하는 것이 삶 전
체가 되었다.

예전에 엄마가 교회 갔을 때 아빠는 집에 못 들어오게 문을 잠가버렸

다. 그때 엄마는 밖에 창고에서 잠을 잤다고 한다. 부모님은 사이가 좋았지만 항상 엄마가 교회 가는 문제로 싸우셨다. 그렇게 교회 가는 걸 싫어했던 아빠가 이제는 하나님께만 매달리셨다.

아빠는 앞에서 이야기했던 바다 가운데 그 큰 파도에도 살려주셨던 하나님이 아빠를 인도해주시리라 믿었다. 나를 살려줬으니 나를 책임지실 거라고 믿으셨다. 그때 바다 가운데서 기도할 때, 살려만 주면 앞으로 평생을 주일만은 범하지 않고 잘 지키겠다는 하나님과의 약속은 꼭 지켜왔다. 아빠는 실제로 그 이후부터 주일은 한 번도 범하지 않으셨다.

코로나로 교회를 못 가는 시기를 빼고는 단 한 번도 주일예배를 지키지 않으신 적이 없다. 아빠는 하나님을 믿지 않았으면 죽음의 길을 택했을지도 모른다고 하셨다. 성경에 어려움을 당하면서 고난을 이겨나갔던 위인들을 생각하면서 이 어려운 고통을 이겨나가야겠다는 의지를 갖고 살아가셨다고 한다.

엄마는 어릴 때부터 교회를 다녔다. 그 시골에서도 우리 외갓집은 교회를 세우고 성직자를 잘 섬기던 집안이다. 엄마가 시집가서 교회도 잘 못 가고 핍박받았을 때 얼마나 힘들었을까?

엄마는 아빠가 교회도 못 가게 하고 그렇게 힘들게 할 것이라는 걸 생각도 못 했을 것이다. 선하고 좋은 분이니 당연히 교회에 같이 갈 것이라고 생각했을 것이다. 결혼해서 살면서 힘들 때마다 교회에 가서 기도하다 보니 엄마의 신앙은 점점 좋아졌을 것이다.

 첫째 아들이 죽었을 때도 엄마가 매달릴 건 오직 하나님이고 기도뿐이 었을 것이다. 그 슬픔을 누가 위로할 수 있겠는가? 하나님께 원망도 하면서 울며불며 기도하셨을 것이다. 아들을 못 낳는 죄인 취급을 받을 때도 하나님께 기도했을 것이다. "하나님! 아들 하나만 주세요." 그러지 않았을까? 외할머니가 아들 못 낳아 받았던 서러움을 엄마도 알고 있었기에 하나님께 매달리지 않으셨을까? 아빠가 배를 사서 물건을 싣고 바다로 나갈 때마다 맘 졸이셨을 것이다. 멀리 바다를 바라보고 기다리면서 얼마나 많은 기도를 했을까? 아빠가 무사히 돌아오게 해 달라고….
 장사하시면서도 예배를 중요하게 생각하고 어떻게든 가게를 누구한테 맡겨 놓고라도 교회에 가시려고 했던 것 같다. 그럴 때마다 아빠와 싸움이 있었지만 엄마의 강한 믿음은 누가 어쩌지 못 했던 것이다. 아빠의 삶이 이만저만 험난한 삶이 아니었다. 그래서 엄마는 더욱더 하나님께 매달리는 삶을 살지 않으셨을까 하는 생각이 든다.

 엄마에게 신앙이란 그 무엇과도 바꿀 수 없는 것이었다. 엄마는 기도하고 하나님을 만나고 그 하나님을 의지하며 살았다. 엄마는 장사할 때도 그날 번 돈의 10%는 꼭 따로 떼어 두었다. 물질이 있는 곳에 마음이 있다고 했다. 엄마는 번 돈의 10%는 무조건 하나님의 것이었다.

엄마가 사는 시골에 학교가 없어져 학교를 못 가게 됐을 때 외할아버지가 동네에 서당을 세우셨다고 한다. 엄마는 그곳에서 한글을 배우셨다. 짧게 배운 한글이라 성경을 더듬더듬 읽으셨다. 엄마가 교회 가면 잘 나서지 못했다. 항상 구석에 조용히 있는 분이셨다.

신앙이 좋으면 교회에서 직책이 많이 주어진다. 하지만 엄마는 글을 능숙하게 못 읽는다는 콤플렉스로 누구 앞에 나서지도 못했다. 사람들이 그걸 알 리가 없으니 엄마의 그 모습을 얼마나 감추고 싶었을까? 나는 엄마가 그런 맘이 있는지도 몰랐다. 엄마가 어디 가면 너무 소심하고 나서지 않고 없는 듯 계셨던 이유가 바로 그 배우지 못한 한스러움이었다는 걸 나중에 알았다.

엄마는 서당에서 한글과 산수를 배울 때 그래도 남들보다 빠르게 이해했다고 한다. 어릴 때 뭘 해도 누구한테든 지기를 싫어한 욕심도 많은 분이었다고 했다. 나는 엄마가 어릴 때부터 소심한 성격인 줄 알았다. 그런데 결혼 전까지 굉장히 활발한 성격이었다고 했다. 엄마는 결혼해서 성격이 바뀐 것이었다.

아빠가 다리가 아프시니 항상 엄마가 가방을 들고 다니셔야 했다. 남들에게 보이는 것도 당당하지 않았을 것 같다. 시골에서야 아빠 다리가 아픈 걸 다들 아니까 신경 쓰이지 않았지만 서울로 왔을 때는 아빠의 아픈 다리로 더 위축되지 않으셨을까 싶다. 거기다가 한글도 제대로 또박

또박 읽지 못했으니 엄마 스스로 굉장히 자존감이 낮아졌을 것 같다.

엄마는 노래를 잘했다. 목소리가 너무 좋다. 우리 외갓집은 음악적인 소질이 있고 노래를 잘하는 집안인 것 같다. 엄마의 애창곡은 '목포의 눈물'이다. 그 노래가 쉽지 않은데 엄마는 그 노래를 엄청 잘 부르셨다. 엄마가 조금만 배울 수 있었다면 얼마나 좋았을까? 그랬다면 그렇게 소심한 삶을 살지 않았을 텐데….

아빠가 나중에 서울에서 또 한번 사업을 하셨을 때, 그때도 엄마는 기도밖에 할 수 없었다. 시골에서와 똑같은 상황이었다. 하던 일을 다 정리하고 새로 시작한 사업이 생각대로 되지 않았다. 그때 엄마는 매일 저녁에 교회 가서 철야기도를 하기 원했다.

하지만 아빠는 엄마를 절대 어딜 혼자 안 보내신다. 엄마를 옆에 두고 있어야만 하는 분이셨다. 아빠 말에 의하면 친할머니가 빨리 돌아가셔서 사랑이 그리워 그런다고 하셨다. 하지만 엄마한테는 그건 너무 힘든 일이었다. 아빠가 장로님이었는데도 교회 혼자 가서 기도하는 걸 용납하지 않으셨다. 내가 어릴 때는 어려서 잘 몰랐지만 내가 어른이 되었을 때 봤던 아빠의 모습은 충격이었다. 엄마가 혼자 어딜 가는 걸 죽기보다 싫어하셨다. 아빠를 이해할 수 없었다. 하지만 엄마는 평생 그렇게 사셨다.

누구 결혼식을 가야 할 때 만약 엄마 혼자 가게 될 일이 생기면 엄마는 결혼식이 끝나면 바로 와야 했다. 아빠가 잠시도 혼자 있길 싫어하셨으니…. 엄마는 결혼하고 평생 놀아보지도 즐겨보지도 못한 분이다. 그냥 아빠의 다리가 되어 살아가셨다. 우리 오 남매를 키우느라 모든 세월 다 보내셨다. 친구도 못 만나고 아무도 친한 사람이 없는데 엄마가 누구한테 하소연하겠는가? 엄마한테는 오직 하나님뿐이었다.

결혼해서 지금까지 평탄하게 살지 못하셨는데 또다시 배 사고가 나고 아빠가 이러지도 저러지도 못하는 상황이 되었을 때 엄마의 마음은 어땠을까? 지금이야 여자들이 나가서 일할 곳도 많지만 그때 당시 그 시골에서는 엄마가 할 수 있는 일은 없었다. 사업이 너무 컸기 때문에 아빠의 빚은 컸다. 수입은 없고 아빠가 사업이 안 된다는 소문을 듣고 돈을 꿔준 사람들이 집에 오기도 했다. 그럴 때마다 엄마는 얼마나 가슴 철렁했을까?

나는 어려서 우리 집이 어떤 상황인지 아무것도 몰랐다. 그저 어릴 때부터 먹고 싶은 것 다 먹고, 하고 싶은 것 다 하고, 가난이란 것이 뭔지도 몰랐다.

아빠의 사업이 어려워지고 2층에 올라가 매일 엎드려 울며 기도하는 엄마의 뒷모습을 자주 봤다. 나는 엄마가 왜 우는지 영문도 모르고 "엄마 왜 울어?" 물어봤다. 엄마는 내가 옆에 온 줄도 모르고 그냥 울면서 기도만 하셨다. 엄마가 엎드려서 기도하는 뒷모습이 아직도 선명하다.

덴마크 화가 빌헬름 하메르스회가 가장 오랫동안 그린 소재는 바로 '당신의 뒷모습'이었다고 한다. 뒷모습이 앞모습보다 더 많은 이야기를 전해준다고 믿은 화가였다. 나는 울면서 기도하는 엄마의 뒷모습을 보았다. 아무것도 모르는 철없는 아이가 그걸 가슴 깊이 갖고 있었던 것을 보면, 엄마의 뒷모습이 나에게 많은 얘기를 해준 것 같다.

08

니네 집 망했다며?

소금 장사 사업의 실패로 부모님은 어떻게 다시 일어서야 할지 모르는 막막한 상황이 되었다. 아빠의 배가 다른 배와 부딪쳐 그 배의 수리비와 우리 배의 수리비는 엄청나게 많이 들어갔다고 한다. 그 배를 살 때도 모든 걸 아빠의 돈으로 시작한 게 아니다. 사업을 확장해보려는 생각으로 무리하게 여기저기서 돈을 조달해서 배를 사셨다. 배가 파손되지 않고 계속 소금 장사를 하셨다면 빚도 다 갚고 아무런 문제가 없었을 것이다. 아빠에게는 아빠의 힘으로 감당할 수 없는 일이 또 생긴 것이다. 배가 그렇게 사고가 날지 누가 알았겠는가?

이번에 샀던 배는 예전의 배와는 비교할 수 없이 큰 배였다고 한다. 돈을 상당히 많이 지불하고 사신 거다. 하늘도 무심하시지 또 배 사고라니….

어른들이 우리 집에 왔다 갔다 하는데 좋은 분위기는 아닌 것 같았다. 지금 생각해보면 돈 받을 사람들이 왔던 것 같다. 아빠가 사업하면서 돈을 빌려줬던 분들이 사업이 망했다는 말을 어디선가 듣고 돈 떼일까 봐 우리 집에 자주 들락날락했던 것이다. 아빠는 다 정리해서 어떻게든 주려고 하셨지만 외상값도 다 못 받았다. 하루하루가 정말 힘든 상황이었다.

그때 서울에서 살고 있던 친척 언니가 아빠의 소식을 듣고 전화를 했다. 큰아빠의 둘째 딸 영자 언니였다. 언니는 우리와 같이 지도 읍내에서 살았다. 양장점을 운영했었다. 언니는 그걸 정리하고 애들이 어릴 때 서울로 이사했다. 서울에 올라가 맨몸으로 살고 있다는 이야기를 들었다. 언니의 생활력도 만만치 않았다. 아무것도 없이 서울로 올라가서 새로 시작했다. 언니 또한 친척 오빠가 서울로 먼저 올라가 터를 잡고 사는 걸 보고 서울로 왔다.

시골에 살면 남의 집의 밥숟가락이 몇 개인지까지 다 알고 산다. 거기서는 작은 소문도 금방 퍼진다. 언니도 생활이 어려워져서 서울로 올라오지 않았을까? 아는 사람도 없어서 남의 눈치 볼 것도 없고, 열심히 살면 끼니는 때우고 살 수 있는 곳. 그곳이 서울이다.

언니는 아빠한테 "시골에서 실패하고 살기가 어려우실 텐데 차라리 아무것도 없이 살기는 서울이 좋을 것 같다"고 하면서 서울로 올라오는 게 어떠냐고 했다. 부모님은 많은 고민을 하셨다. 두 분만 가서 고생한다면 얼마든지 하겠지만 서울이라는 낯선 곳을 자식 다섯을 데리고 가서 뭘 해 먹고 살아야 할지 막막해하셨다.

아빠는 서울로 올라가는 걸 결정하기 전에 아빠 자신을 시험해보기로 했다. 목포에서 우리가 사는 시골까지는 아주 먼 거리다. 그 당시 비포장도로라 버스를 타도 3시간 이상은 걸렸다. 아빠는 그 거리를 자전거를 타고 가보기로 했다. '목포에서 우리 집까지 자전거로 완주하면 서울에서 살아갈 수 있을 것이고 완주를 하지 못하면 낯선 서울 가서도 살 수 없을 것이다.'라고 생각하셨다.

오전 9시에 목포에서 출발하여 오후 6시경 캄캄할 무렵에 우리 집에 도착했다. 아빠는 목포에서 우리 집까지 완주한 후에 서울을 가기로 결정 하셨다고 한다. 하나님이 우리를 지켜주시리라는 믿음으로 서울로 가기로 마음먹었다. 아빠는 한쪽 다리에 장애가 있다 보니 보통 건강한 사람들보다도 더 힘들었을 것이다.

나는 아빠가 자전거를 타고 목포에서 우리 집까지 완주한 얘기를 이번에 처음 듣게 되었다. 가족을 먹여 살려야 하는 가장으로서 그 심정을 누가 알겠는가? 얼마나 마음이 복잡하셨을까? 생각하면 눈물이 난다.

아빠는 어차피 고생할 것이라면 아무도 모르는 낯선 곳에 가서 새로 시작하기로 결정하셨다. 시골에서는 우리 형편을 다들 알고 있다. 그냥 아무도 모르는 곳에 가는 게 더 맘이 편했을 것이다. 서울 가면 사람 많으니까 뭐라도 할 수 있겠지. 부모님은 오직 자식들 굶기지만 않으면 된다고 생각하셨다고 한다. 오직 내 새끼들 굶기지 않고 건강하게만 자라면 된다고 생각하셨다. 공부를 어떻게 시켜야 할지? 어떻게 키워야 할지? 그 당시 우리 부모님에게 그런 생각은 사치였다. 그저 먹고사는 문제만 생각하셨다.

우리 가족은 전라남도 신안군 지도라는 저기 시골 골짜기에서 모든 걸 다 잃고 서울로 올라왔다. 우리가 그냥 시골에 계속 살았으면 어땠을까 하는 생각이 든다. 그냥 거기서 학교를 나오고 그곳에 있는 사람을 만나 결혼하지 않았을까? 그 당시 부모님은 너무도 힘든 상황이셨고 힘든 결정이셨다. 서울로 올라가기로 결정하신 걸 지금은 감사하게 생각한다. 그때 부모님이 시골에 계속 사셨다면 우리는 이 넓은 세상을 모르고 살았을 것이다.

아빠는 영자 언니한테 서울에서 우리가 살 수 있는 집이 있는지 알아

봐 달라고 했다. 언니는 우리 일곱 식구가 살 집을 알아봤다. 며칠 후에 언니한테 전화가 왔다. 보증금 100만 원에 월세 5만 원 하는 집이 있다고 했다. 아빠는 그 집이 어떻게 생겼는지? 살만한지? 이런 걸 물어볼 수 없었다. 그저 살 수 있는 집이라고 하니 그 집을 계약하라 하셨다.

부모님은 서울로 옮길 준비를 하였다. 고향에 있는 집도 팔려고 내놓고 사고 난 배도 다 수리가 되었다고 하니 팔려고 내놓았다. 여기저기 빚 갚고 대충 정리하니 돈이 400만 원 정도 남았다. 서울 방세와 이사 비용을 다 공제하니 남는 돈은 거의 없었다.

큰언니는 중학교 3학년이고 둘째 언니는 중학교 1학년이었다. 언니들은 중학생이라 전학 가는 것이 쉽지 않았다. 그 당시는 서울에 학생들이 너무 많았다. 학생이 전학 올 수 있는 자리가 생겨야 전학을 할 수 있었다. 부모님은 어린 언니들을 같이 데리고 갈 수가 없었다. 어쩔 수 없이 언니 둘을 시골 친척 집에 맡기고 둘만 남겨놓고 올 수밖에 없는 상황이었다.

이렇게 된 환경을 우리는 받아들여야 했다. 누구 하나 울고불고 난리쳐도 온 식구가 감당해야 할 상황이었다. 아빠와 엄마, 나와 남동생 둘. 이렇게 네 식구만 서울로 올라왔다. 언니들은 친척 집 여기저기를 돌아다니며 학교를 다녔다. 언니들은 6개월 정도 부모님과 떨어져 살았다.

다 망해서 서울로 올라간 걸 동네 사람들은 안다. 하루는 큰언니 친구가 "니네 집 망해서 야반도주했대매?"라고 물었다고 한다. 언니는 "아니야. 우리 야반도주 안 했어. 서울로 이사 간 거야."라고 말을 했다고 한다. 야반도주하듯 몰래 도망쳤다면 어떻게 언니들을 남겨두고 올 수 있었겠는가?

우리 가족은 좋은 상황에서 이사를 한 것이 아니었다. 동네방네 다 알리면서 이사할 필요는 없었다. 그냥 조용히 서울로 올라온 거다. 부모님과 떨어져 있던 그 시간이 언니들한테는 얼마나 창피하고 고생스러운 날들이었을까? 언니들도 지금까지 살면서 단 한 번도 가난이란 걸 모르고 살았다. 친구들이 고무신 신고 다닐 때 언니들은 운동화 신었다. 다들 얼굴이 새까맣게 탄 얼굴인데 언니들은 그 친구들에 비하면 서울 사람이었다.

친구들은 바나나랑 파인애플을 구경도 못 해봤을 텐데 우리는 그 귀한 걸 자주 먹고 살았다. 언니들은 학교에서 선생님들한테도 많은 사랑을 받았다. 아빠가 돈도 많이 벌어서 학교와 선생님들에게도 잘 하셨다. 선생님들을 우리 집에 초대해서 식사를 대접한 적도 있었다. 학교에 무슨 일이 있다고 하면 아빠가 솔선수범하셨다. 그러니 언니들도 학교에서 유명했고 친구들한테는 부러움의 대상이었다.

우리 집은 하루아침에 나락으로 떨어졌다. 큰언니한테 그때 심정이 어땠는지 물어봤다. 정말 비참했다고 한다. 항상 잘한다고 칭찬만 듣고 자랐다. 집도 잘살았다. 친구들에게는 부러움의 대상이었다. 남들이 다 치켜세워줬었다. 한순간에 그렇게 되니 이게 인생이구나 생각했다고 한다.

언니 둘이 6개월 동안 시골에 있을 때도 친척 집 한 곳에만 있었으면 그나마 괜찮았을 것이다. 이쪽저쪽 친척 집을 돌아다녔다고 한다. 나는 언니들이 그렇게 살았다는 걸 나중에야 알았다. 그때는 그냥 전학이 안되는구나 하고 생각했다. 부모님도 없이 친척 집 여기저기 돌아다니면서 얼마나 눈치를 보며 살았을까?

집은 망했다. 다른 가족들은 서울로 다 올라갔다. 둘만 남겨졌을 때 친구들이 다른 시선으로 바라봤을 것이다. 그렇게 공주같이 컸던 언니가 "니네 집 망했대매?"라는 소리를 들었을 때 그 심정이 어땠을까. 그때부터 우리 가족들은 가난한 삶을 살아가야 했다.

2장

서울살이 10년 만에
분당에 아파트를 장만하다

01

100만 원 들고 서울행 기차를 타다

아빠, 엄마, 나와 남동생 둘. 이렇게 다섯이서 무궁화호를 타고 서울로 올라왔다. 철없던 나는 서울 간다는 말에 그냥 신이 났다. 서울로 올라오는 기차는 밤에 타서 아침이 되어서야 서울에 도착했다. 지금은 2시간이면 갈 수 있는 KTX 같은 빠른 열차가 있다. 그 당시는 목포에서 서울까지 오려면 거의 10시간이 넘는 시간이 걸렸다. 그때의 서울이라는 곳은 정말 멀고도 먼 곳이었다.

그 긴 시간을 자리도 없이 입석으로 왔다. 너무 불편하니 동생들이 많이 찡얼거렸던 것 같다. 아빠는 나와 동생들이 다리가 아프다고 하니 기차 구석에 뭔가를 깔아서 자리를 마련해주었다. 깜깜한 밤에 기차를 탔는데 서울에 다 도착했을 때는 동이 트고 있었다.

서울역에 도착하여 버스를 타고 우리가 살 집을 찾아갔다. 우리 가족 서울살이 첫 집은 바로 은평구 대조동이었다. 그곳은 우리를 서울로 오게 한 영자 언니가 사는 곳이었다. 그리고 영자 언니를 서울로 오게 한 현진이 오빠도 그 근처에서 살았다.

아빠는 우리가 서울로 올라온 첫날을 말씀해주셨다. "버스에서 내려 집까지 걸어가는데 앞에는 셋째 딸과 큰아들이 걸어가고, 막내아들은 나의 아내가 등에 업고 걸어갔다. 그 모습은 말로는 다 표현할 수 없는 참담한 심정이었다."라고 하셨다.

나는 마냥 신이 났다. 집이 망했는지도 어쨌는지도 그런 건 잘 몰랐다. 어릴 때 서울 아현동 삼촌 집에 작은 외할머니랑 몇 번 와 봤던 기억이 있다. 서울에 갔다 오면 친구들한테 자랑했다. 며칠 서울에 갔다 왔다고 서울말을 해 가면서 잘난 척을 했다. 누가 들어도 사투리였다.

어릴 때 나는 서울 가는 게 좋았다. 서울 가면 사람도 많고, 차도 많았다. 사람들이 말하는 것도 달랐다. 사람들 얼굴은 다 하얬다. 나는 이제부터 내가 서울 사람이 된다는 사실에 마냥 신나기만 했다.

우리가 살 집과 처음 마주하게 되었다. 대문은 크고 예쁜 초록색이 칠

해져 있었다. 큰 마당도 있었다. 마당에 나무가 많이 심어져 있었다. TV
에서나 볼 법한 서울의 집이었다. 마당 뒤로 계속 들어가니 다른 집이 있
었다. 우리 가족이 살 집이었다.

우리가 시골에서 살던 집이 생각났다. 그 집도 마당도 있고 컸다. 작은
방에는 부엌이 하나가 딸려 있었다. 시골처럼 작은방에 부엌 하나 딸린
그곳이 우리 집이었다. 주인집 거실에서 우리 방으로 들어오는 문이 하
나 있었다. 그 문은 막아놨다. 그 문을 막고 방 하나와 부엌 하나가 세 들
어 살 사람들을 위한 공간이다.

처음 들어가자마자 부엌이다. 그 옆에 방 하나. 그게 전부였다. 화장실
은 당연히 밖으로 나가야 하는 푸세식이었다. 시골에서도 그런 화장실을
썼으니 화장실은 아무렇지도 않았다. 부엌 하나 방 하나는 좀 충격적이
었다. 우리 식구가 일렬로 잠을 자야 하는 긴 직사각형의 방이었다.

나는 초등학교 3학년을 다니다가 올라왔다. 너무 급하게 아무것도 모
르는 상태에서 왔다. 친구들한테 서울 간다는 말도 못 했다. 선생님께도
인사를 못 드리고 왔다. 나는 바로 학교에 가야 했다. 아빠랑 내가 다닐
학교에 가서 교장 선생님을 만났다. 바로 다음 날부터 학교를 다니게 되
었다. 애들은 시골에서 온 내가 신기했나 보다. 사투리를 쓰니 그게 신기
했던 모양이다. 말할 때마다 사투리를 쓴다고 웃었다. 친구들은 그냥 했
던 말일 것이다. 하지만 나는 그게 얼마나 상처가 됐는지 모른다.

시골에서는 남자애들하고 딱지치고 놀 만큼 활발했던 나다. 나는 맨날 밖에서 놀았던 아이라 얼굴은 까무잡잡했다. 서울 애들은 다들 피부도 하얬다. 나는 주눅이 들었다. 말만 하면 사투리 쓴다고 웃던 친구들이 나를 놀린다고 생각했다. 집에 가서 아빠한테 친구들이 사투리 쓴다고 놀린다는 얘기를 했던 것 같다. 아빠는 괜찮다고 다 지나간다고 나를 위로해주셨다.

평생 누구한테 주눅 들어서 살아본 적도 없었다. 내가 하고 싶은 대로 다 하고 살았다. 온 동네를 빨빨거리고 뛰어다녔던 내가 한순간에 얌전한 고양이가 되었다. 서울에 오니 모든 것이 나를 기죽게 만들었다.

동생들은 아직 어려서 부모님과 집에만 있었다. 부모님은 이삿짐을 어느 정도 정리하고 일자리를 찾아다니기 시작하셨다. 우선은 먹고살아가기 위해서는 아무 일이라도 해야 했다. 여기저기 직업소개소를 찾아다니면서 일할 곳을 알아보셨다. 부모님이 일할 수 있는 곳은 아무 데도 없었다. 우리 가족은 서울로 올라올 때 시골 교회에서 준 쌀 한 포대와 여러 교인들이 모아서 준 현금이 있었다. 그 쌀과 돈으로 얼마 동안 살아갔다.

하루는 부모님 두 분이 다 나가고 안 계셨다. 나는 엄마를 도와드려야겠다고 생각했다. 한 번도 해보지 않았던 밥을 해보기로 했다. 먼저 쌀을 씻었다. 예전에 엄마가 쌀 씻는 걸 봤다. 나는 봤던 그대로 쌀을 씻었다.

쌀을 아무리 씻어도 씻어도 계속 물은 희끄무레했다. 맑은 물이 나올때까지 씻고 또 씻었다. 수십 번 씻었던 것 같다. 얼마나 많이 씻었는지 쌀이 다 으깨졌다.

그때는 쌀 한 톨도 귀하던 시기였다. 그걸로 밥을 어떻게 해 먹었는지 모르겠다. 엄마는 평소에 우리한테 일을 시킨 적이 없다. 설거지 한 번 시킨 적이 없는 것 같다. 요리를 좋아했다면 엄마 옆에서 뭐라도 해봤을 것이다. 요리에 취미는 없고, 엄마는 시키지 않으셔서 나는 결혼할 때까지 뭘 해본 적이 별로 없다.

이렇게 뭐든지 엄마 혼자 다 하는 분이셨다. 지금 두 아들을 키우면서 알았다. 나도 엄마랑 똑같다. 아들들한테 뭘 시키지 않고 혼자 다 하려고 한다. 나는 둘만 키우는데도 이렇게 힘이 드는데 엄마는 다섯 남매를 키웠다. 나는 가끔 혼자서 청소하고 빨래하고 집안일 할 때면 엄마가 생각난다. 모든 걸 혼자 하셨던 엄마는 얼마나 힘드셨을까?

서울에 올라와 바로 3학년 겨울 방학이 되었다. 엄마는 나한테 현진이 오빠네 집에 가서 애기 봐주면서 지내라고 했다. 오빠네 집은 어린 아들 희문이, 희중이가 있었다. 이제 막 태어난 희중이는 기저귀를 하고 있었다. 엄마는 새언니가 아들 키우면서 힘드니 가서 애기도 봐주면서 도와주라고 하셨다.

나는 우리 집 하고는 완전히 딴판인 좋은 집에 가서 살 수 있는 게 좋았다. 그 집은 거실, 방, 부엌 심지어 화장실까지 다 실내에 있었다. 화장실도 우리 집 같은 푸세식이 아니었다. 엄마 말대로 언니가 혼자 애기를 보기 힘드니 도와준다고 생각하고 지냈다. 애들을 돌보고 설거지도 하고 기저귀도 빨고 새벽에 잘 때 애기가 울면 일어나 우유도 탔다.

나는 좋은 집에서 그렇게 사는 게 좋았다. 가끔 애기 우유를 타 먹일 때 분유를 한 숟가락씩 몰래 입에 털어 넣었다. 그 분유가 얼마나 맛있던지…. 나는 3학년 겨울 방학을 오빠네 집에서 먹고 자고 일하면서 그렇게 지냈다. 나중에 엄마가 얘기해줬다. 먹고사는 게 힘드니 가서 일해주면서 어떻게든 잘 먹고 지내라고 보내신 거라고 했다.

하루는 아빠, 엄마, 나, 동생들 다 같이 TV를 보고 있었다. TV에서 뭔가 무서운 장면이 나왔던 것 같다. 내 막냇동생이 무섭다고 뒤로 물러서다가 그만 펄펄 끓고 있던 전기냄비의 김치찌개를 건드리고 말았다. 그때 동생이 화상을 입었다. 그때는 곤로 쓰던 시절이었다. 곤로는 화력이 별로 좋지 않아 전기냄비를 썼다. 부모님도 어찌할 바를 몰랐다. 막내는 아프다고 울었다. 당연히 병원 갈 돈은 없었다. 약국에 가서 급하게 화상 연고랑 화상 붕대를 사 왔다. 급하게 응급 처치를 했다.

몸에 조금만 화상을 입어도 아프다. 그런데 그렇게 크게 화상을 입고 밤새 아팠을 동생을 생각하니 마음이 아프다. 나는 그날 밤에 콜콜 잠을 잤을 텐데 밤새 아파했을 동생과 밤새 치료했던 부모님은 몸도 마음도 다 힘들었을 것이다. 서울 와서 애들 고생시키는 것도 맘이 무거웠을 텐데, 화상까지 입어 아픈 막내를 봤을 때 부모님 가슴이 찢어졌을 것 같다.

막내는 화상 붕대를 배에 칭칭 감고 있었다. 엄마가 일하고 와서 동생의 칭칭 감은 붕대를 다시 떼고 연고를 발라줬다. 동생은 붕대를 뗄 때 아파서 울었다. 부모님도 조심조심 떼주며 치료해주셨다. 보통 남자아이들 같으면 그렇게 화상 입고 아프면 온 집안이 떠나갈 듯 난리 났을 것이다. 하지만 막내는 좀 순한 편이었다. 그때 나는 철이 없어서 잘 몰랐다. 많이 아팠을 막내를 생각하니 미안하고 눈물이 난다. 부모님이 막내를 두고 일 나가야 하는 심정이 어땠을까? 엄마는 항상 나한테 어디 나가 놀지 말고 동생들 잘 보라고 신신당부를 하셨다. 알았다고 대답은 잘했을 것이다. 그러나 놀기 좋아하는 내가 엄마 말을 들었을 리 없다.

아빠는 서울에 올라올 때 집도 배도 다 처분했다. 빚이 많아서 다 갚지도 못했다. 어느 정도 급한 걸 정리하고 올라오실 때, 현금 100만 원을 들고 오셨다. 그 돈이 우리 가족의 몇 달 생활비였다. 아무 계획도 준비도 없이 무작정 올라온 서울이었다. 우리 가족의 첫 서울 생활은 가난이라는 것을 뼈저리게 느끼면서 시작되었다.

02

뭐가 됐든 밥은 먹고 살아야지

부모님은 서울에 올라와서 제일 먼저 교회를 찾았다. 아빠는 바다 한 가운데서 구해주신 하나님이 우리를 버리지는 않으시리라는 믿음을 갖고 사셨다. 서울에 올라와 할 일도 없고 막막한 가운데 오직 하나님만을 의지하고 기도밖에 할 수 없었다.

'고난은 축복의 기회라는 말씀이 있듯이 지금 우리가 겪는 고난을 하나님께서는 아시겠지. 이 고난의 터널을 통과하면 축복의 기회가 오겠지.' 라는 믿음으로 오직 기도만 하셨다고 한다.

우리 집 근처에 교회를 다니게 되었다. 그 교회에서 마침 40일 작정 기도를 하고 있었다. 부모님은 40일 동안 하루도 빠지지 않고 새벽마다 교회에 나가셨다. 우리가 살아갈 길을 찾아 달라고 눈물 흘리며 기도하셨다고 한다.

40일 작정 기도하는 도중에 서울에 사는 옥금이 이모한테 전화가 왔다. 이모는 엄마 바로 아래 동생이다. 이모는 결혼하고 일찍부터 서울에 와서 사셨다. 용산 농수산물 도매시장에서 장사하고 계셨다. 용산 시장에서 일할 곳이 있으니 엄마만 나와서 일해보라고 연락이 왔다. 일할 자리가 생기다니…. 기적 같은 일이 일어난 거다.

이모한테 연락을 받은 바로 다음 날부터 엄마는 용산 농수산물 도매시장으로 일하러 갔다. 엄마는 밤새 작업을 하고 일당을 받았다. 그 당시 우리가 살고 있던 은평구 대조동에서 용산 농수산물 도매시장까지 갈려면 버스를 두 번 갈아타야 했다.

도매시장은 밤에만 일하는 곳이다. 엄마는 밤 11시 막차를 타고 용산 시장으로 갔다. 남들이 다 잠자고 있는 시간에 엄마는 출근하신 거다. 밤새 작업하고 집에 돌아오면 오후 3시경이 되었다. 엄마는 서울 길도 서툴고 먼길을 그것도 밤에 나가는 거라 아빠가 많이 걱정하셨다. 하지만 이 길이 우리가 살 수 있는 길이라고 생각하고 감사하며 다니셨다고 한다. 우리가 살아가야 하는데 이러한 고난을 감수해야 한다는 굳은 의지로 이겨나가셨다고 한다.

그래도 엄마는 일이라도 할 수 있었다. 하지만 아빠는 나와 남동생들이 너무 어려서 엄마를 대신해 우리를 돌봐야 했다. 답답한 심정으로 집에 있으면서 우리를 돌보는 일이 아빠의 일과였다.

아빠는 남달리 외로움을 많이 타는 편이시다. 친할머니가 일찍 돌아가셔서 그렇다고 하신다. 친할머니의 사랑을 엄마한테 갈구한 거라고 하신다. 엄마를 잠시도 떨어지지 못하게 했던 아빠로서는 정말 힘드셨을 것이다. 그것도 밤에 여자 혼자 일하러 보내야 하는 심정이 오죽했을까? 아빠는 그때를 말로 할 수 없는 외로움과 고통이었다고 회상하셨다.

아빠가 할 수 있는 일은 오직 찬송하고 기도하면서 마음을 위로하는 것이었다. 주일예배, 수요예배, 철야예배, 새벽예배를 빠지지 않고 다니셨다. 오직 하나님만 바라고 기도하면서 사는 일이 아빠 삶의 전부였다.

서울로 이사한 지 6개월 만에 중학교 3학년인 큰언니와 중학교 1학년인 둘째 언니가 올라왔다. 언니들까지 서울로 올라오고 아빠도 무엇인가를 해봐야겠다고 생각하셨다. 아빠는 다리가 불편해 무거운 건 들지 못하신다. 그래서 가벼운 김 장사를 해보기로 하셨다. 우리 시골에는 김이 많이 생산되는 곳이다. 그걸 시골에서 떼다가 파실 생각이셨다.

이모가 아빠한테 맡겨 놓은 돈 200만 원이 있었다고 한다. 누구한테 갚을 돈이라고 당분간 맡겨두셨다. 그 돈으로 우선 장사를 시작해야겠다고 생각하셨다. 목포에 아는 분이 건어물 도매상을 하고 계셨다. 그분을 찾아가서 여러 박스 구입해서 서울로 올라왔다.

우리가 살고 있는 은평구 동네 시장에 나가서 김 장사를 하셨다. 무엇인가 일할 수 있다는 것이 너무 감사했다고 한다. 동네 시장이라 먼저 장사하던 분들의 텃세가 심했다. 그래도 굽히지 않고 매일 같이 열심히 장사하면서 모든 어려운 고비 고비를 이겨나가셨다. 텃세 부리는 분들한테 쫓겨나기도 했다. 싸움도 해야 했다.

아빠의 모습을 보고 안타까웠는지 어느 날 어떤 분이 아빠를 찾아와서 장사 방법을 알려주셨다고 한다. 동네 시장에서 하지 말고 큰 시장을 찾아가서 장사해보라고 하셨다. 물건을 뗄 때도 목포까지 가지 말고 서울 을지로에 가면 건어물 도매시장이 있는데 거기 가서 구입하라고 알려주셨다. 그러면 경비도 적게 들고 시간도 절약된다고 하셨다.

그 아저씨 말대로 큰 시장으로 나가기로 했다. 아빠는 을지로에 있는 건어물 시장에 가서 물건을 떼다가 엄마가 있는 용산 농수산물 도매시장에 가서 김 장사를 하셨다. 용산 농수산물 도매시장은 엄청 큰 시장이다. 지금의 송파구에 있는 가락시장이 그 용산시장이다. 아빠는 아침 일찍 일어나 우리를 단속해놓고 을지로 건어물 도매시장을 가서 물건을 떼서 용산시장으로 가셨다.

대조동에서 을지로를 가서 용산시장까지 다니는 게 너무 힘들었다고 하신다. 차가 있는 것도 아니고 버스를 타고 다니셨다. 불편한 다리로 짐을 들고 계단을 오르내리면서 장사하는 건 다리가 불편한 아빠로서는 여간 힘든 일이 아니었다. 하루 종일 장사하고 밤이 되어서야 집에 오셨다. 또 아침에 일찍 일어나서 우리를 단속해놓고 일하러 나가셨다.

집주인이 집을 새로 짓는다고 집을 비워 달라고 했다. 그래서 부모님은 부모님이 일하시는 용산시장 쪽으로 집을 알아보기로 하셨다. 보증금 80만 원에 월세 8만 원 하는 집이었다.

그런데 문제는 대조동에 살 때 월세를 못 내 보증금으로 제하다 보니 30만 원밖에 남지 않았다는 것이었다. 아빠는 돈을 어디서 구할지 고민하셨다. 마침 용산시장에서 장사하고 계시는 고모한테서 돈을 빌릴 수 있었다.

우리 가족은 용산으로 이사 갔다. 부모님이 일하는 용산시장과 집이 가까우니 고생은 덜했다. 우리 집은 용산시장 초입에 들어가는 곳에 있었다. 대조동이 조용한 동네였다면 용산은 사람도 많고 시장 냄새도 나고 시끄러운 곳이었다. 그 집도 부엌 하나에 방 하나였다. 그래도 다행인

건 다락방이 하나 있다는 것이다. 다락방은 책상을 두고 앉아서 공부할 수 있을 정도였다. 다락방은 창문도 없고 잠을 잘 수도 없었다. 그래도 하나의 공간이 또 있다는 것만으로도 얼마나 다행이었는지 모른다.

나는 또 전학을 가야 했다. 3학년 때 시골에서 왔는데 4학년 때 또 전학을 갔다. 사투리 쓴다고 놀림을 받던 내가 4학년이 되어서는 친구도 많이 사귀고 잘 지내고 있었다. 나는 그때부터 사람들을 내 편으로 만드는 방법을 알고 있었다. 양보하고 내가 조금만 참아주면 모두 내 편으로 만들 수 있다는 걸 알았다. 그리고 유머가 있는 사람한테는 항상 친구들이 몰리는 걸 알았다. 그래서 나는 개그맨처럼 애들을 웃겼다.

그렇게 어렵게 만든 친구들과 또 떨어져야 했다. 나는 또다시 다른 세상에 가서 친구들을 사귀어야 했다. 하지만 낯선 곳에 간다는 건 이젠 두려움이 아니었다. 사투리 쓴다고 친구들이 웃을 때 주눅 들었던 내가 친구들을 어떻게 사귀어야 하는지를 알았기 때문이다. 그리고 용산에는 나랑 같은 학년인 이모 딸 정원이와 현주 언니가 있었다. 나는 날마다 이모네 집에 가서 놀았다. 내 또래 친구도 있고 사촌 언니도 있으니 매일 놀러 갔다. 가까운 거리가 아닌데도 매일매일 가서 놀았던 것 같다. 학교도 가까운 편은 아니었다. 30분 이상 걸어가야 했다. 엄청나게 활동적이었던 나는 먼 거리인지도 모르고 씩씩하게 다녔다.

큰언니는 고등학생이 되었다. 둘째 언니는 중학생, 내 남동생 경수는 1학년이 되어서 내가 다니던 용산초등학교에서 입학식을 했다. 막내도 어린이집을 다녔다. 제일 좋은 건 부모님이 일하시는 곳이 바로 코앞이라는 것이다. 부모님과 있는 시간이 조금 더 많아졌다.

용산시장은 우리나라에서 제일 큰 도매시장이다. 그래서 엄청나게 사람도 많고 복잡했다. 아빠도 김 장사를 하면서 시장이 얼마나 복잡한지 김을 놓고 팔 곳이 마땅치 않았다. 시장 경비하고도 몇 차례 싸움도 하면서 장사했다. 하지만 하루에 만 원 벌기도 어려웠다고 한다.

그래서 리어카를 끌고 다니면서 과일, 쪽파, 마늘을 팔았다. 마늘 장사를 계속하다 보니 손님들이 제법 많아져서 돈벌이가 되는 편이었다. 마늘 장사는 시기가 있는데 그 시기가 지나니 마늘 장사를 할 수 없었다.

엄마가 일하는 배추 매장으로 가서 배추 몇 포기를 사다 팔았다. 그렇게 배추를 도매시장에서 떼서 사람들한테 팔았다. 아빠는 차츰 그 장사를 알아가게 되었다. 나중에는 5톤 가득 배추를 실은 배추차를 사서 배추 도매 장사를 시작하게 되었다. 장사가 차츰 익숙해졌다.

이제는 아빠가 할 수 있는 일을 찾은 것이다. 아빠는 엄마와 같이 장사를 하니 마음도 편하고 안정되었다고 한다. 부지런하고 성실한 부모님은 금방 자리를 잡을 수 있었다. 수입도 많아졌다.

아빠는 이 낯선 서울에 오셔서 어떻게든 살아보려고 애를 쓰셨다. 불편한 다리를 이끌고 짐을 들고 계단을 오르고 내리면서 열심히 사셨다. 아빠는 뭐가 됐든 밥은 먹고 살아야 한다는 생각만 하셨다고 한다. 내 새끼들 굶기지는 말아야겠다는 생각으로 사셨다.

어릴 때는 부모님이 일만 하고 사는 것이 불만이었다. 나도 부모님이 이렇게까지 힘든 삶을 사셨는지 몰랐다. 이렇게 열심히 부지런히 어려움에 굴하지 않고 살아주신 부모님의 삶이 우리에겐 산 교육이 되었던 것 같다.

03

이리저리 피해가며 노점상을 운영하다

빈손으로 서울로 올라온 우리 부모님은 막막한 하루하루를 보내셨다. 오직 의지할 건 하나님뿐이었다. 오직 기도밖에 없었다. 아무것도 모르는 어린 자식들은 부모님만 바라보고 있었다. 부모님은 어떻게든 먹고살기만 하면 된다고 생각하셨다.

먼저 일을 시작한 건 엄마였다. 사업에 실패하고 한 푼도 없이 서울로 올라왔다는 소식을 듣고 이모가 전화해준 거다. 생각해보면 이모에게 참 감사할 일이다. 우리 가족을 먹고살게끔 길을 열어준 건 이모다. 이모에게 참 감사할 일이다. 이제라도 이모한테 감사해야겠다는 생각이 든다.

엄마는 이모의 전화를 받은 다음 날부터 일을 나갔다. 아빠는 엄마를 대신해 우리를 돌보셨다. 언니들이 서울로 전학을 오지 못한 상태였다. 언니들이라도 있으면 아빠가 일하러 나가셨을 것이다. 하지만 어린 나와 남동생들만 집에 두고 아빠마저 일하러 나가실 수는 없었다. 아빠는 언니들이 서울로 올라오기 전까지 우리 셋을 돌봐주고 계셨다. 언니들이 서울로 전학 왔을 때 아빠가 할 일이 뭔지 찾기 시작하셨다. 그래도 중학생인 언니들이 집에 있으니 맘을 놓고 다니실 수 있었다.

내 자식이 굶어 죽게 생겼다는데 가만히 있을 부모가 어디 있겠는가? 언니들이 서울로 전학 왔고 이젠 일곱 식구가 먹고살아야 한다. 이제는 먹고사는 문제가 더 커졌다. 두 사람이 더 늘어난 것이다. 아빠는 이대로 있을 수는 없다고 생각하셨다. 어떻게든 일자리를 찾아보겠다고 나섰다.

아빠는 한쪽 다리에 장애가 있으니 아무거나 할 수도 없는 노릇이었다. 아빠가 정상적인 몸이었다면 아마 노가다라도 하셨을 것이다. 다리가 불편해서서 직업소개소에서도 어떤 일자리도 찾을 수가 없었다. 다리만 조금 불편하실 뿐이지 힘도 엄청 세고 남들 할 건 다 하신다. 대신 무거운 짐을 빨리 옮기는 것만 어려울 뿐이다. 남들과 다른 신체적인 조건으로 제약이 많았지만 아빠는 나름의 살길을 찾아 나섰다.

아빠는 장사를 잘하셨다. 인상이 좋은 분이라 몇 마디 나눠보면 좋은 사람이라는 걸 금세 알 수 있었다. 그래서 그런지 장사를 제일 잘했다. 어떤 장사를 할까 알아보셨다. 장사를 하려면 무거운 물건을 들어야 하는 것이 문제다. 그래서 생각한 게 김 장사였다. 김은 몇 상자를 싣고 와도 다른 것에 비해 가벼웠다.

아빠의 고향은 바닷가라 겨울에는 김이 많이 생산되는 곳이다. 목포까지 가서 아는 사람한테 김을 떼 오셨다. 버스 타고 목포까지 내려가신 거다. 그 당시 김은 겨울에 하는 장사였다. 그 한겨울에 김을 떼다가 추운 겨울날 밖에서 하루 종일 장사해야 했다.

시장에서 장사하는 분들은 겨울에 추울 때는 고추장 큰 통에 불도 지필 수 있었다. 하지만 아빠는 여기저기 눈치 보며 피해 다니며 장사를 해야 했기 때문에 그 추운 겨울에 추위와 맞서며 장사하셨다.

늦게까지 장사하고 들어오신 아빠는 항상 다리를 주물러 달라고 하셨다. 아빠의 아픈 다리는 막대기처럼 단단하고 꽁꽁 얼어 있었다. 아빠에게 해줄 수 있는 건 오직 다리를 주물러 드리는 것뿐이었다.

아빠가 김 장사를 끝내고 들어올 때 다 팔고 오면 빈손으로 들어오시지만 김을 못 팔면 김 상자 그대로 들고 들어오셨다. 김 상자를 들고 오실 때면 장사가 잘 안 됐구나 하고 생각했다. 그런 날이면 아빠가 더 힘들어 보였다. 그 불편한 다리를 끌고 목포까지 김을 떼러 가고 계단을 왔다 갔다 하면서 얼마나 힘드셨을지…. 말로 할 수 없는 고통이셨을 것이다. 아빠는 우리들이 살아만 있으면 '나중에 커서 공장이라도 가겠지, 어떻게든 커서 뭐라도 해 먹고 살 수 있겠지.' 오직 이 생각뿐이셨다고 했다.

아빠는 김을 펼쳐서 장사할 만한 장소가 있으면 어디든 장사판을 펼치셨다. 전철역 앞에서 장사할 만한 장소만 있으면 김을 내려놓고 장사하셨다. 전철 앞에서 장사하면 관련된 직원이 와서 쫓아냈다고 한다. 그 어디서든 장사할 수 있는 곳이라면 무조건 김을 내려놓고 파셨다. 그러니 여기저기 쫓겨 가면서 장사하셔야 했다.

시장 같은 곳은 작은 공간이 있으면 김을 내려놓으셨다. 시장이라는 곳은 사람들이 물건을 사러 오는 곳이다. 그만한 장소가 없다. 하지만 시장은 그 전부터 오래 장사하던 분들이 계신다. 모르는 사람이 와서 장사하면 텃세가 심한 곳이다. 모든 시장이 다 그렇다.

오랫동안 자리를 잡으신 분들을 피해 불편한 다리를 이끌고 여기저기 옮겨 다니셔야 했다. 아빠는 누구한테 지고 살 분은 절대 아니다. 사람들이 그렇게 텃세를 부려도 꿋꿋하게 피해 다니며 장사하셨을 것이다.

시장에서 장사하는 아저씨가 건어물 도매시장이 을지로에 있다는 것을 알려주셨다. 그리고 여기서 장사하지 말고 큰 시장으로 가서 일하라고 알려주셨다. 그 아저씨 말대로 아빠는 우리나라에서 제일 큰 용산시장으로 갔다.

거기는 엄마가 일하는 곳이기도 하다. 사람이 밟힐 정도로 많은 곳이다. 워낙에 큰 시장이다 보니 시장을 관리하는 경비들도 많다. 거기도 마찬가지다. 먼저 와서 일한 사람들의 텃세와 경비 아저씨들의 감시. 그곳에서도 텃세를 부리는 사람들과 싸워야 했다. 경비 아저씨랑 몸싸움이 셀 수 없이 많았다고 한다.

아빠가 다리 한쪽이 불편해서 사람들이 얕보고 함부로 했을 수도 있다. 하지만 아빠는 팔 힘이 엄청 세다. 그 누구도 아빠를 이기지 못한다. 언젠가 가락시장에서 팔씨름 대회를 했는데 전체에서 1등 했다. 아빠를 무시하고 덤벼들었다가 큰코다친 분들도 많았을 것이다. 이곳저곳 쫓겨 다니면서 힘들게 했던 김 장사는 아무리 열심히 해도 벌이가 안 됐다. 아빠는 그래서 다른 것을 팔아보기로 하셨다.

용산시장은 우리나라 전국 각지에서 과일, 야채, 채소가 다 모이는 최대의 도매시장이다. 그 옆에 소매상들도 있다. 용산시장은 야채나 과일을 사러 오는 곳이다. 그래서 김 장사를 하기에 걸맞는 장소는 아니라고 생각하셨다. 김 장사를 하려면 을지로 가서 김이랑 건어물을 떼 와야 한다. 시간도 많이 들고 힘도 든다. 그래서 생각하신 게 용산 도매시장에 있는 과일이나 야채들을 떼다가 팔아보기로 한 것이다.

용산시장 여기저기 다니면 팔 만한 물건들이 많았다. 아빠는 리어카를 사서 쪽파, 대파, 마늘 같은 걸 도매로 사셨다. 그걸 일반 소매상들이나 소비자한테 파셨다. 용산시장에 자리를 잡은 아빠는 마늘 장사가 잘됐다고 한다. 자리를 잡고 하다 보니 단골도 생겼다고 한다. 장사를 잘 하시는 분이라 물건을 사러 오는 분들과 금세 친해져서 단골로 만드셨을 것이다.

하루는 옆에서 장사하던 분이 아빠만 손님이 많아서 열이 받아 아빠가 장사하는 곳 앞에 오줌을 싸버렸다고 했다. 늦게 장사에 뛰어든 아빠가 먼저 자리잡은 분들보다 단골이 더 많고 장사가 잘되니 화가 많이 난 것이었다.

시장이라는 곳이 얼마나 치열하고 억센 곳인가? 아빠가 다리 아프다는 겉모습만 보고 무시했던 사람들이 얼마나 많았을까? 그중에도 아빠가 불쌍해 보여 도와주려고 했던 분들도 많았을 것이다. 아빠는 그 억센 시장에서 아빠의 자리를 잡고 살아나가기 시작했다.

엄마가 일하는 곳은 배추 도매시장이었다. 도매시장이기 때문에 밤에 일한다. 남들이 다 자고 있을 시간에 도매시장이 움직인다. 엄마는 소매상들한테 팔 배추를 밤새 쭈그리고 앉아 다듬었다. 그러고 나면 아침에 일찍 부지런히 소매상들이 와서 그 배추를 사 간다. 그 배추를 소매상들이 차에 실어 사 간다. 그 소매상들은 식당으로 가서 판다. 아니면 각자 본인들의 가게에서 소비자한테 판다. 또 어떤 분들은 차에 싣고 동네를 돌아다니면서 팔기도 한다. 배추를 사서 여러 경로로 팔 수 있을 것이다.

아빠는 엄마가 하는 배추 매장으로 가보기로 했다. 그걸 몇 포기 사서 리어카에 싣고 용산시장에 장 보러 오는 사람들한테 팔아보기로 했다. 소비자 대부분은 집이랑 가까운 시장에 가거나 마트 가서 배추를 사기도 한다. 그런데 가끔 신선한 야채를 원하는 소비자들이 직접 용산시장에 와서 장을 본다. 그분들한테 그걸 팔아야겠다는 생각을 하셨다. 배추 장사를 시작한 아빠는 차츰 그 장사 경로를 알게 되었다.

부모님이 서울에 와서 맨몸으로 무엇인가를 시작한다는 건 쉬운 일이 아니었을 것이다. 오로지 내 자식들 굶기지는 말아야지. 이 생각 하나로 서울이라는 낯선 세상과 싸우며 살아가셨다. 아빠가 아픈 다리로 여기저기 쫓겨 가면서 장사해야 할 때 얼마나 힘드셨을까?

아빠는 당당하게 이겨나가셨다. 시장이라는 텃새 심하고 드센 세상에서 살아나셨다. 사람도 많고 사람들도 드세고 험악한 욕도 오갔을 것이다. 그런 험한 세상을 이겨내셨다.
여기저기 쫓겨 다니면서 일하셨을 아빠의 모습이 선명하게 그려진다. 그때가 추운 겨울이었기 때문에 마음과 몸이 더 힘드셨을 것 같다. 이렇

게 힘든 세상과 싸우며 우리를 위해 열심히 살아주신 부모님께 감사의

마음을 다시금 느껴본다.

04

가난해서 받은 눈물의 공책

시골에 살 때는 가난이라는 걸 모르고 살았다. 내가 태어날 때부터 우리 집은 큰 가게를 운영하고 있었다. 지금으로 말하면 큰 슈퍼마켓 같은 곳이다. 가게는 항상 사람들이 북적거리고 장사도 잘됐다.

잘살다 보니 아빠는 언니들이 다니는 학교 활동에도 적극적이셨다. 그리고 아빠는 그곳에서 그나마 배운 사람이었다. 머리가 좋았고 공부도 잘하셨다. 그래서 주변에 어려운 관공서 일을 봐야 하는 분들은 다 아빠를 찾았다. 활동적이고 적극적인 성격이시라 주변에 항상 사람이 많았다. 그래서 그런지 더불어 장사도 잘됐다.

나는 먹고 싶은 과자가 있으면 가게에 있는 걸 그냥 가져다 먹었다. 누구 눈치도 안 봤다. 가끔 엄마가 그만 먹으라고 야단치는 정도였다. 박스 상자가 나오면 딱지를 만들었다. 왕딱지를 만들 수 있는 상자는 다 내 차지였다. 옆집에 좋아하는 오빠한테 과자도 가져다줬다. 그야말로 그 가게에서는 모든 게 내 세상이었다.

나는 일곱 살이 되어 유치원에 가야 했다. 그런데 유치원은 안 가고 학교를 간다고 떼썼다. 언니들도 학교에 다니고 주위에 나랑 놀던 애들도 다 학교에 갔다. 한번 고집부리면 꺾지 않았던 것 같다. 나는 고집부려 일곱 살 때 초등학교에 입학했다.

우리 언니 둘도 일곱 살 때 학교에 갔다. 시골에서는 여섯 살에 간 아이도 있고, 늦게 아홉 살에 간 아이도 있었다. 서울과 다르게 형편에 맞게 학교에 갔던 것 같다. 우리 오 남매 중 유치원을 안 들어간 건 나 하나뿐이다. 다들 어릴 때 유치원 들어가서 빵모자를 쓰고 찍은 사진이 있다. 나는 엄마한테 왜 나만 유치원 안 보냈냐고 물어봤다. 내가 유치원 안 가고 학교 가겠다고 하도 떼를 써서 학교를 보냈다고 했다.

나는 하고 싶은 건 어떻게든 하는 정말 고집스런 아이였나 보다. 초등학교 입학식 때 빨간색 원피스를 입었다. 그날만은 좀 얌전했던 것 같다. 엄마가 손수건을 옷핀에 끼워 가슴에 매달아준 기억이 있다. 그 시절 초등학교 입학식 때 손수건을 왼쪽 가슴에 달고 갔다. 콧물이 나면 닦으라고 그런 것이었다고 한다.

아빠가 어디 나가실 때도 나를 안 데려갈 수 없었다고 했다. 나를 떼어놓고 한참 가다 보면 어느새 내가 뒤에 졸졸 몰래 따라갔다고 한다. 이건 부모님한테만 그런 게 아니다. 큰언니가 어딜 가야 해서 나가면 내가 따라가고 싶다고 마음먹으면 어떻게든 뒤로 몰래 숨어서 쫓아갔다.

나는 사람들 앞에서 노래도 잘 불렀다. 어릴 때 친척 오빠들 앞에서 오십 원씩 받고 노래했던 기억도 있다. 내가 먹고 싶은 게 있으면 어떻게든 뺏어서라도 먹었다고 한다. 친구랑 같이 있다가도 고기가 하나 남으면 친구한테 '저기 뭐 보인다.' 하고 다른 데 보고 있을 때 그걸 냘름 집어서 내 입속으로 넣었다고 한다.

어릴 때 더위를 많이 탔는지 여름에는 옷을 하나도 안 입고 동네에 나가서 놀았다고 했다. 옷을 입혀놓으면 벗어버리고 입혀놓으면 또 벗고…. 큰언니가 학교 가면 친구들이 "야, 니 동생 또 옷 다 벗고 나와서 놀드라." 했다고 한다. 언니는 창피했다고 한다.

언니 말에 의하면 나는 활발하고 깡패였고 여우였고 욕심도 많고 샘도 많았다고 한다. 시골에서는 온 가족이 다 같이 한방에서 잤다. 아빠는 항상 내 차지였다. 아빠랑 잘 때도 아빠는 내 쪽만 보고 자야 했다. 나를 보고 있지 않으면 아빠의 고개를 내 쪽으로 돌렸던 기억이 있다.

큰언니 말에 의하면 나는 어릴 때 밝고 명랑하고 활발했다고 한다. 서울 와서 변한 것 같다고 했다. 그리고 결혼해서 더 변했다고 했다.

내가 고생도 모르고 그렇게 계속 부자로 살았으면 완전 망나니가 되지 않았을까 생각도 해본다. 시골에서 초등학교 들어갔을 때는 학교에서 유명한 큰언니가 있어서 든든했다. 큰언니는 노래도 잘하고 피아노도 치는 모범생으로 유명했다. 큰언니를 모르는 선생님이 없었다. 아빠도 학교 일에는 적극적으로 활동하셨다. 아빠와 언니들 덕분에 나의 초등학교 생활은 편했다.

초등학교 들어가서 1학년 가을에 운동회를 했다. 학생들 대부분이 고무신을 신고 다닐 때 우리는 운동화를 신었다. 운동회 한다고 엄마가 새로 운동화를 사주셨다. 운동화가 너무 컸다. 이걸 신고 뛸 수 있을까 하고 생각했다. 총소리가 '땅' 하고 울리고 다 같이 뛰었다. 나는 한참을 앞에서 뛰고 있었다. 다른 애들은 다들 내 뒤에서 천천히 뛰어오고 있었다. 나는 내가 그렇게 달리기를 잘하는지 처음 알았다.

학교에 들어오기 전에는 누구랑 대결하면서 뛰어본 적이 없었으니 내가 달리기를 잘한다는 걸 몰랐다. 1등을 하는 사람은 노트를 받았다. 나는 '상'이라고 찍힌 노트를 받았다. 노트를 3권 정도 받은 것 같다. 집에 가서 엄마한테 노트 받았다고 자랑한 기억이 있다.

학교가 끝나면 애들하고 풀밭에서 놀았다. 풀꽃으로 반지도 만들고 목걸이도 만들었다. 초등학교 들어오기 전까지는 맨날 동네에서 딱지만 치고 남자애들하고 놀았다. 초등학교 들어간 이후부터는 남자와 여자가 갈라졌던 것 같다. 나는 더 이상 남자애들과 놀지 않았다.

여자아이들은 고무줄놀이며 공기놀이를 하고 놀았다. 나는 고무줄놀이와 공기놀이는 안 했다. 별로 재미없었다. 나는 땅따먹기 같은 게 더 재미있었던 것 같다. 친구들도 우리 집에 자주 와서 놀았다. 우리 집이 마당도 있고 집도 넓어서 우리 집에 모여서 놀았다.

겨울은 가난한 사람들에게는 더 추운 계절이다. 추위에 떨어야 하기 때문에 다른 계절보다도 더 혹독하다. 그래서 겨울이 되면 구세군 냄비도 있고 불우 이웃 돕기도 많이 한다. 그때 우리 학교에서도 불우 이웃 돕기를 했던 것 같다.

선생님은 우리 집이 다 망하고 서울로 올라온 걸 아셨다. 선생님은 불우이웃돕기 하고 노트가 좀 남았다며 노트 몇 권을 나한테 주셨다. 그냥 살짝 주셨다면 좋았을 텐데 애들한테 불우이웃 돕고 남은 노트는 나한테 주겠다고 얘기하셨다.

선생님에게 노트를 받고 마음에서부터 눈물이 복받쳐왔다. 그 눈물을 얼마나 참으려고 했는지 모른다. 아무 어려움 없이 가난이란 걸 모르고 부자로 살았던 내가 졸지에 가난한 학생이 되어서 노트를 받아야 한다는 것이 싫었다. 눈물을 참으려고 해도 참아지지 않았다. 참지 못한 눈물은 줄줄 흘렸다. 소리를 안 내려고 했지만 가슴에서 나오는 눈물이라 꺽꺽 소리가 났다.

선생님은 그냥 내 등을 두들겨주셨다. 나는 졸지에 불우한 이웃이 되어버렸다. 그 노트를 받아든 나는 그때 가난이 뭔지 알았다. 정말 서러웠다. 노트를 받은 그날이 나에겐 정말 가슴 찢어지는 경험을 한 날이었다.

05

나 당신과 안 살라요

언니들이 서울로 전학 오고 1년이 지났다. 또 시간은 그렇게 흘러 우리 모두 한 학년씩 올라가게 되었다. 큰언니는 고등학교에 들어가게 되었다. 큰언니의 고등학교 입학금이 7만 원이었다고 한다. 그 7만 원이 없어서 우리 부모님은 고민하고 있었다. 우리 외갓집은 대가족이다. 이모 딸 중에는 서울로 일찌감치 올라와 터를 잡은 언니들도 있었다. 부모님은 이모한테 서울로 일찍 올라와 일하고 있는 사촌 언니가 있다는 말을 들었다. 모아놓은 돈이 좀 있다는 얘기를 듣고 사촌 언니한테 돈을 빌려보기로 했다. 큰언니의 고등학교 입학금은 그렇게 마련되었다.

큰언니는 용산에서 청량리까지 새벽같이 일어나 학교를 다녔다. 언니 말에 의하면 별 보며 등교하고 별 보며 집에 왔다고 한다. 그때는 꿈이 있어서 그게 힘든 건지도 모르고 앞만 보고 살았다고 했다. 어릴 때부터 큰언니는 항상 엄마의 일을 도와줬다. 동생들이 어리고 많으니 엄마는 매일같이 "동생들 봐라~ 동생들 봐라." 하셨다고 한다.

부모님에게는 착한 딸이었다. 서울에 와서도 부모님의 빈자리를 채운 건 큰언니의 몫이었다. 어릴 때부터 부모님의 사랑을 듬뿍 받고 자랐다. 남부럽지 않게 중학교까지 다녔다. 큰언니가 중학교 3학년 때 아빠가 사업에 크게 실패하게 된 거다. 제일 충격도 컸을 것이다. 고등학생인 언니는 아침마다 일찍 일어나서 우리들 도시락을 다 싸줬다. 가난한 우리 집 도시락 반찬은 뻔하다. 엄마를 대신해 이 모든 걸 다 해줬던 큰언니가 너무 고맙다.

부모님은 용산시장에서 자리 잡고 배추 장사를 시작하셔서 어느 정도 자리를 잡아가는 중이었다. 그런데 또 한 번의 어려운 문제가 생겼다. 용산에 있는 농수산물 도매시장이 송파구 가락동으로 옮기게 된다는 것이다. 다른 사람들은 거의 송파구 가락동 시장으로 옮겨갔다. 우리는 송파구 가락동 시장 근처에 집을 마련할 돈이 없었다.

엄마는 또다시 밤에 혼자서 장사하러 나가셨다. 용산에서 가락동까지는 꽤 먼 거리다. 부모님이 일을 해야 하기 때문에 우리는 송파구 쪽으로 이사를 가야 했다. 하지만 보증금이 없었다. 월세 보증금도 얼마 남지 않자 집주인은 집을 비워 달라고 독촉했다고 한다.

아빠는 하도 답답해서 서울 송파구 가락동 농수산물 도매시장 근처를 돌아다니셨다. 어디 천막이라도 쳐서 살 만한 곳이 있는지 보러 가신 거라고 했다.

가락시장 근방을 돌아다니고 있었는데 아는 분을 만났다. 고향에서 우리보다 서울로 먼저 오신 분이셨다. 그분은 시골에서 부모님과 같은 교회를 다녔다고 했다. 어머니같이 우리 부모님을 사랑해주신 분이셨다고 한다. 아빠는 권사님을 본 순간 아빠의 그런 모습을 보여주고 싶지 않아서 피했다고 한다.

권사님이 아빠를 먼저 알아보시고 아빠를 불렀다고 한다. 권사님은 아빠를 만나는 순간 너무 반겨주셨다고 한다. 고향에서 실패하고 서울로 온 걸 알 리가 없었다. 아빠한테 왜 여기에 왔냐고 계속 아빠의 얘기를 듣고 싶어 하셨다고 한다. 아빠는 못 이기는 척하면서 그분을 따라가서 점심 식사를 하셨다. 아빠는 아빠의 사정을 털어놓았다. 용산 농수산물 시장이 송파구 가락동으로 옮기게 되어서 가락동 근방으로 방을 얻으러 돌아다니고 있다고 말씀하셨다.

아빠의 사정을 들은 권사님은 같이 방을 알아보자고 하면서 같이 알아봐주셨다. 두 분이 알아봤던 집이 가구점에서 작업하는 창고 같은 집이었다고 한다. 허름한 집이지만 우리 일곱 식구가 살 수 있는 집으로 보였다고 한다. 보증금 80만 원에 월세가 10만 원이었다. 아빠는 보증금이 30만 원밖에 없다고 하셨다. 권사님은 부족한 돈은 꿔줄 테니 걱정하지 말라 하시면서 집을 계약하라고 하셨다.

아빠는 그 집을 계약했다. 집이 너무 허름해 수리해야 했다. 마침 집주인이 집을 수리하는 분이라고 해서 집주인한테 집수리를 맡겼다.

수리를 다 하고 그다음 날 엄마와 함께 새로 계약한 집을 보러 갔다. 엄마는 그 집을 보더니 땅에 털썩 주저앉아 버렸다. "이것이 집이라고 계약했냐"고 하면서 펑펑 우셨다고 한다. "나 이제 당신하고 안 살라요." 하면서 길에서 펑펑 우셨다고 한다. 아빠는 힘들게 구한 집이었다. 돈도 없는데 그래도 살 수 있는 집을 구했으니 다행이라고 생각했다. 하지만 울고 있는 엄마를 보고 누구한테 한 대 얻어맞은 기분이셨다고 한다.

이러한 광경을 보고 계셨던 권사님이 엄마를 달래셨다. "자네들은 아직 젊으니까 여기서 돈 많이 벌어서 좋은 집 사서 이사 가게 될 거네."라며 엄마를 위로하셨다고 한다. 그분은 엄마를 위로하시고 아빠는 아무말도 못 하고 부모님은 서로 말없이 우리가 사는 용산으로 오셨다.

우리가 살기로 계약한 집은 성동구 화양리에 있었다. 거기서 송파구

가락동까지 버스를 한 번 타면 다닐 수 있는 곳이었다. 큰언니는 화양리에서 청량리까지 학교를 가야 했다. 둘째언니는 은평구까지 학교를 가야했다. 도대체 언니들은 그렇게 먼 거리를 어떻게 다녔을까? 그때 그 고생을 생각해보면 지금의 고생은 아무것도 아닌 것 같다.

화양리 우리 집은 앞으로 가면 1층에 대문이 있었다. 1층에 주인집이 살았다. 뒤로 가면 2층으로 들어가는 작은 대문이 있었다. 그 대문으로 들어가 계단으로 올라가면 우리 집이었다. 2층에는 다른 집도 살고 있었다. 그 집은 넓었다. 거실과 주방, 방은 세 개나 있었다. 우리 일곱 식구는 그 옆에 방 하나, 다락방 하나, 부엌 하나 있는 공간에서 살았다. 부엌은 대충 지어졌다. 부엌 천장이 콘크리트가 아니었다. 플라스틱 슬레이트 기와 지붕으로 덮여 있었다. 그래서 여름에는 엄청 덥고 겨울에는 너무 추웠다.

나는 또 전학을 갔다. 초등학교 5학년이었다. 전학하는 날 선생님이 인사를 하라고 하셨다. 그리고 노래를 시켰다. 내 노래를 들은 친구들과 선생님이 깜짝 놀랐다. 이렇게 노래를 잘했냐고…. 그걸 마지막 헤어지는 날 알았다고 하면서 박수를 쳐주었다. 나는 내가 노래를 잘한다는 것도 그때 처음 알았다. 나에겐 네 번째 초등학교다. 전학 가는 것이 두렵지도 않았다. 가서 또 친구들을 사귀면 된다. 이제 5학년인데 다시는 전학 안

하겠지 하는 생각이 들었다.

화양리로 이사 가고 친구들이 우리 집을 볼까 봐 집에 들어갈 때 아무도 없는지 확인하고 대문으로 들어갔다. 우리 집 외형은 너무 지저분했다. 주인이 들어가는 1층 쪽은 괜찮았다. 2층으로 올라가는 뒷문은 너무 형편없었다. 집에 들어가려다가 누구라도 지나가면 집에 안 들어가고 그냥 지나치는 사람처럼 행동했다.

엄마가 그 집을 보고 땅바닥에 앉아 우셨다는 얘기를 이제서야 들었다. 그때 엄마 심정이 이해가 간다. 진짜 그 집은 들어가는 문부터가 집이라고 하기엔 너무 창피했다. 친구들이 알게 되면 어쩔 수 없이 알려줬지만 나는 우리 집을 아무에게도 보여주고 싶지 않았다.

그 집에서 2년을 살았던 것 같다. 초등학교 5학년부터 중학교 1학년까지 살았다. 언니들은 학교가 멀어서 친구들한테 그 집을 보여줄 일이 없었겠지만 나는 학교가 10분이면 갈 수 있는 곳이었다. 주변에 친구들이 하나, 둘 내가 사는 집을 알게 되었다. 그래도 나는 아무렇지도 않은 듯 활발하게 친구들과 어울렸다. 나는 활발한 성격 때문에 금세 친구들을 사귀었다. 그리고 운동을 워낙 잘해서 항상 주변에 친구가 많았다.

부모님은 가락시장을 다니면서 열심히 사셨다. 아빠는 가락시장에서 어느 정도 배추 도매상으로서의 자리를 잡아갔다. 장사도 의외로 잘되었다. 이사올 때 빌렸던 보증금도 갚았다. 2년 후 서울 송파구 가락동 시장 가까운 곳으로 이사를 하게 되었다.

반지하인데 그래도 방 두 개에 화장실이 집 안에 있었다. 보증금 200만 원에 20만 원씩 내는 월세 집이었다. 부모님이 다니는 가락동 농수산물 시장과도 가까운 거리였다. 남동생은 초등학생이라 전학을 했다. 송파구는 가락동에 가락시장이 들어오면서 인구가 많이 늘어났다.

남동생이 다니던 초등학교는 학생이 너무 많아서 오전, 오후 반으로 나눠졌다. 한 반에 60명 가까이 있는데 그것도 오전, 오후로 나눠지고 12반이 넘게 있었다. 송파구는 복잡한 도시가 되었다.

서울에 와서 살았던 집 중에서는 그래도 석촌동 반지하 집이 가장 좋았다. 화장실이 안에 있는 것만으로도 좋았다. 그래도 반지하라 집주인과는 대문이 달랐다. 나는 언제 저 큰 문으로 들어가 살아보나 하고 생각했다. 그리고 가끔 큰 대문이 열려 있을 때는 그 대문으로 들어왔다. 작은 대문으로 들어간다는 건 집이 지하방이라는 것이었다.

그때 송파구에 집들은 거의 다 그렇게 생겼다. 집주인이 들어가는 문과 지하에 사는 사람들이 들어가는 문이 달랐다. 굳이 왜 문을 2개 만들었을까? 대문만 다를 뿐 들어가면 같은 마당을 쓰는 건 똑같았는데…. 그 대문이 뭐라고 내 맘을 상하게 했을까?

집은 엄마가 보고 결정하는 게 맞는 것 같다. 서울에 와서 살았던 집이 다 가난한 사람들이 거쳐 가는 집이었지만 그래도 아빠가 엄마랑 상의도 없이 계약했던 화양리의 집은 생각하기도 싫다. 우리 엄마가 얼마나 속상했으면 땅에 주저앉아 울었을까? 얼마나 속이 터질 지경이었으면 아빠랑 안 산다는 말이 나왔을까? 서울에서 내가 살던 집들은 나로 하여금 자존심이 상하게 하고 주눅들게 했다. 그 누구에게도 보여주고 싶지 않았던 공간이었다.

06

밤과 낮이 바뀐 삶

1983년 초겨울에 우리 가족은 서울로 이사했다. 부모님이 일자리를 마련하고 이사한 게 아니다. 아무 준비도 없이 무작정 서울로 왔다. 서울 가면 사람도 많고 뭔 일인들 못할까 하는 생각으로 이사하셨다. 영자 언니가 다 망했으면 그래도 시골보다는 아무도 모르는 서울이 살기는 나을 거라는 말에 아빠는 무작정 서울로 이사하기로 하신 거다.

할 일이 마땅히 없어서 밤낮으로 기도만 하시던 부모님에게 기적 같은 일이 일어났다. 이모가 엄마에게 할 일이 있다고 소개한 것이다. 엄마는 그때부터 평생 밤낮이 바뀐 삶을 사셨다. 남들이 다 잠든 시간에 출근 준비를 하고 나가셨다. 남들이 한참 활동하는 시간에 잠을 자야 했다.

만약 낮에 무슨 일이 생겨서 일을 봐야 할 때면 엄마는 한숨도 못 자고 저녁에 또 일을 나가야 했다. 다섯 남매를 키우다 보면 낮에 일이 얼마나 많이 생겼겠는가? 엄마는 잠을 2~3시간 자고 일 나갈 때가 한두 번이 아니었다. 월요일부터 토요일까지 일하고 오직 쉬는 날이라고는 일요일뿐이었다. 그마저도 일요일은 교회에 가야 한다. 아침에 교회 가고 조금 자다가 저녁 예배에 또 가셨다. 웬만한 정신력으로는 살 수 없는 삶이다.

서울에 처음 와서 살던 대조동에서는 엄마가 밤 11시경에 나가서 버스를 한 번 더 갈아타고 용산시장까지 갔다. 다음 날 집에 오면 오후 2~3시가 되었다. 그때 엄마 나이가 37세였다. 그렇게 젊은 나이 때부터 할머니가 될 때까지 밤낮이 바뀐 삶을 사신 거다. 대조동에 살 때는 엄마와 마주칠 수 있는 시간이 몇 시간 안 됐다. 힘들었을 법도 한데 엄마는 한 번도 불평한 적이 없다.

용산으로 이사했을 때는 바로 일하는 곳이 코앞이라 대조동에 살았을 때보다는 훨씬 몸이 편했을 것이다. 우리 집은 시장 들어가는 바로 초입이었다. 언니들이 학교 다니느라 고생했지만 엄마는 버스를 안 타도 되었다. 걸어서 갈 수 있는 거리였다. 하지만 그것도 잠시였다.

용산도매시장이 송파구 가락동으로 이전을 했다. 엄마는 그 바람에 또

다시 밤늦게 버스를 타는 고생을 해야 했다. 밤새 쪼그리고 앉아서 작업하다가 버스 타고 집으로 돌아올 때는 고개가 떨어지도록 버스에서 주무시다가 집 근처에서 내리지 못하신 적도 많았다.

가락시장을 가려면 버스를 타야 했지만 그래도 화양리와 가락시장의 거리는 용산에 비하면 엄청 가까웠다. 버스를 한 번만 타면 가락시장으로 갔다. 부모님은 항상 같이 다니셨다. 엄마만 밤에 보내야 하는 아빠의 걱정은 덜었다. 하지만 우리 오 남매는 매일 밤을 우리끼리 자야 했다.

우리를 고등학생이었던 큰언니 손에 맡기시고 두 분은 밤에 나가셨다. 오후 1시경에나 들어오셨다. 그때 큰언니가 우리 때문에 너무 고생이 많았다. 큰언니는 워낙 바르고 얌전하고 신앙이 좋은 언니라 부모님도 큰언니를 믿고 일하러 나가실 수 있었을 것이다.

내가 초등학교 졸업하던 날이었다. 부모님은 밤에 나가 다음 날 오후에나 들어오시니 당연히 졸업식은 참석하는 게 어려울 거라는 건 알았다. 그래도 내 졸업식인데 부모님에게 일 나가지 말고 졸업식에 오시라고 했다. 부모님은 안 된다고 하셨다. 나는 하루 장사를 안 하시더라도 졸업식에 와주실 줄 알았다. 졸업식에 참석 안 하고 밤에 일하러 나가신 부모님이 원망스러워 밤새 울었다.

다음 날 졸업식이 끝나기 전까지는 오실 줄 알았다. 하지만 기다린 부모님은 오지 않으셨다. 내 초등학교 졸업식에 와준 사람은 내 남동생뿐이다. 그때 남동생이 3학년이었다. 졸업식이 끝나고 집에 왔을 때까지 부모님은 안 계셨다. 졸업식이 끝나고 나니 부모님이 안 오신 게 별것 아니었다. 그냥 졸업했다는 것만으로도 후련했다.

내 친구들은 수학, 주산, 피아노, 태권도, 서예 학원을 다녔다. 나는 학원을 다녀본 적이 한 번도 없다. 피아노를 배우고 싶어서 친구들 학원 갈 때 따라갔다. 부모님에게 피아노 학원 보내 달라고 아무리 떼를 써도 우리 집 사정으로는 말도 안 되는 일이었다.

친구들이 피아노 학원 가면 끝날 때까지 밖에서 기다렸다. 서예도 배우고 싶었다. 그냥 친구 따라가서 학원에서 몇 번 써봤다. 선생님은 부모님한테 얘기해서 다음에 오라고 무슨 종이를 주셨다. 수강료가 나와 있는 전단지였다.

부모님에게 보여줘도 돈이 없어서 학원비를 내줄 수 없다는 대답만 들었다. 부모님이 우리의 공부를 봐줄 수도 없었다. 시험 보면 점수가 몇 점인지도 모르셨다. 학교생활이 어떤지 물어보시지도 못했다.

그때 나는 안 좋은 친구를 사귀었다. 일명 뽀리꾼이라고 했다. 도둑질을 하는 친구를 사귀었다. 친구가 슈퍼 가서 도둑질하는 걸 봤다. 그 친구는 학교에서도 유명했다. 나는 그 친구를 따라다녔다. 그 친구하고 있으면 하나 먹을 걸 두 개 먹을 수 있었다.

부모님이 항상 옆에서 챙겨주셨다면 그런 친구를 안 만났을 것이다. 나는 점점 그 친구와 같은 짓을 하고 다니고 있었다.

하루는 문구점에서 그 친구랑 뭘 훔치다가 걸렸다. 문구점 아저씨한테 많이 혼났다. 아저씨가 우리 아빠한테 내 얘기를 하셨나 보다. 아빠는 그 날 술을 드셨다. 아빠는 나를 무섭게 불렀다. 무릎 꿇고 앉으라고 하셨 다. 뭔가 큰일이 난 걸 알았다. "영숙이 너 문방구 가서 도둑질했대매?" 아빠는 매를 가져오시더니 일어나라고 하고 종아리를 때렸다. 종아리에 서 피가 났다. 몇 대 맞던 나는 하도 아파서 도망쳐버렸다. 긴 바지를 입 었으면 덜 아팠을 텐데 반바지를 입고 있어서 얼마나 아팠던지.

예전에 시골에 살 때 한 번 맞은 적은 있다. 식사시간에 아빠가 기도하 시는데 기도 안 하고 장난쳤다고 밥상 앞에서 맞은 적이 있다. 그때도 몇 대 맞고 나가버렸다. 밥도 안 먹고 나가서 한참 있다 들어온 기억이 있 다. 내가 아빠한테 맞아본 기억이 이렇게 딱 두 번이다.

이번에는 맞을 만했다. 남의 물건을 훔치다니…. 기도할 때 기도 안 했 다고 맞을 때는 억울했다. 그래도 눈 감고 기도하면서 장난친 것이었다. 그런데 이번에는 백번 잘못한 거다. 나는 그 뒤로 정신 차리고 그 친구랑 놀지 않았다. 그때 아빠가 모르고 그냥 지나갔다면 계속 나쁜 짓을 하고 다녔을 것이다.

부모님이 우리랑 같이 생활하면서 잘 돌봐주셨다면 이런 일이 없었을 수도 있다. 하지만 밤낮이 바뀐 삶을 산 부모님은 부모님 나름대로 그것이 최선의 삶이셨을 것이다. 아빠는 우리를 잘 돌보지 못한 것도 속상한데 부모님 고생하는 건 몰라주고 나쁜 짓을 하고 다니는 걸 알았을 때 충격을 받으셨을 것이다.

나는 부모님이 간섭하지 않으시니 학교 갔다 오면 가방을 벗어 던져 놓고 밖에서 밤이 되도록 놀았다. 왜 그렇게 활동적이었는지 모르겠다. 지금은 운동도 싫어하고 움직이는 걸 너무 싫어하는데 그때는 몸을 움직이는 모든 걸 다 좋아했다.

내 친한 친구 중에 놀이터 바로 옆에서 사는 친구가 있었다. 그쪽은 건국대학교가 가까워서 건국대 다니는 오빠들이 자취를 많이 했다. 친구 집에 가면 먹을 것도 많았다. 나는 친구네 집에 자주 갔다. 방학 때는 매일 놀러 갔다. 방학이 끝날 무렵이면 밀린 일기를 쓰느라 둘이 앉아 고민했다. 그날 날씨는 어땠는지, 같은 사건을 다르게 쓰느라 머리를 싸맸다.

하루는 친구 엄마가 친구네 집에서 한참을 놀다가 내가 집으로 간 줄 알았는데 밤이 다 되도록 놀이터에서 놀고 있던 나를 봤다고 한다. 친구는 나한테 "엄마가 너랑 놀지 말래."라고 얘기했다. 집에 안 가고 밖에서 계속 놀기만 한다고 놀지 말라고 했다 한다.

그때, 엄청난 충격을 받았다. 나랑 놀지 말라니…. 그 뒤에 나는 내가 그 친구를 피했다. 우리는 조금씩 멀어졌다. 같은 중학교에 들어갔다. 나중에 그 친구는 중학교 가서 우리가 말하는 일명 날라리가 되었다. 나는 그때 생각했다. 내가 맨날 놀기만 한다고 못 놀게 하더니만 그 친구는 날라리가 되었네…. 남의 귀한 자식을 함부로 판단하는 게 아니라는 걸 그때 깨달았다.

부모님의 생활이 밤낮이 바뀐 삶이라 우리를 챙기지 못하셨다. 우리들의 고민이 뭔지, 공부는 제대로 하는지, 친구들과는 잘 지내는지, 학교생활은 잘하는지 물어본 적도 없다. 우리 오 남매는 부모님의 관심과 사랑이 필요한 어린 학생이었다. 하지만 바쁘신 부모님은 우리에게 신경을 많이 써주지 못하셨다. 우리는 각자 살아가는 법을 나름대로 터득하며 자라갔다. 그리고 단 한 명도 비뚤어지지 않았다. 부모님께서 밤낮없이 열심히 사셨던 모습이 우리에게는 산 교육이었다.

07

집, 교회, 시장밖에 몰랐던 엄마

누구에게나 '엄마', '어머니' 하면 떠오르는 모습이 있을 것이다. 농사짓는 시골에서 살았다면 밭에서 일하는 모습이 떠오를 것이다. 바닷가에 살았다면 바닷가에 있는 모습이 떠오를 수도 있다. 도시에서만 자랐다면 세련된 엄마의 모습이 떠오를 수도 있을 것이다.

이 세상에 어미 없이 태어난 것은 아무것도 없다. 우리 모두 점 하나로 만들어졌다. 엄마 뱃속에서 생명으로 만들어져 이 세상에 태어났다. 엄마는 죽을힘을 다해 우리에게 이 세상을 보게 해주신 분이다. 그 소중함을 가슴 깊이 느꼈을 땐 이미 늦은 시간이다.

우리 엄마는 어릴 때 굉장히 활달한 성격이었다고 한다. 누구한테 지는 것도 싫어하신 욕심도 많은 분이셨다. 가끔 사람들과 다 같이 꿩을 잡으러 나가도 지는 게 싫어서 어떻게든 남들보다 많이 잡았다고 한다. 동네에 학교가 없어져서 학교에 못 가게 됐을 때, 부자인 외할아버지가 서당을 만들어 훈장님을 모셨다고 했다. 그 훈장님한테 한글도 배우고 산수도 배웠다고 했다.

엄마는 공부할 때도 누구보다 잘했다고 한다. 서당에서 배운 게 전부였다. 그렇게 아예 학교를 못 간 사람치고는 한글도 잘 읽는 편이셨다. 머리가 좋았기 때문에 그나마 한글과 산수를 뗀 거라고 한다. 노래도 곧잘 하셨다고 한다. 엄마 말에 의하면 결혼 전에는 활발했다고 하셨다.

엄마는 결혼하고 성격이 완전히 바뀐 거라고 하셨다. 내 눈에는 너무도 소심한 분으로만 보여서 엄마가 결혼 전에 활발했다는 게 믿기지 않았다. 힘든 결혼 생활을 하다 보니 주눅이 들었던 것 같다. 남들보다 못배운 것이 주눅들게 만들었던 것 같다. 소심한 엄마는 어딜 가서 나서는 걸 못 봤다. 항상 뒤로 물러나 있었다. 엄마의 동선은 항상 똑같았다.

집에서 저녁에 시장 가고 아침에 집으로 오셨다. 일주일에 6일을 그렇게 사셨다. 그리고 주일날 교회 갔다. 그것이 엄마 삶의 전부였다. 가끔 누가 토요일에 결혼식을 하면 잠을 포기하고 다녀오셔야 했다. 단 한 번도 누구를 만나 수다를 떠는 것도 없었다. 내 눈에는 교회에서 가끔 다른 분들과 몇 마디 나누는 게 전부였다.

　시장에 나가서는 이모도 있고 아는 분들이 있으니 말을 하셨을 수도 있다. 하지만 내가 아는 엄마는 어딜 가도 말이 없었다. 엄마의 대화 상대는 오직 아빠였던 것 같다. 아빠랑 모든 걸 다 얘기하는 것 같았다.

　내가 아빠랑 엄마랑 셋이서 식사할 일이 있어도 엄마는 아빠랑 말을 더 많이 했다. 오직 시장에서 장사하는 얘기였다. 내가 부모님 말에 끼어들고 싶어도 나는 모르는 말씀만 하시니 끼어들 수도 없었다. 엄마에게 내 얘기를 좀 하고 싶어도 엄마는 오직 아빠랑만 시장 얘기를 하셨다. 나는 나의 얘기를 좀 하고 싶었다. 하지만 엄마는 오직 시장 얘기뿐이었다.

　시골에 사실 때는 주위에 엄마 친구들도 많았고 형편이 다들 비슷비슷하니까 맘 터놓고 얘기할 사람도 많았을 것 같다. 하지만 서울에 올라와서는 같은 처지에 같은 일을 하는 시장 아주머니들과 이모 외에는 아무도 없었던 것 같다. 평생을 그렇게 일만 하다 가신 엄마다.

　우리가 어릴 때는 부모님이 바빠서 대화할 시간이 없었다. 우리가 크고 사회생활을 할 때는 우리가 더 바빴다. 결혼하기 전까지 엄마랑 마음에 있는 대화를 해본 적이 별로 없는 것 같다. 오히려 결혼하고 애들 보면서 쉴 때 그때 엄마랑 가장 많은 대화를 나눴다.

　엄마는 시장을 다녀와서도 바빴다. 오 남매의 옷들도 다 엄마가 손빨래했다. 내가 고등학교 졸업할 때까지 우리 집에는 세탁기가 없었다. 엄마는 시장 다녀와서 우리 옷을 직접 손빨래하고 짤순이로 탈수만 했다. 그 많은 살림을 혼자 다 하셨다.

밤새 일하고 오셔서 당연히 쉬어야 하는데 생활력이 강한 엄마는 그 많은 살림을 혼자 다 하셨다. 지금 생각해보면 너무 죄송하다. 왜 엄마가 힘들 거라는 것을 몰랐을까? 엄마는 혼자서 다 해버리는 성격이라 우리한테 뭘 잘 시키지 않았다.

엄마는 그렇게 일하고 와서 오직 집에서 일만 했다. 오직 우리 오 남매밖에 몰랐다. 오직 집에만 계셨다.

엄마는 어릴 때부터 하나님을 믿었기 때문에 힘들어도 오직 기도하며 견디셨다. 너무도 안타까운 것이 교회라는 곳에서도 눈치만 보고 다니셨다는 것이다. 교회는 사랑이 있어야 한다. 그런데 젤 눈치 보는 곳이 교회였던 것 같다. 교회는 남들한테 좋은 것만 보여줘야 하기 때문에 안 좋은 것들을 보여주고 싶지 않아 그냥 조용히 교회를 다니셨다.

가장 위안을 받아야 할 곳에서 가장 상처받기도 했다. 사람을 보고 교회 다녔다가는 다 시험에 들고 만다. 오직 하나님만 바라보고 다녀야 한다. 엄마가 그랬을 것이다. 사람들하고 친해져 봤자 다들 남 말만 하고 상처 주고…. 그래서 더욱 하나님만 바라보고 사셨을지 모른다. 주일에는 오직 교회만 가셨다.

처음에는 오전예배만 드리셨다. 밤에 또 일을 나가야 하니 저녁예배는 드리지 못했다. 그런데 나중에 직분을 맡게 됐을 때는 그 피곤한 몸을 이끌고 저녁예배까지 가셨다. 나중에는 수요예배도 가셨다.

아빠는 엄마랑 같이 시장에서 장사하고 들어오시면 식사하고 바로 주무셨다. 하지만 엄마는 그 살림을 다 하고 주무셨다. 거의 매일 잠을 다섯 시간도 못 주무셨던 것 같다. 2~3시간 자고 시장에 나갈 때도 많았다. 밤에 깊이 자다가 일어나서 가야 할 때 너무 힘들어하셨다.

나는 평생 엄마의 그런 모습을 보고 자랐다. 밤에 간신히 일어나서 아빠랑 밥 차려서 먹고 가셨다. 아빠는 밥 먹고 나가면 끝이다. 그 뒷정리는 다 엄마의 몫이다. 왜 그렇게 자기의 몸을 아끼지 않으셨을까? 왜 그렇게 생활력이 강해서 본인의 몸을 힘들게 했을까? 엄마는 평생 그렇게 강하실 줄만 알았나 보다. 엄마가 너무 몸을 아끼지 않으셔서 아픈 거라고 생각한다.

나는 집에 설거지가 쌓여 있어도 무조건 하고 자야 한다는 생각은 접었다. 내 몸이 피곤해서 죽을 지경이면 그냥 놓고 잔다. 엄마처럼 그렇게 철인 같은 삶을 살고 싶지 않다. 좀 지저분하면 어떤가? 내가 지쳐 쓰러지겠는데….

나는 엄마가 시장에서 밤새 배추를 다듬는 일을 하셨다고 들었다. 내 막냇동생이 언젠가 가락시장에 가서 아르바이트를 했다. 막내는 엄마가 너무 힘들 거라고 했다. 엄마는 쉬지 않고 일한다고 했다. 아빠는 경매 받고 쉬기도 하고 자유의 시간이 있었지만 엄마는 전혀 그런 시간이 없었다고 한다. 그렇게 쉬지도 않고 일하고 집에 와서 또 쉬지 않고 일하신다.

부모님이 삶을 살아가는 원천은 자식이 아닐까? 부모님의 그 강한 힘은 자식을 향한 마음 때문에 생겨나는 것 같다. 우리 부모님도 오로지 오 남매 굶기지는 말아야지 하는 생각으로 고된 삶을 살아내셨다. '어머니는 강하다.'라는 말이 있다. 여자가 어머니가 되었을 때 나오는 힘은 그 누구도 어찌하지 못한다.

집, 교회, 시장 외에는 아무것도 관심이 없었던 엄마. 아니 관심이 없었다기보다도 다른 것에는 관심 가질 수 없는 삶이었다. 엄마도 여자인데 왜 꾸미고 싶지 않았겠는가? 왜 남들처럼 편하게 여행도 좀 다니고 살고 싶지 않았겠는가? 그때는 몰랐다. 지금 내가 엄마가 되고 아이를 키워보니 엄마의 마음을 조금은 알 것 같다.

부모와 사춘기 소녀에 관한 시다.

이 시를 읽어보면 가시 돋친 숨 가쁜 삶을 그대로 다 받아들이며 사셨던 분이 바로 우리 엄마였다는 게 느껴진다.

(전략)…

부모는 가시를 안으로 세우고

자식은 가시를 밖으로 세운다

제살이 찢기면서도 미소 짓는 부모는

가시 돋친 자식을 온몸으로 품고도

신음하지 않는다

다만 속으로 숨 가쁘고 힘겨울 뿐이다

- 김인숙, 〈가시연꽃으로 피는 사춘기〉

08

서울살이 10년 만에 아파트를 장만하다

석촌동은 가락시장까지는 가까운 곳이었다. 부모님은 자전거를 타고 다니셨다. 아빠는 엄마를 자전거 뒤에 태우고 다니셨다. 장사하는 것에도 많이 익숙해지고 거래처도 많이 확보되었다. 3년 동안 그곳에서 살면서 장사도 열심히 하시고 신앙생활도 열심히 하셨다. 교회가 자양동이었는데 교회 버스를 타고 다니셨다. 아빠가 우연히 가락시장에서 만나 화양리 집 얻을 때 도움을 주셨던 권사님이 다니던 교회였다.

부모님은 그동안 어려운 고비를 많이 넘기셨다. 석촌동에 살면서 우리 집은 차츰차츰 안정을 찾아가고 있는 것 같았다. 부모님도 생활이 좀 편해지다 보니 교회 생활도 열심히 하셨다. 주일 오전예배, 밤예배, 수요예배까지 밤낮이 바뀌는 생활을 하시는데도 모든 예배에 다 참석하셨다. 하루 종일 교회에 있어야 할 때는 잠을 거의 못 자고 장사하러 가실 때도 많았다. 아빠는 나중에 장로로 추천되어 장로 장립을 받게 되었다. 엄마는 당연히 권사님이 되었다. 우리 가족에겐 축복받은 삶이었다.

내가 중학교 1학년 때 석촌동에 살았다. 잠실 쪽에 한창 롯데백화점이 올라가고 있었다. 롯데백화점이 오픈하고 난 후 지하 1층 만남의 광장은 우리의 아지트였다. 모든 만남은 롯데백화점 지하 분수광장에서 이뤄졌다. 석촌호수도 예쁘게 재정비되었다. 나중에 롯데월드도 생겼다. 롯데월드에 가서 노는 건 신세계였다. 놀이기구도 있지만 구경할 것들도 많았다.

나는 사춘기인 중고등학교 시절을 석촌동에서 보냈다. 친구들과 분수대 만남의 광장에서 만나 롯데백화점 안으로 들어가 밥도 먹고, 롯데월드도 가고 가끔 석촌호수도 다니면서 지냈다.

나는 고등학교 때 사고 싶은 옷이 있어서 아르바이트를 했다. 우리 형편에는 도저히 살 수 없는 옷이었다. 그때 한참 게스 청바지가 유행이었다. 게스 청바지를 안 입은 친구들이 없을 정도였다. 청바지가 너무 비싸서 부모님에게 사달라고 할 수는 없었다.

나는 아르바이트를 해서 청바지를 사기로 했다. 아르바이트를 해서 처음에 받은 돈으로 게스 청바지를 샀다. 게스 청바지는 뒤에 상표가 보이게 입어야 했다. 처음 사고 얼마간 잘 입고 다녔다.

하루는 청바지를 빨고 밖에 빨랫줄에 널어뒀는데 누가 훔쳐 갔는지 보이지 않았다. 지금은 웃으면서 얘기할 수 있지만 그때는 며칠 동안 잠을 못 잤다. '도대체 누가 훔쳐 간 거야? 잡히기만 해봐라!' 하면서 동네에서 게스 청바지 입고 다니면 내 옷이 아닌가 하고 쳐다봤었다. 쓰라린 경험이었다. 한 달 동안 번 돈을 청바지 하나 사는 데 다 썼는데 청바지가 없어지다니….

언니들도 고등학교를 졸업하고 각자 사회생활을 했다. 두 언니의 학비가 안 들어가는 것만으로도 부모님에게는 어려움의 고비를 넘겼던 시기였다. 큰언니는 피아노 학원을 다니면서 아이들을 가르쳤다. 둘째 언니는 회사에 들어가서 직장생활을 했다. 나와 남동생 둘만 가르치면 되는 것이었다. 우리를 교육시키는 데는 어려움이 없었다.

언니들이 학교 다닐 때 등록금을 못 내서 몇 번씩 교무실에 불려 갔다고 한다. 그때는 중학교도 등록금을 내야 했다. 큰언니는 고등학교 졸업하는 3년 내내 등록금을 못 내 교무실로 불려가야 했다고 한다.

둘째 언니는 중학교에서 고등학교 올라갈 때 입학금을 스스로 마련해야 했다. 다른 친구들은 다 학원에 다녔는데 언니는 공장에서 아르바이트를 했다. 숙소 생활하는 공장이었다고 한다. 중학생이 그런 일까지 하면서 등록금을 마련해야 할 처지였다니…. 고등학교 때는 분식집에서 아르바이트도 했다. 길눈이 어두운 언니는 한번은 배달 갔다가 분식집을 못 찾아서 물어물어 그 분식집을 찾아갔다고 한다.

나는 언니들이 등록금을 못 내서 교무실에 불려 갔다는 걸 나중에 알았다. 우리 가족은 각자의 삶 속에서 그 어려운 고비들을 넘어가고 있었다.

큰언니는 교회를 열심히 다녔다. 화양리에서 여의도 순복음 교회까지 다녔다. 일요일은 새벽에 나가서 밤늦게 들어왔다. 언니의 모든 일상은 교회 중심이었다. 나는 언니한테 성경 얘기를 많이 들었다.

내가 서울에 와서부터 엄마가 해줘야 할 교육을 큰언니가 해준 것 같다. 큰언니는 엄마의 역할을 해줬다. 공부도 가르쳐줬다. 고민 상담도 들어줬다. 나는 큰언니 때문에 비뚤어지지 않고 살았을 수도 있다. 언니의 영향을 받아 나도 중학교 때 교회를 열심히 다녔다. 제자훈련도 했다. 힘든 일이 생기면 교회 가서 기도했다.

우리는 각자 다른 교회를 다녔지만 나름대로 신앙생활을 잘하고 있었다. 그런데, 아빠가 장로님이 되어야 하기 때문에 다들 아빠가 다니는 교회로 옮겨야 한다고 했다. 소가 도살장에 끌려가는 것처럼 교회를 옮겼다. 그때부터 아빠와 갈등이 많이 생겼던 것 같다. 아빠가 장로님을 해야 한다는 이유로 우리의 자유가 없어지다니…. 많이 싸웠던 것 같다.

어느 날 큰언니가 안방 앞에 뭔가를 써서 벽에 붙여두었다. 신앙이 좋은 언니는 소원들을 거기에 적어 뒀다. 꼭 이뤄질 거라 믿고 적어둔 것 같다. 방 3개인 집으로 이사 가는 소망과 함께 여러 가지를 적어서 벽에 붙였던 기억이 난다. 그때 적어둔 걸 보고 그냥 꿈같은 얘기라고 생각했다. 하지만 그걸 보는 것만으로도 기분이 좋았다.

고모부한테서 연락이 왔다. 신도시 분당에 아빠의 명의로 아파트를 분양받으면 500만 원을 준다는 사람이 있다고 한다. 그렇게 해보려느냐는 연락이었다. 아빠는 아파트 당첨이 되든 안 되든 손해가 없을 것이라 생각하셨다. 그렇게 했는데 아빠의 이름으로 분당 아파트 32평이 당첨되었다.

아빠는 그 사람들이 부동산 브로커라는 말을 들었다. 아빠가 아파트가 당첨되어도 분양대금을 못 낼 것이라 생각한 것이다. 그래서 그걸 다른 사람한테 매매하여 많은 돈을 벌어보려고 한 것이다. 그 사람들은 우리 아빠를 돈도 없고 시골에서 서울로 올라온 지도 얼마 되지 않았고 아무것도 모르는 사람으로 생각했던 모양이다.

지금은 아파트를 분양받으면 중도금을 무이자로 대출해준다. 그래서 계약금만 있으면 분양받을 수 있다. 그 당시는 계약금도 내야 하지만 중도금의 반 정도는 당첨된 사람이 내야 했다. 아빠가 아파트가 당첨되어도 분양대금을 낼 수 없는 건 사실이었다.

그러나 아빠는 여기까지 오면서 산전수전 다 겪은 사람이다. 그분들은 아빠를 잘못 판단한 거다. 며칠 후 그 브로커들이 500만 원을 준다고 만나자고 했다. 아빠는 500만 원을 받지 않고 오히려가 500만 원을 주겠다고 했다고 한다. 그 사람들은 깜짝 놀라면서 아빠에게 화를 내면서 거친 말로 협박을 했다고 한다. 아빠는 그 사람들한테 "내가 당신들한테 나쁜 소리 들을 일이 없다고 생각한다. 당신들이 알아서 판단해라."라고 말하고 집으로 와버리셨다고 한다.

그 후 얼마 지나서 연락이 왔다. 아빠의 뜻대로 하기로 했다고 하면서 500만 원을 달라고 했다고 한다. 아빠는 500만 원을 그 사람들한테 보냈다. 그래서 분당 아파트 32평을 아빠 명의로 분양받게 된 것이다. 그 브로커들도 그것이 불법이라는 걸 알고 아빠가 신고해버릴 수도 있다는 불안감에 그냥 500만 원을 받고 끝내기로 한 것이다. 아빠는 그분들이 정보를 주셨으니 그 500만 원은 복비로 생각하신 거다.

이 모든 일들이 하나님의 은혜였다. 계약금을 내고 중도금까지 내야하는데 얼마나 힘에 부쳤을까? 그래도 그 어려운 일을 다 해내셨다. 열심히 일해서 버신 돈으로 잔금까지 다 치르셨다.

부모님이 분당으로 이사 가서 이삿짐을 풀고 있을 때 나는 집을 찾아갔다. 송파에서 버스를 타고 집으로 찾아갔다. 난생처음 살아보는 아파트. 14층에서 내려다보이는 뷰는 탁 트이고 너무 좋았다. 한 번도 그렇게 높은 곳에서 살아본 적이 없어서 베란다를 나가면 겁이 났다. 우리로서는 꿈만 같은 집이었다.

그때 분당은 이제 막 입주가 시작되는 곳이었다. 분당은 하루가 다르게 변해갔다. 슈퍼도 생기고 빵집도 생기고 식당도 생기고 상가 건물에 매장들이 하나씩 들어왔다. 아빠는 그때 차를 샀다. 엄마는 평생 버스 타고 다니셨다. 이젠 분당에서 가락시장까지 아빠 옆에서 자가용 타고 다니시는 거니 얼마나 편했을까?

우리의 모든 생활이 서울이었기 때문에 우리 오 남매는 좀 힘들었을 수 있다. 하지만, 엄마는 서울에 올라와서 가장 편하게 사는 시간이 아니

없나 싶다. 시장 갔다 오면 집에서 피아노를 가르치던 언니가 밥도 해줬다. 빨래는 세탁기가 했다. 내가 서울에 올라와서 본 모습 중 분당에 살았던 그 시간이 엄마에게는 가장 편안한 시간이었던 것 같다.

우리 가족은 1983년에 처음 서울로 올라와 1993년, 10년 만에 아파트를 마련한 것이다.

3장

인생에서
가장 행복했던 시간

01

자식을 잃은 뒤 다시 낳은 딸

우리는 2남 3녀 오 남매다. 딸이 세 명 태어나고 아래로 아들 둘이 태어났다. 큰언니가 서울로 이사 와서 동생이 네 명이라고 하면 다들 깜짝 놀랐다고 했다. 시골에서는 자식들 네다섯은 기본이었다. 서울에 오니 다들 형제 자매가 두 명, 많으면 세 명이었다. 큰언니는 서울에 올라와서 다른 친구들을 보고 동생이 많다는 게 창피했다고 한다. 우리 엄마는 아들을 낳으려고 많이 낳았다고 했다. 우리 부모님은 아들 하나는 꼭 있어야 한다고 생각하셨다. 그 시절에는 다들 그랬다.

큰언니는 첫딸이라서 사랑을 많이 받고 자랐다. 그리고 동생들이 많다

보니 어릴 때부터 엄마를 많이 도왔다. 엄마는 큰언니한테 "동생들 잘 봐라. 동생들 잘 봐라." 하셨다고 한다. 큰언니는 내가 태어난 것도 옆에서 지켜봤다고 했다. 엄마는 저녁 밥을 짓다가 배가 아프다고 하더니 부엌 옆에 지푸라기 있는 곳에서 나를 낳았다고 얘기해줬다. 꼭 마구간에 예수님처럼 지푸라기 위에서 태어났다고 한다.

내 바로 아래 남동생이 태어났을 때는 학교 가다가 엄마가 동생을 낳았다고 해서 돌아왔다고 했다. 그리고, 막내가 태어날 때는 막내가 나오다가 목이 걸려서 죽을 뻔했는데 아빠가 잘 꺼내주셨다고 한다. 시골에서는 엄마들이 다들 집에서 아기를 낳았다. 엄마는 우리를 낳을 때도 혼자서 다 해결하셨다. 나도 아들 둘을 낳아봤지만 엄마는 다섯 명을 집에서 혼자 낳으셨다니…. 정말 대단한 것 같다.

큰언니는 엄마를 대신해서 우리를 돌보고 엄마 일을 도와준 유일한 자식이다. 그리고 엄마와 가장 오랜 시간을 보낸 자식이다. 엄마는 너무 고지식했다. 큰언니는 엄마와는 성향이 아주 달랐다. 한마디로 자유로운 영혼이라고 해야 하나? 지금 와서 생각해보면 큰언니가 너무도 다른 성향의 엄마를 맞추고 살아가느라 힘들었을 것 같다. 언니는 착한 딸이었다. 부모님 말씀을 잘 들었다. 누구한테든 사랑받는 예의 바른 딸이었다.

지금도 시골에 가면 동생들은 몰라도 큰언니를 모르는 사람이 없다. 첫 자녀가 태어나면 부모의 이름은 없어진다. 누구 엄마로 불린다. 우리 부모님도 첫째인 큰언니 이름으로 불렸다. 사람들은 혜영이 아빠, 혜영이 엄마로 불렀다.

둘째인 영미 언니는 큰언니와는 다르게 산에도 다니고 싸움도 잘했다고 한다. 언니는 큰언니와 자기를 차별한다고 불만이 많았다고 들었다. 셋째인 나도 엄마에게 아들과 차별한다고 불만이 많았다. 지금 생각해보면 부모님이 아들, 아들 했던 것이 이해가 간다. 하지만 어릴 때는 그게 항상 불만이었다.

네 번째로 태어난 것이 귀남이 '경수'다. 경수는 그야말로 귀한 아들이다. 아들을 잃고 딸 셋을 연달아 낳은 뒤 얻은 아들이다. 엄마에게는 둘도 없는 아들이었다. 경수는 어릴 때부터 활발한 골목대장이었다. 온 동네 애들을 다 끌고 돌아다녔다. 겨울에는 코가 얼어서 빨개지고 손이 다 터질 정도로 밖에서 놀았다.

막냇동생 민학이는 태어날 때부터 좀 약하게 태어났다. 엄마도 막내를 낳고 몸이 아팠다. 그래서 그때 아빠가 몸에 좋다는 건 다 구해다 주셨다. 엄마도 회복되고 민학이도 건강해졌다. 막냇동생은 순둥이었다. 형과는 완전히 딴판이었다.

부모님은 자식이 다 똑같이 사랑스럽다고 말씀하셨다. 하지만 내가 봤을 때는 유독, 큰언니와 장남을 좋아하셨다.

큰언니는 이렇게 동생이 많으니 엄마 일을 도와줄 수밖에 없었다. 엄마가 몸이 아파서 엄마를 대신해 우리를 돌봐줬다. 집에 가면 동생들을 맨날 업어줘야 했다고 한다. 솔직히 큰언니가 착하니까 동생들을 돌봐준 거다. 나 같은 성격이었다면 언니처럼 엄마한테 순종적이지 않았을 것 같다. 큰언니는 하고 싶은 것도 못 했다. 엄마의 테두리 안에서 살아야만 했던 존재였다. 엄마는 큰언니만은 엄마의 생각대로 되길 원했던 것 같다.

아마도 자식을 잃고 얻은 딸이라서 더 그랬을 수도 있다. 큰언니를 더 품에 안고 살고 싶었던 것 같다. 큰언니도 어릴 때는 무조건 순종적이었 지만 나중에 커서는 엄마와의 의견 충돌 때문에 많이 싸웠다.

어른이 되어서는 오히려 둘째 언니가 더 엄마와 잘 맘이 맞았던 것 같 다. 어디 가서 뭘 사와도 항상 엄마 것도 사 왔다. 둘째 언니도 워낙 강한 성격이라 학교 다닐 때는 엄마와 부딪칠 수밖에 없었다. 성인이 되어서 는 엄마와 가장 잘 지낸 딸인 것 같다. 둘째 언니는 아빠의 사업 실패로 피해를 가장 많이 봤다. 둘째 언니네 가족은 어쩔 수 없이 우리 부모님과 같은 집에서 살아야 했다.

둘째 형부가 좋은 분이라 친정 부모님과 같이 살 수 있었을 것이다. 보 통 다른 남자들 같으면 불편해서 절대 못 산다. 엄마가 돌아가시기 전까 지 둘째 언니와 가장 많은 시간을 보낸 거다. 엄마가 젊었을 때는 큰언니 가 엄마의 친구가 되어주었다. 엄마가 나이 들어서는 둘째 언니가 엄마 의 친구가 되어준 것이다.

우리 다섯 명이 태어나기 전에 우리에게는 오빠가 있었다고 한다. 부모님한테는 첫 번째 자식이었다. 엄마는 외할머니와는 다르게 첫 번째로 아들을 낳았다. 아들이 없어서 한 맺힌 세월을 살아야 했던 외할머니를 옆에서 지켜본 엄마였다. 엄마는 첫째가 아들이었으니 얼마나 안심이 됐을까? 나는 첫째 오빠가 있었다는 것을 어른이 되었을 때 알았다. 부모님은 그 슬픔을 꺼내기 싫어서 말을 안 했던 것 같다. 세월이 흘러 흘러 자식이 다섯이나 더 생겨서 그나마 잊혀진 것이다. 그 당시 그 고통을 겪었을 때 얼마나 슬프셨을까?

우리 할머니가 시집가 살던 시절은 아들을 못 낳으면 죄인이 되었다. 우리 엄마의 시절도 아들이 꼭 하나는 있어야 한다고 했던 시절이다. 외할머니가 딸만 낳아서 작은할머니를 얻어야만 했다. 그걸 보고 자란 엄마는 꼭 아들을 낳아야 한다고 생각했을 것이다. 엄마는 첫 번째로 아들이 태어났을 때 맘이 편하고 기뻤을 것 같다. 그런데, 그 아들이 네 살 때 물에 빠져 죽고 말았다. '부모가 죽으면 청산에 묻고 자식이 죽으면 가슴에 묻는다.'라는 말이 있다.

자식을 먼저 떠나보낸 부모는 죄책감에 시달려 죽을 때까지 가슴에 묻어둔다는 말이다. 부모님은 자식을 잃은 슬픔에 몇 달을 밖에 못 나오고 집에만 있었다고 한다. 식음을 전폐하고 날마다 첫째 아들과의 추억을 떠올리며 가슴에서 피눈물이 났을 것이다. 마을 사람들이 와서 위로해줘도 소용없었다. 아무것도 못 먹고 있을 엄마가 걱정되어 외할머니가 찾아가도 엄마는 자리를 박차고 일어날 수 없었다. 아마, 하나님이 원망스러웠을 것이다. '도대체 하나님 저한테 왜 이러세요?' 기도하면서 가슴을 쳤을 것이다. 네 살이면 정말 사랑스러울 때다. 그 아들을 잃고 잠 못 들고 가슴 아팠을 부모님을 떠올리면 얼마나 힘드셨을까 하는 생각이 든다.

나와 함께 있던 누군가가 영영 볼 수 없고 만져볼 수도 없고 목소리도 들을 수 없는 곳으로 떠난다는 건 뼈를 깎는 고통이다. 겪어보지 못한 사람은 그 마음을 다 헤아릴 수 없을 것이다. 나도 예전에 사귀던 사람이 죽은 경험이 있다. 그 말을 전철에서 들었을 때 전철에 주저앉아 버렸다. 숨을 쉴 수가 없었다. 걸어갈 수도 없었다. 몇 개월은 제정신이 아닌 상태로 살았다. 그 슬픔을 주체할 수 없어서 내가 찾은 건 오직 하나님이었다.

나 좀 살려달라고 했던 것 같다. 왜 도대체 나한테 이런 슬픔을 주시냐고 따졌던 것 같다. 그 죽음으로 그 가족들이 모두 하나님을 믿게 되었다. 그리고 견디지 못하는 나에게 하나님은 찾아오셨다. 기도할 때 몇 번 마음으로 환상을 보여주셨다. 머리가 아닌 마음에 그림이 그려졌다. 세상 그 어디에도 찾아볼 수 없는 환하게 미소 짓는 오빠의 모습을 마지막으로 보여주셨다.

그 뒤부터 나는 차츰 안정을 찾아갔다. 우리도 언젠가는 이 세상에 나를 추억하는 누군가를 남겨두고 떠나게 된다. 살고 죽는 것만큼은 내 맘대로 할 수 없다. 그 슬픔을 이겨내는 건 남겨진 사람들의 몫이다.

 '세월이 약'이라고도 한다. 하지만 자식 잃은 슬픔은 세월도 이기지 못한다. 생각하면 할수록 마음이 아프니 그냥 꺼내지 않고 묻어두는 것뿐이다. 자식을 먼저 떠나보낸 부모님들은 하나같이 자신을 죄인이라고 생각한다.

 '내가 그날 그러지만 않았다면⋯. 그렇게 떠날 걸 알았다면 잘해줄걸⋯.'

 자식을 잃은 아픔도 다른 자식으로 인해 조금씩 치유될 수 있었다. 부모님은 첫째 아들을 보내고 아들이든 딸이든 빨리 낳고 싶었다고 하셨다. 그래야 그 아픔을 잊을 수 있을 거라고 생각하셨다고 한다. 몇 년 뒤 큰언니가 태어났다. 자식을 떠나보낸 뒤 얻은 딸이라 큰언니는 부모님께 기쁨을 준 딸이다. 자식을 잃은 아픔을 조금이나마 잊게 해준 딸이다.

02

아빠 교회 가던 날

우리 친가는 유교 사상이 강한 집안이었다. 반면 외갓집은 기독교 집안이다. 그 시골 골짜기에 기독교가 어떻게 들어가게 됐는지는 잘 모르겠다. 내가 어릴 때 시골에 가면 외갓집은 항상 교회에 갔다. 교회의 새벽종은 우리 외갓집에서 울렸다.

그 당시 시골에서 교회 다니는 집이 별로 없었다. 외갓집은 그 동네에 있는 교회를 잘 섬기는 집안이다. 교회에 일이 생기면 솔선수범해서 일했다. 교회에 부임하시는 전도사님들한테도 잘 해주셨다. 그냥 같은 식구처럼 대하셨다. 그래서인지 막내 이모가 그곳 교회에 부임한 전도사님과 결혼하셨다. 우리 엄마 아래 동생인 옥금이 이모가 처음 교회를 다니기 시작했다고 한다. 한 명씩 다니기 시작해서 온 집안 식구가 다 다니게 되었다고 했다.

우리 외삼촌도 장로님이셨다. 얼마 전 돌아가실 때까지 교회 일을 맡아서 하셨다. 외할머니도 이모들도 다 교회에 다니셨다. 한 많은 그 심정을 다들 교회에 가서 푸신 것 아닌가 싶다. 아들 못 낳아 맘 고생한 것이나 남한테 말 못 한 사연들을 기도로 푸셨을 것이다. 옆집에 숟가락이 몇 개인지까지 다 아는 동네 사람들한테 말해봤자 소문만 안 좋으니 외할머니도 이모들도 다들 교회 가서 하나님께 마음을 털어놓았을 것 같다.

부잣집의 딸로만 살았던 이모들이 시집가서는 너무도 고생하며 사셨다고 한다. 그 결혼 생활을 지켜봐야 했던 할머니 마음이 얼마나 아팠을까? 할머니는 고생하는 딸들을 위해 더 기도 생활하면서 사셨을지도 모른다.

엄마의 신앙도 힘든 결혼 생활을 견디느라 더 강해졌을 것이다. 사람은 힘든 일이 생기면 뭔가를 의지하고 싶어 한다. 엄마도 젊었을 때 믿었던 하나님을 결혼하고 잠시 잊고 살았다. 결혼해서 험난한 삶을 살아가면서 다시 하나님을 찾게 되었다. 아빠와의 삶은 그리 평탄한 건 아니었다. 아빠가 장사하면서 섬에다 물건을 대주러 갈 때마다 엄마는 불안했을 것이다. 엄마는 아빠가 무사히 오기만을 바라는 마음으로 기도했을 것이다. 그 불안한 마음을 신앙으로 채우셨다.

장사하실 때 교회와 가게가 꽤 먼 거리였다. 교회 갈 때가 되면 아빠의 눈치를 보면서 교회를 몰래 가셨다. 나갔다가 오신 아빠는 엄마가 교회 가고 없으면 불안해하셨다. 우리 부모님은 싸울 일이 없었다. 어릴 때 내 기억으로 부모님이 싸울 때는 항상 교회 때문이었던 것 같다.

아빠는 엄마를 이해할 수 없고, 엄마는 아빠를 이해할 수 없다. 이건 그 누구도 해결할 수 없다. 둘 중 한 명이 포기하든가 맞춰주든가 해야 한다. 가정의 종교전쟁인 것이다. 엄마는 아빠가 아무리 싫어하고 핍박 해도 꿋꿋하게 교회에 다니셨다.

다큐멘터리 중에 〈울지마 톤즈〉가 있다. 이태석 신부님에 관한 이야기 다. 의대를 다니다 신부가 되어 가장 외진 아프리카 톤즈에 가서 봉사하 신 분이다. 결국 젊은 나이에 암으로 돌아가셨다. 그때 병을 치료하러 한 국에 오셨다가 다시 아프리카로 돌아가지 못했다. 그 소식을 들은 톤즈 마을 사람들이 다 울었다. 신부님은 그곳에 병원을 세우고, 아이들에게 공부도 가르치셨다. 신부님의 그 한 몸을 톤즈 마을을 위해 희생하신 것 이다. 자기들과 아무 상관없는 동양인이 와서 그 마을에 아픈 사람들을 돌봐 주셨다. 그런 천사 같은 분이 돌아가셨으니 그 톤즈 마을은 얼마나 슬펐겠는가? 이것이 바로 종교의 힘이다. 그 누구도 막을 수 없다.

엄마 또한 하나님을 믿는 믿음으로 아빠의 핍박을 견디셨다. 아빠가 하나님을 만나기를 울면서 기도하셨을 거다. 아빠는 '교회 가면 밥을 주나? 쌀을 주냐?' 하셨다. 실제로 밥도 주고 쌀도 주는데…. 아빠가 교회를 싫어하시니 우리들도 교회를 다닐 수는 없었다. 여름성경학교나 크리스마스 때 교회에서 먹을 것 줄 때나 갔던 것 같다. 아빠가 교회에 나가기 시작한 건 생명의 위협을 느끼는 어려움을 겪은 뒤부터다.

사람이 잘살고 편하면 하나님을 의지하기 힘들다. 아빠는 결혼하고 젊어서부터 계속 잘 나가고 있었다. 계속 평탄하게만 잘살 줄 아셨다. 어느 날 아빠에게 신이라는 존재를 의지해야 할 위협이 생겼다. 아빠가 가게에 있는 물건들을 싣고 섬마을로 가는 배 안에서 두려움을 느끼면서 많은 걸 생각하셨을 것이다. 자연의 힘 앞에서 인간이 어찌할 수 있겠는가?

때로는 바닷가에 장치한 김발(김을 생산하는 밭)을 파손하여 변상도 해주기도 하셨다. 배의 잦은 고장으로 인해서 수리비도 많이 들어갔다. 배를 타고 가다 보면 파도도 심할 때도 있고 점검을 제대로 안 한 배가 바다 한가운데서 고장 나는 일도 많다고 했다. 그렇게 사람의 힘으로 어찌할 수 없을 때 하나님을 찾게 되는 것 같다.

위험한 일을 당하시고 아빠는 열심히 신앙생활을 하셨다. 무엇이든 열심히 하셨던 아빠는 교회에도 성실한 신자였다. 술은 당장 끊을 수 없지만 교회 일이라면 적극적이셨다. 아빠가 교회에 다니게 되고 난 뒤 우리 오 남매도 모두 교회를 다니게 되었다.

나중에 교회 가까운 곳으로 이사 갔을 때는 더 열심히 신앙생활을 하셨다. 엄마는 매일 새벽예배 종을 치러 가는 부지런한 분이셨다. 아빠도 사업이 좀 어려워질 때는 오직 기도로만 매달렸다. 밤에 장사하는 힘든 일을 하시면서도 교회에 열심히 가셨다. 그러니 자연스럽게 장로님이 되셨다. 엄마는 권사님이 되셨다.

아빠는 엄마가 돌아가시고 일부러 바쁘게 사시려고 노력했다. 바쁘게 살아야 엄마를 잠시라도 잊을 수 있었다. 그래서 둘째 언니 집으로 들어가 사셨다. 언니가 출근할 때 차로 출근도 시켜줬다. 둘째 언니의 딸 나현이, 나민이를 돌보고 바쁘게 사셨다. 나현이, 나민이는 아빠에겐 잠시라도 슬픔을 잊게 해준 손녀들이다. 서예도 배우기 시작하셨다. 어릴 때 서예를 배우셨다고 했다. 그래서 서예는 선수급이셨다. 상도 많이 받으셨다. 우리들에게 붓으로 성경 말씀을 써서 선물해주기도 하신다. 그리고 우리 오 남매에게 주려고 성경을 다섯 번이나 필사하셨다. 그게 끝나고 지금은 컴퓨터로 성경을 쓰고 계신다.

이제 아빠는 하나님과 뗄 수 없는 인생이다. 우리들에게 전화해주실 때도 신앙적인 말씀을 많이 해주신다. 세상 풍파 산전수전 다 겪으신 아빠가 이젠 뭐가 있겠는가? 뒤돌아보니 다 하나님의 은혜인 것이다.

아빠는 엄마가 돌아가시고 처음 며칠은 너무도 견디기 힘들어하셨다. 그 슬픔을 견디지 못한 아빠는 술이 없이는 주무시지 못했다. 장로님이 무슨 술을 먹냐고 말하는 사람들도 있을 수 있다. 그 슬픔은 아무도 알 수 없다. 아무도 판단할 수 없다. 혼자서 감당하기가 너무 힘드신 아빠는 세브란스병원 사별 모임에 나가셨다. 남편과 아내를 먼저 떠나 보낸 분들이 모여 서로를 위로하는 모임이다. 아빠는 그렇게 아빠만의 방법으로 그 슬픔의 고통을 이겨나가셨다.

친할머니는 아빠가 목포에서 따로 나가 공부하고 있을 때 돌아가셨다고 한다. 아빠는 친할머니가 돌아가시는 모습을 못 봤다. 슬픔을 견디지 못한 아빠는 날마다 무덤에 가서 울었다고 한다. 엄마의 사랑이 그리워 남들보다 외로움을 더 많이 타셨다고 했다. 결혼해서는 엄마를 평생 고생만 시키고 먼저 보내야 했다. 아빠는 견디기 힘들어하셨다. 아빠 고향 형님이 좋은 분을 소개해주셨다. 우리에겐 너무도 고마우신 분이다. 자식들이 채울 수 없는 외로움을 그 어머님이 채워주신다. 아빠를 보면서 알았다. 사랑의 아픔은 사랑으로 치유된다는 것을….

엄마는 교회 갈 때마다 싸워야 했다. 아빠는 너무 화가 나서 성경책을 찢어버린 일도 있었다고 한다. 교회 간 엄마를 집에 못 들어오게 문도 다 잠가버렸다. 엄마는 그날 창고에서 주무셨다고 한다. 그래도 엄마는 아빠한테 따지거나 화내지도 않았다고 했다. 아빠는 그게 너무 미안했다고 하신다. 그렇게 교회가는 걸 싫어했던 아빠였다. 아빠가 교회 같이 간다고 했을 때 엄마는 세상을 다 얻은 기분이었을 것이다. 그날이 엄마한테는 엄마 생애에 손가락으로 꼽는 기쁜 날이었을 것 같다.

03

아들이 뭐가 그리 좋다고

우리 엄마의 기쁨 중 하나는 아들이 있다는 것이었다. 첫째 아들을 떠나보내고 딸만 셋 낳았다가 8년이란 긴 세월 뒤 얻은 아들이다. 외할머니도 딸만 넷을 낳고 아들을 낳았다. 아들이 없으면 안 되는 시절이라 외할머니는 작은할머니를 얻어야 하는 상황을 받아들여야 했다.

지금은 외할머니와 작은할머니 가족들 모두 잘 지내서 좋다. 아마 이렇게 잘 지내는 대가족이 또 있을지 모르겠다. 우리 외갓집 친척들은 모임도 있다. 다들 선하고 좋은 분들이라 잘 지낸다. 우리는 친척이 많아

좋지만 우리 외할머니한테는 아들을 못 낳은 것이 한스러운 일이었을 것이다. 아들을 못 낳은 죄인이니 무슨 할 말이 있었겠는가?

엄마는 결혼하기 전까지 집에서 일꾼들 밥과 간식을 차려주고 집 안을 반짝반짝 닦으며 집안일을 했다고 한다. 그렇게 집안일을 하면서 외할머니와 더 많은 얘기를 나눴을 것이다. 그런 모습을 옆에서 보고 자란 엄마는 외할머니의 맘을 아셨을 거다.

외할머니는 아들이 하나뿐이다. 삼촌 아래 남동생이 태어났었는데 죽었다고 한다. 우리 외삼촌은 아들만 다섯이다. 외삼촌은 시골에서 농사를 지어야 했기 때문에 외할머니는 목포에서 오빠들과 살았다. 외할머니를 보려면 목포로 가야 했다. 외할머니는 오빠들이 클 때까지 목포에 살았다. 외할머니는 피부가 하얗고 귀여운 얼굴이셨던 걸로 기억한다. 손자 다섯을 키웠으니, 아들이 하나뿐인 한을 손자들 돌보면서 원 없이 풀었을 것이다.

큰언니는 먼저 보낸 아들 다음에 낳은 자식이라 사랑을 많이 받았다. 둘째 언니가 태어났을 때는 섭섭했을 것이다. 세 번째 내가 또 딸로 태어났으니 속상함이 이만저만이 아니셨나 보다.

아빠는 셋째도 딸이라는 말에 나를 보지도 않고 나가셨다고 들었다. 내가 태어난 날 아빠는 속상해서 술을 드시지 않으셨을까 싶다. 엄마는 또 죄인이 된 것마냥 아무 말도 못 했을 것이다. 엄마는 나를 낳고 울었다고 했다. 마음의 눈물을 흘렸을 것 같다.

엄마는 내가 어릴 때 하던 행동을 보고 다음에는 꼭 아들을 낳을 것 같았다고 한다. 다음에 태어날 동생이 아들인지 딸인지 알 수 있는 방법이 있다고 한다. 내가 손에 잡히는 것마다 어깨에 올렸다고 한다. 과학적이지는 않지만 먼저 태어난 아이가 수건이나 보자기 같은 것을 항상 머리 위에 올리면 다음엔 딸이 태어난다. 그걸 목에다 걸치면 다음엔 아들을 낳는다고 했다. 엄마는 내가 놀 때 항상 어깨 위에 수건이나 보자기 같은 걸 걸쳤다고 했다. '아! 다음에는 아들이구나.' 생각이 들었다고 했다.

둘째 언니가 딸이 둘이다. 둘째 언니의 큰딸 나현이가 보자기 같은 걸 머리 위에 걸칠 때 엄마는 어깨로 다시 내려줬다. 그러면 안 된다고 하면서 엄마는 자꾸 어깨에 걸치게 했다. 엄마가 올려주면 나현이는 자꾸 머리 위에 걸쳤다. 무슨 원리인지는 모르지만 엄마의 말은 맞았다. 언니는 둘째도 딸이 태어났다.

큰언니가 결혼하고 아들을 낳았다. 우리 집안에서 처음 태어난 손자다. 엄마는 큰언니가 처음부터 아들을 낳아서 안심했을 것이다. 딸만 낳는다는 스트레스를 할머니와 엄마가 겪었지만, 큰언니는 그걸 깨준 게 아닐까 싶다.

그다음 둘째는 딸이 태어났다. 둘째가 딸이라는 소식을 듣고 큰형부와 언니는 굉장히 기뻤다고 한다. 큰형부는 형제만 셋이다. 그러니 당연히 딸을 원했을 것이다. 우리 큰언니는 아들과 딸 이렇게 낳았다. 그래서 아들만 낳거나 딸만 낳아서 받는 서운함은 없었다. 둘째 언니는 딸만 둘이라 둘째도 딸이라는 말에 조금은 섭섭했을 것이다. 나 또한 큰애가 아들인데 둘째도 파란색 옷을 준비하라는 의사 선생님 말씀에 맘이 좀 섭섭했다. 의사 선생님은 셋째도 낳으라고 하셨다.

모든 부모님은 아들도 갖고 싶고, 딸도 갖고 싶다. 어디 그것이 마음먹은 대로 되는 일인가? 요즘엔 아들, 딸 구별 안 한다. 아니 오히려 딸을 더 좋아한다. 아들딸 낳는 건 내 맘대로 할 수 없는 일이다.

요즘엔 애들 다 키워서 시집, 장가 보낸 어른들이 하나 같이 똑같은 말씀을 하신다. 딸이 더 좋다고 한다. 옛날에는 무조건 집에 아들은 있어야 한다고 했다. 요새는 무조건 딸은 하나 있어야 한다는 식으로 세상이 바뀐 것 같다.

예전에는 딸이 시집가면 집안 살림해야 하는 게 전부였다. 애들을 두고 직장 생활하는 엄마들이 흔치 않았다. 남편이 벌어다 준 돈으로 자식을 키우며 알뜰하게 살아야 했다. 요즘 여자들은 직장생활하면서 애들도 키우는 슈퍼우먼으로 살고 있다. 나도 나의 30대를 돌아보면 애들 키우며 일하느라 정말 힘들었던 것 같다.

다시 그 시절로 돌아가라면 절대 돌아가고 싶지 않다. 아침에 전쟁을 치르며 애들 준비시켜 유치원 보내고 나도 회사 갔다. 퇴근하면 부랴부랴 땀을 뻘뻘 흘리며 뛰어가서 애들을 데려와야 했다. 5년 정도는 아무 생각 못 하고 그렇게 바쁘게만 살아야 했던 것 같다. 애들 맡기고 어디 갈 수도 없었다.

우리 큰아들 영광이가 워낙 탁구공같이 뛰어다니던 아이였다. 애를 맡기고 목욕탕 한번 가고 싶어도 그걸 못 해봤다. 이모들한테 맡기고 잠깐 다녀오려고 해도 불안해서 맡길 수가 없었다. 하루는 애 보면서 일하느라 너무 힘들어하는 나를 대신해 시댁 고모님이 영광이를 주말에 데리고 갔다. 몇 주 돌봐주셨는데 도저히 볼 수 없다고 손발 다 드셨다. 영광이는 우리가 아니면 그 누구도 돌볼 수 없을 정도로 에너지가 넘치는 아들이었다. 둘째로 태어난 영성이는 영광이보다는 좀 순한 편이었다.

남동생 경수는 딸이 둘이다. 올케 혜진이도 둘째가 딸이었을 때는 좀 섭섭했을 것이다. 하지만 지금 애들 키우면서 사는 걸 보면 딸만 있는 영미 언니와 경수가 제일 좋아 보인다. 자식들을 위해서는 동성이 좋다고 한다. 딸들끼리 서로 통하는 게 있다. 커서도 딸들은 서로 의지할 수 있고 같이 애기 키우면서 공유할 것도 많다.

언니와 경수를 보면 딸들이라 뭔지 모르게 행복해 보인다. 아들만 둘인 나와는 다르다. 우리 아들들은 전화 한 번을 안 한다. 자기들이 뭐 필요할 때나 전화한다. 나는 꼭 딸 같은 성격 좋은 며느리가 들어오길 기도해야 한다.

막냇동생 민학이는 딸만 하나다. 둘째를 낳았으면 좋겠는데 힘들다고만 한다. 솔직히, 나도 영광이 하나로 끝이라고 생각했다. 그런데 지금 와서 생각해보니 힘들어도 둘째 영성이를 낳은 게 잘한 일이라고 생각한다. 부모님이 다 떠나고 남는 자식이 오직 하나라면 너무 외로울 것 같다. 그리고 자식이 하나면 부모님이 더 신경 써야 하고 손이 많이 간다. 둘이 있으면 둘이 장난감 갖고 놀고 부모님의 수고가 덜어진다.

우리는 이렇게 오 남매가 다 결혼해서 손자, 손녀를 낳았다. 우리 가족의 손자 손녀가 아홉 명이다. 명절에 다 모이면 대가족이다. 요새 이렇게 대가족인 집이 별로 없는 것 같다. 우리 아들들은 친척들이 많은 게 너무 좋다고 한다. 형도 누나들도 다 좋고 동생들도 다 귀여워한다. 서로 보고 싶어 안달이다. 지금 코로나 때문에 만나지 못하지만 다들 보고 싶어 한다. 영광이 친구들은 우리 친척들이 이렇게 대가족으로 모이는 걸 부러워한다고 했다. 할아버지, 이모, 삼촌들도 너무 좋고 다들 정이 넘치는 대가족이다.

전화하면 항상 칭찬해주는 긍정적인 할아버지가 있다. 용돈 잘 주는 삼촌, 이모들이 있다. 서로 보고 싶고 안부가 궁금한 형, 누나들이 있다. 빨리 코로나가 없어져 다 같이 모이기만을 기다리고 있다. 남동생의 통

솔하에 겨울엔 스키장을 많이 다녔다. 애들은 코로나가 없어져 그런 날이 다시 오기를 기다리고 있다.

우리 엄마는 아들을 낳기 원했지만 그래도 딸이 있어서 좋다고 했다. 엄마한테는 딸만 한 존재가 없다. 딸은 친구가 될 수 있고, 애인이 될 수도 있다. 아무에게도 할 수 없는 말은 딸한테는 할 수도 있다. 딸은 영원한 엄마 편이다. 나도 어릴 때는 오직 아빠밖에 몰랐다. 나의 눈으로 봤을 때는 아빠는 항상 좋아 보였고, 엄마는 아빠를 괴롭히는 것처럼 보였다. 우리 엄마는 말 그대로 진국이다. 아빠 말에 의하면 엄마 같은 사람이 없다고 한다. 말한 건 꼭 지키고, 허튼소리 안 하고, 정확한 사람이었다고 했다. 엄마가 많이 배웠다면 정말 다른 인생을 살 분이었다고 생각한다.

엄마는 아들, 딸 다 낳아봤다. 우리 키우면서 행복한 날도 힘든 날도 있었겠지만 그래도 엄마의 바람들은 다 이뤄진 것 같다. 그렇게 바라던 아들을 둘씩이나 낳았다. 그리고 아들로 인해 행복했다. 엄마를 생각하며 지금 이 글을 쓰는 내 마음이 안심이 된다. 다섯 명이 다 딸이었으면 얼마나 힘드셨을까? 남동생들이 태어나서 정말 다행이다.

04

이제 엄마 장사 안 해도 돼요

엄마는 서울에 올라와서 평생을 밤낮이 바뀐 삶을 사셨다. 우리를 돌볼 겨를도 없이 오직 먹고사는 문제에 매여 앞만 보고 달려오셨다. 부모님이 우리들에게 신경을 못 써주니 비뚤어지지 않게 잘 자라주기만을 기도하셨을 것이다. 서울에 올라와서 부모님이 우리에게 해줄 수 있는 건 오직 기도뿐이었다. 가끔 보면 부모의 무관심으로 비뚤어진 친구들도 있었다. 아니면 부모의 너무 무리한 관심 때문에 삐뚤어진 경우도 있었다.

하지만 우리는 그 누구도 부모의 맘을 아프게 한 자식이 없었다. 싸워서 학교에 불려가거나 하는 말썽을 피운 자식이 없다. 부모님이 잘 돌봐주지 못하니 각자 스스로 세상 사는 법을 터득했다. 그래서 학교에서는 다들 인기 많고 잘 지내는 편이었다.

막냇동생 민학이가 고등학교 때 가출을 한 적이 있다. 그때가 분당에 살 때다. 엄마는 밤새 장사하고 와서 잠을 한숨도 못 잔 채 민학이를 찾으러 서울 주유소를 다 돌아다녔다. 그때는 집을 나가는 게 유행이었다. 집 나간 친구들이 주유소에서 많이 일하고 있었다.

엄마는 잠 한숨을 못 자고 매일같이 민학이를 찾으러 서울로 가신걸 보면 정말 엄마는 강한 분이셨던 것 같다. 그것 하나만 봐도 엄마는 자식에 대한 사랑이 정말 대단하신 분이셨다. 다행히도 민학이는 곧 들어왔다. 그것 말고는 우리 누구도 이런 걸로 엄마를 힘들게 한 적이 없다. 엄마가 고생하는 걸 알았기 때문에 그런 맘을 품을 수도 없었다. 우리는 곧 돌아올거라고 걱정하지 말라고 했다. 엄마는 민학이가 돌아올 때까지 거의 잠을 못 자고 사셨다.

민학이도 나랑 똑같은 맘이었을 것 같다. 부모님이 형만 좋아한다는 생각이 민학이를 그렇게 만들었을 것 같다. 나도 엄마가 남동생 경수만 좋아해서 집 나간다고 며칠 친구 집에 가 있던 적이 있다. 그러면 엄마가 나한테 관심을 좀 가져줄 것이라고 생각했다. 내가 관심 가져보려고 무슨 짓을 해도 엄마는 여전히 변함이 없었다. 지금 생각해보면 엄마가 줄 수 있는 관심이 한정돼 있는데 오 남매한테 똑같이 관심 가지고 사랑을 주기엔 한계가 있었던 것 같다. 엄마는 엄마의 한계에서 남동생 경수한 테만은 좀 더 사랑을 주었다. 그 마음을 지금은 이해한다. 그 당시는 도대체 이해할 수가 없었다.

매일 잠이 부족한 상태로 살아온 엄마다. 시장은 추우나 더우나 비가 오나 바람이 부나 밖에서 일해야 한다. 추운 겨울에는 나무에 불을 피워 추위를 피하며 일하셨다. 비가 많이 오거나 날씨가 안 좋으면 부모님이 너무 걱정이 되었다. 이런 안 좋은 날씨에 밖에서 하루 종일 일하셔야 하니 얼마나 힘드실까? 그때마다 부모님이 그 장사를 그만두길 기도했다. 부모님은 1년 365일 주일만 빼고 계속 나가셨다.

서울에 올라와서부터 학교를 갔다 오면 엄마는 항상 그 시간에는 주무시고 계셨다. 주무시는 것 아니면 빨래하고 집안 청소를 하고 계셨다. 나는 초등학교 4학년 때부터 혼자였다고 느꼈다. 언니들도 다들 바쁘고 부모님도 바빴다. 나는 초등학교 6학년 때까지 산타할아버지가 있는 줄 알았다. 그래서 크리스마스가 다가올 때쯤이면 날마다 기도했다. 예쁜 옷과 예쁜 신발, 예쁜 인형이 다음 날 일어나면 머리 위에 놓여 있기를 기도했다. 그 기도를 새해가 올 때까지 했다.

하지만 단 한 번도 산타할아버지는 나에게 선물을 준 적이 없었다. 초등학교 다닐 때 친구 집에 갔을 때 마루인형이라고 인형의 팔다리가 움직이는 인형이 있었다. 나는 그 인형이 너무 갖고 싶었다. 그 인형이 너무 갖고 싶어서 학교 가는 길 문구점 앞에서 그 인형을 매일 쳐다봤다. 머리도 길고, 옷도 예쁘고…. 내가 중학교에 들어가서까지도 얼마 동안 그 인형을 쳐다보고 다녔다. 학교 갔다 오면 엄마랑 앉아서 얘기 좀 나누고 싶은데 엄마는 오직 일, 일, 일뿐이었다. 시장일, 집안일. 나한테 조금의 시간도 내줄 수 없는 엄마가 원망스럽기도 했다. 엄마가 일 안 하고 집에만 계시면 나한테 관심도 가져주고 얘기도 나눌 텐데.

나는 엄마가 일을 그만둘 수 있기만을 바랐다. 하지만 우리 형편은 그럴 수가 없었다. 나는 엄마를 보고 절대 결혼해서 일 안 하고 집에서 애들만 봐야겠다고 생각했다. 그런데 지금 나를 보면 엄마랑 똑같이 일하며 아이들 키우고 살아가고 있다.

나는 엄마가 우리랑 똑같은 패턴으로 생활하길 바랐다. 아침에 일하러 나가고, 저녁이 되면 집으로 와서 다 같이 밥을 먹는 그런 생활을 원했다. 분당에 살 때는 어느 정도 살 만했다. 남동생들 빼고는 다 돈을 벌었다. 그러니 이제 엄마가 일 좀 그만했으면 했다. 엄마가 독하게 맘먹으면 그만둘 수도 있었다. 하지만 엄마는 항상 아빠를 걱정했다. 아빠 옆에는 엄마가 있어야 한다는 것이다. 아빠 다리가 불편해서 그런 것도 있겠지만 그 일은 아빠 혼자서는 할 수 없는 일이라고 했다.

아빠도 엄마가 옆에 없으면 불안해하셨다. 엄마 또한 아빠가 옆에 없으면 불안해하셨다. 24시간 내내 같이 붙어 계신 분들이다. 나는 엄마한테 "엄마, 이제 그만 돈 벌어도 되잖아? 일 좀 그만해." 했다. 엄마는 돈 갚아야 할 게 아직 있다고 하셨다. 일주일에 6일이 아닌 며칠만 다녀도 좋으련만 엄마는 끝까지 계속 일을 하셨다. 그리고 평생 일만 하고 사신 분이라 뭐라도 안 하면 병이 날 수도 있다는 생각이 들었다.

아빠는 다시 사업을 하기 위해 분당 집을 팔았다. 그리고 다시 서울로 이사를 갔다. 우리도 서울이 생활권이었기 때문에 분당에 사는 것이 너무 불편했다. 역시 서울로 다시 오니 다 가깝고 좋았다. 우리는 자양동으로 이사했다. 한강이 내려다 보이고 잠실대교와 롯데월드가 코앞에 보이는 전망이 좋은 집이었다. 전망 좋은 건 그날뿐. 거기서 한강을 내려다본 적이 별로 없다.

자양동에 살면서 아빠는 새로운 일을 배우고 계셨다. 그리고, 드디어 우리가 그토록 원하던 일이 생겼다. 이젠 부모님이 밤에 안 나가셔도 된다. 우리랑 똑같이 아침에 나가고 저녁이면 들어오셨다. 부모님은 배추 도매 장사 일을 그만두셨다. 배추를 중국에서 수입하는 비율이 늘어났다. 예전에는 11월 김장철에는 김장을 아주 많이 했다. 다른 계절에도 김치가 필요할 때마다 김치를 담가 먹었다.

그런데, 김치냉장고가 생기고 세상이 또 달라졌다. 사람들은 한번 김치를 담가놓으면 김치냉장고가 그 맛을 그대로 유지해준다. 그래서 사람들이 배추를 찾는 일이 잦아들게 되었다. 부모님이 하던 일도 옛날만큼 잘되지 않았다.

교회에 장로님이 건축 사업을 하셨다. 장로님은 사업이 잘되니 같이 해보자고 제안하셨다. 장로님이 짓는 빌라가 있었다. 공사하는 곳에는 항상 함바집이 있다. 일하시는 분들 밥을 먹는 곳이다. 엄마는 결혼하기 전에도 집에서 일하시는 인부들 밥이랑 간식 차리는 일을 하셨기 때문에 함바집 같은 건 충분히 하실 수 있는 분이다.

거기로 출근할 때는 아빠랑 차 타고 아침에 집을 나가셨다가 저녁이 되면 들어오셨다. 그리 길게 일하지도 못하셨다. 짧은 기간이었지만 나는 그때가 너무 좋았다. 부모님이 우리가 잠자려고 하는 밤에 나가시는 게 아니었다. 우리랑 같이 밤에 주무신다는 게 너무 좋았다. 평생 그렇게 살아본 적이 없어서 너무 감사했다.

엄마도 얼굴이 밝은 것 같았다. 시장에 나갈 때는 항상 얼굴이 피곤에 찌들어 있었다. 일을 너무 많이 해서 허리는 점점 굽어지고 있었다. 이젠 시장에 안 나가도 된다는 게 감사할 따름이었다. 이제 엄마는 장사를 안 해도 됐다. 서울에 올라와 내가 본 엄마의 모습 중 가장 피곤하지 않은 얼굴이었다. 아빠는 사업을 새로 시작해서 배우셨다. 하지만 엄마는 함바집 일이 끝나고 다시 시장으로 나가셔야 했다. 아직까지는 남동생 둘이 학생이라 대학등록금도 마련해야 했다. 부모님은 남동생들이 다 클 때까지 일에 손을 놓을 수는 없었을 것이다.

엄마는 10년 넘게 시장에서 일을 하셨다. 그 일에는 베테랑이다. 여자들은 나가면 무슨 일이라도 할 게 있다. 밤에 일하시고 일당을 받아오셨다. 아빠는 새로 시작한 건축 사업에 매진하셨다. 아빠가 새로운 일을 시작하지 않고, 분당에 살면서 쉬엄쉬엄 일하셨으면 어땠을까 하는 생각이 든다. 함바집에 다니실 때 '이젠 엄마가 장사를 안 해도 된다'는 생각에 기뻤다. 엄마 인생에서 잠깐인 시간이었지만 밤에 장사 안 나가고 우리랑 밤에 같이 잔다는 것만으로도 행복했다.

05

큰언니 시집 보내던 날

아이를 다 키워놓은 엄마들은 '내가 이제 애 낳아서 키우면 진짜 잘 키울 것 같다'는 말을 하기도 한다. 그 누구도 아이를 낳고 키우는 걸 연습해보거나 제대로 배우지 못한다. 첫째 아이를 낳고 나서야 실수하면서 잘 모른 상태에서 아이를 키운다.

첫째 아이는 부모님에게는 처음 생긴 아이라 사랑을 많이 받는다. 아이 키운 게 서툰 부모들에게는 미안함의 대상이기도 하다. 그래도 둘째가 태어나면 한 번 키워봤기 때문에 뭔가를 좀 안다. 부모님이 옆에서 같이 아이를 돌봐준다면 조금 다를 것이다. 하지만 첫째 아이를 혼자서 키울 때는 모르는 게 너무 많다. 다 서툴 뿐이다. 나 또한 큰아들을 낳고 혼자서 키우는 데 너무 힘이 들었다. 엄마가 가끔 와서 가르쳐주는 것 시댁 어른들이 가르쳐주는 걸 들으면서 키웠다. 요즘에는 인터넷에 들어가면 아이 키우는 정보도 많다. 하지만 우리 영광이가 태어났을 때는 지금처럼 인터넷만 의지하는 시대는 아니었다.

그때가 2002년 월드컵이 있던 시기다. 온 국민이 열광의 도가니에 빠졌었다. 2002년 월드컵 시기는 감옥에 있던 죄수들도 기뻐서 대한민국이라고 외쳤다는 말이 있다. 군대에서 나라 지키느라 응원하는 소리만 들어야 했던 군인들이 제일 억울했었다고 한다. 친구들은 밖에서 다 응원하는데 그 시간에 총 들고 먼 산만 바라보고 있어야 하니 그때 군대에 있던 친구들이 제일 안타까웠을 것 같다. 나는 서울광장에서, 대학교 운동장에 모여서 응원하는 모습을 집에서만 봐야 했다. 너무너무 나가고 싶었다. 출산하고 몸도 온전하지 않은 상태였다. 그래도 어떻게든 나가야겠다는 생각이 들었다. 지금 나가서 응원하지 않으면 평생 후회할 것 같았다.

태어난 지 갓 3개월 정도 된 젖먹이 아이를 두고 응원하러 나갔다. 신랑한테 분유를 잘 챙겨서 먹이게 하고 건국대학교로 갔다. 그때 안정환

선수가 골을 넣고 반지 세레모니를 했던 날이다. 그 경기가 끝나고 집에 걸어가는 내내 차를 타고 있던 사람들은 '대한민국 빠빠빠빠빠' 하면서 클락션을 울렸다.

나는 몇 시간 째 젖을 먹이지 못해 가슴에 통증이 왔다. 땡땡 부은 가슴이 너무 아팠다. 우리 아들은 다행히도 분유를 조금 먹고 있었다. 집에 가서 아들한테 젖을 먹였는데 얼마나 콸콸 쏟아지던지 젖을 빠는 아들도 젖이 너무 많이 나와 헉헉거렸다. 이렇게 연습 없이 첫째를 키운 부모들은 모든 것이 다 처음이다. 사람마다 다 다르겠지만 서툰 엄마가 아이를 키우니 첫째 아이에 대한 미안함과 사랑이 더 크지 않나 싶다.

우리 큰언니는 동생이 많아 어릴 때 엄마를 도와 동생들을 돌봐야 했다. 부모님 입장에서는 동생들을 돌봐야 했던 큰언니에 대한 사랑과 미안함이 더 크지 않았을까? 큰언니는 첫째 딸이라는 이유로 부모님의 사랑을 많이 받고 자랐다. 큰언니는 시골에 살 때 피아노를 배웠다. 그 시골에서는 피아노 구경도 못 해본 사람이 더 많다. 그런 곳에서 그런 고급스러운 피아노를 배웠다는 건 엄청난 특혜를 누렸다는 것이다. 언니는 우리가 잘살 때 시골에서 피아노를 배웠다. 서울에 올라와서는 가정형편 때문에 배울 수가 없었다. 언니는 계속 피아노를 치고 싶어 했다. 하지만 우리의 집안 형편으로는 언니가 빨리 고등학교를 나와 돈을 벌어야 하는 상황이었다.

피아노를 치고 싶은 언니는 상고에 들어가 배운 주산, 부기, 타자 같은 것이 적성에 안 맞았을 수도 있다. 언니는 고등학교 때부터 여의도 순복음 교회에 다녔다. 교회에 가면 항상 피아노가 있다. 치고 싶던 피아노는 교회에 가야만 칠 수 있었을 것이다. 고등학교를 졸업하고 언니가 돈을 벌어서 피아노를 배웠다. 당연히 일도 그런 쪽으로 했다. 아이들 피아노 가르치는 곳에서 일했다. 언니도 치고 싶은 피아노를 치면서 아이들도 가르칠 수 있었다. 언니는 계속 피아노를 치고 싶었다.

외국에 나가 공부할 수 있는 기회가 생겼다. 언니는 외국에 나가 더 공부하겠다고 엄마한테 얘기했다. 엄마는 피아노 좀 이젠 그만하라고 했다. 외국에 나가고 싶었지만 가난한 우리 형편에는 언니가 원하는 대로 할 수 없었다. 언니는 어릴 때 엄마의 말을 잘 듣는 딸이었기 때문에 엄마는 큰언니에게는 요구하는 게 많았다.

고등학교를 졸업하고 피아노 학원에서 아이들을 가르쳤다. 교회에서는 주일학교 성가대를 맡는 교사였다. 거기에는 다 피아노를 전공한 교사들뿐이었다. 언니는 피아노를 전공하지 않았지만 그 열정만은 대단했다. 노래도 잘했던 언니는 나중에 피아노가 아닌 성악을 전공했다.

내가 중학교 때부터 50원, 100원, 500원을 은행에 예금해 둔 돈이 있었다. 나는 중학교 때부터 은행에 가서 예금했다. 그때는 통장을 어떻게 만들었는지 모른다. 화양리에 국민은행이 있었는데 거기에 조금씩 예금했다. 고3이 되었을 때 10만 원이 넘는 돈을 모았다. 큰언니가 어떻게 알았는지 나에게 돈을 꿔달라고 했다. 일해서 벌면 갚는다고 했다. 나한테 꿔 간 돈으로 피아노를 배우러 갔다. 그게 피아노 레슨비였다. 돈 벌면 갚는다는 그 돈은 나에게 돌아오지 않았다. 지금 30년이 흘렀다. 이자를 쳐서 받아야겠다.

그렇게 오직 피아노를 치고 싶은 열정으로 일주일 내내 피아노와 함께했다. 피아노를 배우고, 피아노를 가르쳤다. 일하러 나가면 피아노를 칠 수 있다. 교회 가면 피아노를 칠 수 있다. 일주일 내내 피아노랑 살았다. 언니가 졸업하고 얼마 지나지 않아 언니의 소원대로 우리 집에 피아노가 생겼다. 그 당시 우리 집은 지하 방이었다. 방 두 개에 일곱 식구가 살아야 했다. 안방 한곳에 그 큰 피아노가 들어와 자리를 차지했다. 언니가 중고로 산 거다. 정말 피아노가 얼마나 치고 싶었으면 돈을 벌자마자 바로 피아노를 샀을까? 지금 생각해보면 꿈이 있다는 것만으로도 행복한 삶이었던 것 같다.

교회를 열심히 다녔던 언니는 교회에서 형부를 만났다. 언니는 26살이 되었을 때 결혼을 했다. 요새는 서른 살은 넘어야 결혼을 생각해본다. 그때는 그 나이가 결혼 적령기였다. 더 늦어지면 노처녀라는 말을 들었다.

큰언니가 결혼했다. 얼마 뒤 나는 집에 언니가 없다는 게 이상했다. 아니 이제 우리랑 안 살고 다른 곳에서 평생 산다는 게 이상했다. 언니가 평생 우리 집에서 안 지내고 같이 잘 수 없다는 게 슬펐다. 나는 출근하려고 화장하고 있다가 울었던 기억이 난다. 이젠 영영 다른 사람의 집에서 사는구나 하는 생각이 들었다. 내 맘이 그랬는데, 우리 부모님 맘은 어땠을까?

언니는 결혼을 하고 싶어 하지 않았다. 더 피아노를 배우고 싶어 했다. 엄마는 안 된다고 했다. 그리고 형부가 아닌 다른 사람을 만나는 것도 엄마는 절대 용납하지 못했다. 고지식하기 짝이 없다. 엄마가 결혼해서 그렇게 힘들게 살았으면서 왜 결혼을 시키려고 했는지 모르겠다. 결혼하지 말고 외국으로 가서 공부해라. 이런 쿨한 엄마였으면 얼마나 좋았을까?

엄마는 여자가 혼자 외국가는 것도 이해하지 못했다. 다른 사람 만나는 것도 이해할 수 없었다. 무슨 조선 시대도 아니고…. 참 답답하다. 큰언니도 참 착했던 것 같다. 하지 말란다고 안 하고 하란다고 하는 그런 순종만 했던 착한 딸이었던 것 같다.

큰언니는 결혼 전에 시아버지께 공부를 더 하고 싶다고 했다 한다. 시아버님은 언니한테 피아노를 더 배울 수 있게 해준다고 하셨다고 했다. 유학도 보내준다고 했다고 한다. 그 약속은 지켜지지 않았다. 마음 같아서는 어떻게든 더 공부시켜주고 싶으셨겠지만 모든 건 생각대로 안 되는 것 같다.

언니는 결혼해서 피아노 학원을 차렸다. 피아노 학원 원장이 원생이 많다고 속여서 계약한 거다. 어린 언니가 뭘 알았겠는가? 옆에 세상을 살아가는 지혜로운 어른 누구라도 있었다면 언니는 사기당하지 않았을 것이다. 피아노 학원은 원생도 없었다. 어쩔 수 없이 언니는 피아노 학원을 정리했다. 일산 시댁에 들어가 살기로 했다. 시부모님과 시동생, 형부, 언니 이렇게 살았다. 어른들과 살았기 때문에 아이들을 불러서 집에서는 피아노를 가르칠 수는 없었다. 직접 가정으로 방문해 피아노를 가르치기로 했다. 그때부터 언니는 조카들 키우는 시기를 제외하고는 몇 년 동안 가정 방문 피아노 교사를 하며 살아갔다.

김광석 씨의 노래 중에 〈어느 60대 노부부의 이야기〉가 있다. 그 노랫말 가사 중 '큰딸아이 결혼식 날 흘리던 눈물 방울이 이제는 모두 말라 여보 그 눈물을 기억하오'라는 가사가 있다. 아빠도 엄마도 아마 남모르게 울었을지도 모른다. 언니는 결혼하기 전까지 엄마와 시간을 많이 보냈다. 언니는 집에서 피아노 레슨을 했다. 엄마가 장사하고 집에 들어오면 언니는 항상 집을 지켰다. 부모님의 밥도 차려주고, 살림을 맡아서 했다. 엄마의 수고를 많이 덜어주었다. 엄마가 시장에 다녀오면 식탁에 앉아 밥을 먹으면서 많은 이야기를 했을 것이다. 그렇게 엄마와 지내다가 결혼을 하게 된 거다. 그래도 그나마 결혼하기 전에 엄마와 시간을 보낼 수 있어서 다행인 것 같다.

첫 번째로 태어난 자녀가 결혼해 부모와 떨어질 때 부모의 마음이 어떨까? 나 같아도 몇 날 며칠 잠을 못 잘 것 같다. 나는 딸이 없어서 우리 부모님의 맘을 똑같이 못 느낄 것이다. 물론 자녀가 좋은 배우자를 만나 가정을 꾸리는 건 축복이다. 하지만 부모님에게는 자식을 뺏기는 슬픔일 수도 있다. 한편으로는 부모님의 짐을 덜어내는 것일 수도 있다. 어른들은 자녀를 결혼시키는 걸 숙제라고 하신다. 우리 부모님도 큰언니를 시집보내고 첫 번째 숙제를 하신 거다.

06

손자, 손녀와의 추억

    핸드폰 바탕화면에 손자, 손녀 사진을 올리고 다니는 분들이 있다. 그렇게 핸드폰 화면에 사진을 올리고 다니는 분들이라면 다들 자랑하기 바쁘다. 너무 예쁘고 귀엽다며 밝은 얼굴로 핸드폰 사진을 바라본다. 화면에 있는 사진을 보고 혼자서 '까꿍' 하시는 분들도 있다. 나도 나중에 아들들이 자녀를 낳는다면 저렇게 예쁠까 싶다. 난 별로 아이들을 좋아하지 않는다. 조카들 외에는 별로 좋아하지 않는다. 내가 아들 둘을 키우면서 너무 힘들었기 때문에 애들을 보면 귀엽고 예쁘다는 생각보다는 '아이고, 언제 다 키우냐?'는 생각이 먼저 든다. 귀엽긴 하지만 그 전에 '애들 키우면서 얼마나 힘들까?'라는 생각이 먼저 든다.

우리는 아빠가 지어놓은 도봉동 빌라에 다 같이 모여 살았다. 어쩔 수 없이 다 들어와 살 수밖에 없었다. 빌라 사업을 시작하고 IMF가 터지는 바람에 언니들이 들어와 살아야 했다. 큰언니는 처음 형부랑 조카 둘만 살았다. 나중에는 시부모님까지 들어와 사셨다. 둘째 언니는 신혼집을 아빠가 지은 빌라에서 시작했다. 아빠의 사업 자금이 모자랐기 때문에 그 돈을 아빠한테 내고 들어온 거다. 나와 남동생 둘은 부모님과 살았다. 그렇게 우리 일곱 식구는 다들 한 빌라에 살았다. 집이 좋아서 들어왔거나 사업이 잘되어서 들어온 거라면 행복했겠지만 아빠의 빌라사업으로 인해 우리 온 가족을 다 같이 고생했다.

나는 조카들이 너무 예뻤다. 하루는 큰언니가 큰조카 선용이만 남겨두고 교회 야유회를 갔다. 언니는 엄마한테 선용이를 맡겨놓고 아침 일찍 떠났다. 나는 토요일이라 빨리 퇴근하고 돌아와서 선용이를 돌보기로 했다. 나는 아침부터 선용이가 너무 걱정됐다. 할머니는 잠만 주무실 텐데 제대로 먹고 놀고 있는지 걱정이 됐다. 선용이가 혼자 있을 생각을 하니 맘이 아팠다. 퇴근하고 부랴부랴 땀을 흘리며 뛰어 들어갔다.

집에 들어와 선용이를 봤을 때, 이제 곧 시골에서 올라온 꾀죄죄한 모습을 하고 있었다. 그 모습을 보고 눈물이 났다. 애가 착하니 아빠, 엄마한테 저렇게 떨어져 있을 수 있지, 우리 영광이 같으면 꿈도 못 꿀 일이다. 뭘 먹다가 흘려 얼굴에 무엇인가가 잔뜩 묻어 있었다. 그 모습에 얼마나 눈물이 나던지…. 이모들은 조카를 엄청 좋아한다. 나도 조카들을 보면 맘 설레는 그런 이모 중 하나였다.

나는 몇 년 뒤 결혼하고 구의동에 살았다. 혼자서 영광이를 돌보는 게 정말 힘들었다. 틈만 나면 친정으로 갔다. 아빠는 가락시장에서 장사하고 집으로 가는 길에 나와 영광이를 태우고 친정으로 갔다. 짐을 바리바리 싸 들고 틈만 나면 엄마네 집으로 간 거다. 친정에 가봤자 엄마는 일하고 주무시기만 하지만 그래도 엄마네 집이 좋았다. 1년 365일이면 300일은 친정에서 조카들과 지냈던 것 같다.

엄마네 집에 오면 조카들을 다 볼 수 있었다. 엄마네 집은 항상 시끌시끌했다. 남동생은 내가 와 있으면 "누나 또 왔어? 매형은 어쩌고?" 맨날 똑같은 소리였다. 영광이는 나를 닮아 열이 많았다. 그래서 항상 기저귀 하나만 걸치고 다녔다. 남동생이 퇴근하고 들어오면 "너 또 왔냐? 너는 오늘도 기저귀 하나만 차고 있냐?" 하며 놀려댔다.

나도 어릴 때 열이 많아서 옷 입혀놓으면 다 벗고 나가서 놀았다고 한다. 그것도 큰 길가에 옷을 다 벗고 나와 놀았다고 하니…. 어쩜 아들도 나랑 저렇게 똑같을 수 있을까?

엄마네 집에 항상 조카들이 와 있으니 남동생들이 힘들었을 수도 있다. 집에 오면 좀 쉬어야 하는데 조카들이 시끄럽게 떠들어대니 나 때문에 남동생들도 참 힘들었겠다는 생각이 든다. 철없는 누나가 맨날 조카 데려와서 집에 있고, 다른 조카들도 다 불러서 놀고 있으니…. 나중에는 둘째 언니 가족들이 모두 엄마네 집에 들어와 살 수밖에 없었다. 손자, 손녀 여섯 명이 같이 엄마네 집에 모이면 집이 시끌시끌했다. 같은 집에 살았던 둘째 형부가 참 고생스러웠을 것 같다. 집에 오면 쉬어야 하는데 애들만 북적북적 시끄럽게 했다.

내가 일을 시작하고 엄마 집 근처 도봉동으로 이사 갔다. 만약 급하게 무슨 일이라도 생기면 부모님도 계시고 언니들도 있을 테니 엄마네 집 근처에 사는 게 더 좋을 것 같았다. 그때 둘째를 임신했는데 도봉산에서 목동까지 출근하는 게 너무 힘들었다. 우리가 일하러 나가면 영광이는 어린이집에 맡겨졌다.

나는 퇴근하고 영광이를 데리러 부랴부랴 집으로 와야 했다. 어쩌다가 늦어지는 일이 생기면 엄마한테 영광이를 부탁했다. 태권도 학원 갔다가 날이 좀 어두워질 때쯤 영광이가 왔다. 나는 주무시고 계실지 모를 엄마에게 영광이가 골목이 무서워서 못 가니 나와 있어 달라고 했다. 엄마는 깊이 자야 할 시간인데도 자다가 말고 나와 영광이를 데리고 들어갔다.

엄마는 둘째 언니가 일이 늦어지면 유치원에서 오는 나현이를 업어서 데려왔다. 조카들은 할머니와의 추억을 간직하고 있을까?

큰아들 영광이는 태어난 지 한 달 정도 됐을 때 침대에서 떨어진 적이 있다. 나는 얼마나 피곤했던지 떨어져서 시끄럽게 울어대는 것도 모르고 잠만 자고 있었다. 옆 방에 있던 신랑이 아들이 너무 울어대니까 와봤더니 침대에서 떨어져 울고 있었다고 했다. 거꾸로 잠깐 누워 있었는데 다리를 차고 올라가다가 침대에서 떨어진 것이다.

영광이는 태어난 날 병원에서부터 너무 힘이 들었다. 안아주면 안 울고 잠들어서 침대에 눕혀놓으면 바로 일어나서 울어댔다. 그 시기의 영광이는 잠을 20분 이상 자본 적이 없었다. 나는 모든 아기들이 다 그런 줄만 알았다. 정확히 1분도 안 틀리고 20분 자고 일어났다. 나중에 알고 보니 애들은 먹고 자는 게 일이라고 했다. 낮잠을 2~3시간 자는 건 당연한 거라고 했다.

누굴 닮아 이렇게 까탈스러운지, 6개월이 지났을 때는 젖 빼는 게 힘든지 젖을 먹지 않았다. 나는 자연스럽게 젖을 뗄 수 있었다. 그 뒤로는 분유만 먹였다. 아무리 배가 고파도 분유가 온도에 맞지 않으면 절대 먹지 않았다. 모유는 온도가 항상 일정하다. 하지만 분유는 타 놓고 조금 식을 수도 있다. 하지만 영광이는 온도를 맞춰서 줄 때까지 먹지 않고 울기만 했다.

한번은 엄마가 영광이를 안고 분유를 먹이고 있었다. 온도가 맞지 않았는지 잡고 있던 우유병을 휙 던져버렸다. 엄마랑 나랑 서로 쳐다보면서 얼마나 웃었는지 모른다. 엄마는 보통 놈이 아니라고 했다. "왜 우리 영광이는 엄마를 그렇게 힘들게 하냐?" 하시면서 알아듣지도 못하는 영광이한테 뭐라 하셨다. 6개월 때부터 젖병을 던져버렸으니 보통 힘든 놈이 아니었다.

아빠가 지은 도봉동 빌라에서는 기쁜 추억도, 슬픈 추억도 많다. 결혼하기 전까지 그곳에서 부모님이랑 살았다. 경수는 군대 갔었고 막내는 대학교에 들어가 기숙사 생활을 했다. 부모님이 밤 9시가 되면 시장에 나가셨다. 그때부터 나는 혼자 잠을 자야 했다. 겁이 많은 나는 내 방문을 잠그고 잤다. 새벽에 자꾸 화장실을 가야 해서 나중에는 화장실이 있는 안방에서 문을 잠그고 잤다. 나중에는 경수가 군대 제대하고 들어왔다. 경수가 군대에 있는 동안 우리 집은 자양동에서 도봉동으로 이사했다. 도봉동 빌라는 아빠가 다시 한번 사업을 한다고 해서 어쩔 수 없이 들어가 살게 된 집이다. 큰언니의 조카들 선용이, 예원이, 둘째 언니의 조카들 나현이, 나민이, 우리 영광이, 영성이까지 어릴 때 다 같이 그곳에서 자랐다.

엄마는 딸들의 자녀들은 보셨지만 남동생들의 자녀들은 보지 못한 채 돌아가셨다. 다른 어른들을 보면 자식들이 떨어져 살아서 손자, 손녀 얼굴 한 번 보는 것도 힘들다고 한다. 그래도 우리 엄마는 딸 셋이 다 주변에 살았다.

자식이 외국에 나가면 몇 년을 못 보고 사는 분도 있다. 딸이 시집을 너무 멀리 가는 바람에 시집간 딸 한 번 만나기가 어려운 분들도 있다. 너무 먼 곳에 살아서 부모님의 임종도 못 지켜본 자식들도 있다. 어쩔 수 없는 현실이지만 부모님에게 그것만큼 맘 아픈 일이 또 있을까? 보고 싶은 자식들을 보지 못하는 마음. 손자, 손녀들의 재롱을 볼 수 없는 현실….

하지만 우리는 엄마가 돌아가시는 그날까지 다들 엄마 옆에 있었다. 결혼한 딸 셋과 손자, 손녀 남동생들. 모두 엄마 곁에 있었다. 그리고 손자, 손녀의 태어난 것부터 시작해서 자라가는 모습을 다 지켜볼 수 있었다. 장사하고 와서 힘들어서 쉬어야 하는데 애들은 시끄럽게 떠들어댄 적도 많다. 그래도 엄마는 손자, 손녀를 보며 기뻐하셨다. 엄마가 우리를 떠나는 마지막 그날까지 우리 모두가 엄마 옆에 있었다는 거. 그것만으로도 엄마의 삶은 축복된 삶이었다고 생각한다.

딸과 가는 목욕탕의 행복

내가 중학교 때 내 친구 언니가 증권회사에 들어갔다. 상고를 나와 여직원으로 들어갔다. 내 친구 말에 의하면 그 회사는 결혼하면 회사를 나와야 한다고 했다. 그 말이 사실이었는지는 모르겠다. 누가 나가라고 하지는 않지만 결혼하면 회사를 나가는 것을 당연하게 여겼나보다.

90년대 초 고등학교 다닐 때까지만 해도 엄마가 집에서 살림만 하는 친구들이 많았다. 그런데 요새는 집에서 살림만 하는 여성을 찾아보기가 힘들다. 아빠의 수입만으로는 아이들 교육시키는 게 너무 어려워졌다.

교육시키고 집도 사야 되고 또 노후 준비까지 해야 한다. 아빠가 여간 잘 벌지 않는 이상 아빠의 수입만으로는 그 모든 걸 다 해결하기가 힘든 세상이다.

나는 큰아들 영광이가 10개월 정도 될 때까지 돌보다가 일하러 나갔다. 전쟁 같은 아침을 보내고 간신히 영광이를 어린이집 차에 태우고 회사로 나가야 했다. 몇 달 그렇게 일하다 보니 돈 몇 푼 버는 것보다 애를 키우는 것이 더 중요한 것 같아서 몇 달 일하고 그만뒀다. 평생 다닐 직장이 아니었기 때문에 쉽게 그만둘 수 있었다. 하지만 좋은 직장에 다니면서 애를 돌봐야 하는 이유 때문에 직장을 포기하는 건 여간 힘든 일이 아닐 것이다.

여자들이 애를 키우면서 제일 힘든 시기가 애들 어린이집 보내는 시기일 것 같다. 어린애들을 어린이집에 보내고 출근하는 건 정말 힘든 일이다. 만약 퇴근이라도 늦게 하게 되면 선생님께 전화해 조금 더 돌봐 달라고 부탁해야 한다. 그럴 때가 제일 난감하다. 그것이 안 되면 주변에 가족들이나 지인들에게 애들을 맡기기도 한다. 나도 그런 것들이 너무 힘들어 더는 직장 생활을 할 수 없었다. 영광이도 너무 어렸고 아침마다 자는 아들 깨워서 씻기고 먹이고 챙겨서 보내는 게 여간 힘든 일이 아니었다. 내가 회사에서 조금 늦게 되면 돌봐줄 사람이 없었다. 그래서 영광이가 세 살이 될 때까지 영광이만 돌보고 지냈다.

다시 회사를 다니기 시작하면서 친정 근처로 이사를 갔다. 회사가 멀었지만 그래도 친정 식구들이 가까이 있는 게 마음이 놓였다. 둘째를 임신하고 열 달 동안 도봉산에서 양천구청역까지 다녔다. 영성이가 뱃속에 있을 때가 더 편했던 것 같다. 영성이가 태어나고 출산휴가 3개월이 지난 뒤 다시 회사에 복귀해야 했다. 내 몸만 챙기면 되는 게 아니다. 영성이를 맡아줄 아줌마한테 맡기고 출근해야 했다. 다행히 엄마가 사는 집 3층에 사는 좋은 분이셨다. 그분은 둘째 언니의 딸 나민이도 돌봐주셨던 분이다.

첫출근하던 날이 12월 크리스마스쯤이었다. 추운 겨울날 영성이를 이불에 똘똘 싸매고 아주머니에게 맡기고 출근했다. 아직 젖을 먹여야 하는 영성이를 위해 회사에 유축기를 두었다. 틈나는 대로 젖을 짜서 냉동실에 두었다가 퇴근할 때 챙겨갔다. 그것도 신경 쓰이고 힘든 일이었지만 그래도 영성이에게 건강한 모유를 먹인다는 게 더 중요했다. 한여름이었다면 그렇게 못 했을 수도 있다. 다행히 겨울이라서 모유를 집으로 가져가도 아무 이상 없었다. 자고 있던 아들을 바람 들어가면 안 되니까 똘똘 싸매어 아침마다 영성이를 넘겨주고 출근하면서 눈물도 많이 났던 것 같다.

가족 중 누구라도 도와주는 사람이 있으면 좀 편하련만 다들 바쁘게 일하기 때문에 맡아줄 사람이 없었다. 나는 두 아들을 누구의 도움도 없이 오로지 내가 키워야 했다.

　내가 회사에 다시 복귀했을 때, 내가 하던 일을 다른 사람이 맡아서 하고 있었다. 내 자리가 없어진 거나 마찬가지다. 그냥 계속 다닐 수도 있었지만 자존심이 상했다. 회사가 너무 멀기도 하고 이젠 하나가 아닌 두 아들을 돌봐야 하는 게 너무 힘이 들고, 돈을 더 많이 벌어야 된다는 여러 가지 생각으로 사표를 내고 나왔다.

　언니가 하고 있는 일이 괜찮다고 해서 좀 쉬다가 언니가 일하는 곳으로 갔다. 모델하우스에서 상담하는 일이었다. 그곳에서는 젖을 짤 만한 마땅한 곳이 없어서 젖이 불면 화장실에 가서 젖을 짜내서 버렸다. 남들이 옆에서 들을까 봐 조용히 조용히 젖을 짜내 버렸다.

　둘째 언니와 나 그리고 막냇동생까지 셋이서 다녔다. 남동생은 대학교 4학년이었다. 취업했다고 취업계를 내고 4학년 때부터 일을 시작했다. 그 당시 우리 오 남매는 다들 어려웠다. 아빠가 다시 시작한 사업으로 다들 타격을 입었기에 다들 열심히 돈을 벌지 않으면 안 되는 상황이었다. 그래서 그 일이 잘되면 돈을 많이 벌 수 있다고 해서 나와 막냇동생이 같이 시작했다. 예전에 월급 받는 것보다는 수입이 좋았다.

　하지만 부동산이라는 것이 선분양 후시공이다 보니 분양할 때는 잘되더라도 완공 때 분위기가 어떠냐에 따라 흥하기도 망하기도 했다. 상가 같은 것 잘못 분양받으면 큰 낭패다. 오피스텔이나 아파트는 누구라도 들어가 살 수 있다. 하지만 상가는 장사가 안 된다고 들어가 살 수 있는 것도 아니다. 세가 맞춰질 때까지 관리비는 분양자의 몫이다. 은행이자와 관리비까지 내야 한다.

이런 일을 겪다 보니 도저히 못할 것 같았다. 내가 분양한 게 완공 후에 장사가 잘되면 좋지만 장사가 안 되면 큰일이다. 그리고 상권이 형성될 때까지 어느 정도 기다려야 한다. 장사 잘되고 세를 잘 받으면 좋을 텐데 공실이 생겨 손해 보는 계약자들한테 미안해서 그 일을 더이상 할 수가 없었다. 부동산은 좀 정직하지 않은 일 같았다.

영업을 하다 보니 자꾸 주변에서 보험을 해보라고 권유했다. 그리고, 애들 키우면서 일하기에는 보험이 좋다고 했다. 시간 조절을 내가 할 수 있다는 것이었다. 애들을 자유롭게 키울 수 있다는 말에 보험 영업을 하기로 했다.

처음에 생명보험사에 들어가게 되었다. 교육을 받다 보니 내 마음에 내키지가 않았다. 자꾸 죽어야 돈이 나오는 종신보험만 강조했다. 나는 그런 보험을 팔고 싶지 않았다. 당연히 종신보험은 있어야 한다. 하지만 죽어야 한다니 그것이 주가 되는 것이 싫었다.

나의 고민을 누군가에게 말했더니 화재보험사로 가보라고 했다. 화재보험회사에 가서 교육을 받았다. '딱. 이거다.'라고 무릎을 쳤다. 이 보험

은 누구에게나 필요한 보험이라는 생각이 들었다. 그 보험이 '실손보험'
이었다. 나는 내가 가입한 보험이 그 보험인지도 몰랐다. 내가 보험 혜택
을 받아본 적이 있었다. 그래서 그 보험이 좋다는 건 알고 있었다. 영광
이가 열 때문에 응급실에 간 일이 있었는데 응급실 간 병원비가 다 나와
서 깜짝 놀란 적이 있었다. 나는 '이런 보험이 있구나. 참 좋은 보험이다.'
라고만 생각했지 그것이 실손보험이었고 내가 가입하고 있었던 보험인
줄은 몰랐던 것이다.

나는 이건 누구에게나 도움이 되겠구나 하는 생각에 열심히 교육을 받
았다. 내가 다니던 곳은 다른 보험사와는 달랐다. 전문가를 키우는 곳이
었다. 다른 사람들의 보험을 보면서 분석해주었다. 그래서 어느 부분이
빠져 있고 어느 부분이 과하게 들어갔는지 점검해주는 교육 위주로 받았
다. 무조건 내 보험만 좋은 것이니 사인만 하라는 게 아니었다. 나 보고
보험 하나 들어주라고 교육을 받지 않았다. 고객의 보험을 정확히 분석
해서 비교해주는 것이었다. 거기는 교육이 진짜 많았다. 영업에 관한 교
육도 그곳에서 다 배웠다.

부동산 회사 다닐 때는 아무도 가르쳐주는 사람이 없었다. 잘하는 사
람들은 어떻게 하는지 어깨너머로 보면서 스스로 터득해야 했다. 반면
보험회사에서는 고객과 대화하는 법, 옷 입는 스타일 등 영업에 관한 모

든 것을 알려주었다.

나는 영업이라는 것을 그 화재보험사에서 제대로 배웠다. 스크립트 작성, 고객 응대 방법은 물론 비디오 촬영을 해서 내가 상담할 때 어떤 버릇이 있는지 고쳐야 할 게 뭔지 다 체크했다. 한 달간의 교육이 끝나고 머리를 잘랐다. 한마디로 잘린 거다. 보험 영업을 할 때 전문가처럼 보여야지 여자로 보이지 말라는 것이었다. 정장도 기본 정장을 입게 했다. 가방도 여성스러운 가방이 아닌 서류 가방을 들고 다녀야 했다. 나는 그렇게 새로운 일을 시작했다.

내가 돈을 안 벌고 애들만 키울 때는 엄마한테 아무것도 해줄 수가 없었다. 오히려 엄마가 나한테 더 많은 걸 줬다. 내가 돈을 벌기 시작했을 때부터는 엄마에게 맛있는 것도 사드리고 용돈도 드릴 수 있었다.

내가 쉬는 날 엄마랑 목욕탕을 갔다. 항상 힘들어하는 엄마를 위해 때를 밀어드리려고 돈을 챙겨갔다. 엄마는 목욕탕 가서 엄마 몸 하나 때 미는 것도 힘들어하셨다. 엄마는 가끔 피로를 풀기 위해 목욕탕을 다녀오셨다. 목욕탕 한번 갔다 오면 축 처져서 힘들어 보였다. 돈이 아까워 당연히 한 번도 때 미는 걸 맡겨본 적이 없을 것이다. 엄마와 나는 편하게 목욕을 끝냈다. 누군가가 때도 밀어주고 마사지도 해주니 좋으셨던 모양이다.

결혼 전에는 일하느라 바쁘다고, 결혼하고 나서는 애들 키운다고 엄마를 못 챙겼다. 엄마는 힘도 안 들고 너무 시원하고 좋았다고 하셨다. 지금까지 이 사소한 것도 해주지 못했다는 게 너무 미안했다. 엄마랑 자주 와야겠다는 생각이 들었다. 하지만 그 이후로 엄마랑 목욕탕을 가보지 못했다. 내가 엄마를 위해 때밀이 돈을 내준 게 그것이 처음이자 마지막이 되어버렸다.

4장

엄마가 암이란다
얼마나 견딜 수 있을까?

나이 들어 시작한 아빠의 또 다른 사업

"초년 고생은 사서라도 한다."라는 속담이 있다. 젊은 시절 고생은 장래 발전을 위하여 중요한 경험이 된다는 의미다. 젊을 때는 사업에 실패하더라도 몸만 건강하면 무슨 일이라도 할 수 있어서 다시 일어설 수 있다. 나이가 들면 몸도 말을 잘 안 듣고 인지력도 떨어진다. 정신은 건강할 수 있어도 몸은 쇠퇴해진다. 그리고 나이가 많다고 아무 데서나 받아주지 않는다. 나이 들어 새로 시작하는 사업은 정말 신중하게 검토해야 한다.

아빠가 나이 들어 시작한 사업으로 인해 우리 모두가 고생해야 했다.

교회의 장로님들이 건축 사업을 해서 돈을 많이 버는 걸 보고 아빠도 그 사업을 해보기로 하셨다. 부모님의 평생 바람이 밤낮 바뀐 시장 생활에서 벗어나는 것이었다. 산전수전 다 겪은 아빠는 다른 분들이 건축사업으로 돈을 많이 버는 걸 보시고 쉽게 생각하신 것 같다.

그동안 시장 장사로 자리 잡고 열심히 살아오셨던 부모님이다. 장사하는 건 베테랑이지만 다른 일은 다 처음이다. 지난날의 어려운 생활들을 잊어버렸다. 큰돈을 벌어 나중에 자식들 집 한 채씩은 사줘야겠다는 생각을 하셨다. 아빠는 헛된 마음을 품고 또다시 유혹에 빠져들었다. 그때부터 우리 가족에겐 또다시 고난의 길이 시작되었다. 예전처럼 그냥 가난해서 못 먹고, 못 입고 사는 차원이 아니었다.

부모님은 시장 일을 접으셨다. 새로운 일을 배우기 위해 장로님이 일하시는 빌라로 들어가셨다. 아빠랑 엄마가 같이 출근해서 엄마는 집 짓는 분들 밥을 해주는 일을 했다. 아빠는 집을 지을 때 들어가는 자제 구입하는 방법부터 익혔다. 각 분야에서 일하는 사람들도 알아두었다. 2년 정도 빌라 현장으로 들어가 사업하는 방법을 배우신 거다.

그때는 부모님이 다른 사람들과 똑같이 정상적인 생활을 하셔서 너무 좋았다. 아침에 출근하고 저녁에 퇴근해서 들어오셨다. 아빠는 일을 배우시면서 집 지을 만한 곳을 물색하러 다니셨다. 좋은 자리가 나왔다고 하면 가서 보셨다. 그러다가 서울 도봉구에 있는 대지 920평을 9억 2

천만 원에 매입하셨다. 빌라 19세대를 건축하였다. 그런데 공사시기가 IMF라는 무서운 시기와 겹쳤다. 겨우 공사를 다 끝냈지만 분양이 되지 않았다. IMF 때는 집 사면 망한다고 했던 시기다. 당연히 아무도 집을 사는 사람이 없었다.

빌라는 아파트와는 다르게 다 지어놓고 분양을 한다. 물건값과 인건비도 거의 외상이다. 분양해가면서 모든 비용을 지불한다. 은행에서 대출받은 이자며 자제 대금 등 밀린 공사비, 인건비 등 해결해야 할 것들이 너무 많았다. 그런데 다 지어놓은 집을 사러 오는 사람이 없으니 돈이 융통될 리 없다. 공사비를 제대로 해결하지 못했다. 인건비를 받지 못한 사람들이 교회에까지 몰려와서 노임 달라고 소란을 피웠다. 아빠의 차 뒤를 쫓아다니면서 위협하기도 하였다. 이렇게 쫓겨 다닐 때면 경찰에 신고해서 신변 보호를 받았다고 하신다.

어떤 사람은 술을 먹고 아빠를 죽이려고 했다. 아빠는 "당신이 나를 죽이면 나는 죽음으로 끝날지 몰라도 당신과 당신의 가족들은 말할 수 없는 어려움을 당하게 될 거다. 아직도 젊은 사람이 나를 죽이면 어린 자식들에게 아버지로서 못 할 짓을 하는 거다."라고 조금만 참아달라고 했다고 한다. 어떤 사람은 자기가 죽어버리겠다고 하는 사람도 있었다. 아빠가 "왜 극단적인 선택을 하느냐" 하면서 설득시켜서 보낸 일도 있다고 한다. 공사비를 받지 못한 사람들 가운데는 돈을 받아주는 곳에 의뢰해 아빠를 괴롭히기도 했다.

아빠는 분당에 있는 아파트도 팔고 우리들한테 돈을 융통했다. 어려운 가운데서도 빚을 은행 대출로 대충 갚아줬다. 어느 정도 정리를 하고 아빠가 지었던 그 도봉동에 있는 빌라로 이사를 하게 되었다. 아빠의 어려운 과정을 보는 가족들은 마음이 편할 날이 없었다.

부모님은 다시 송파구 가락동 농수산물 시장으로 일을 나가셨다. 부모님이 아는 거라곤 배추 도매 장사뿐이었다. 그런데 그전에 아빠가 장사했던 때와는 아주 달라졌다고 한다. 단골손님도 다 떨어지고 물건을 구입하는 데도 그전과 같지 않았다고 한다. 부모님은 밤 9시경에 도봉동에서 가락시장으로 장사하러 나가셨다. 밤새 일하시고 오전 11시경에나 들어오셨다. 부모님이 밤에 나가시면 그 집에는 나 혼자 있었다. 남동생 경수는 군대에 가 있었다. 막내 민학이는 대학교 기숙사로 들어갔다. 집이 1층이라 문단속도 철저히 하고 지냈다.

하루는 부모님은 장사하러 나가시고 그날도 나 혼자 있었다. 누군가가 우리 집을 부서져라 두들겼다. 아빠랑 동업했던 분 중 한 분이다. 그분은 3층에 사셨다. 아빠한테 돈 내놓으라고 문을 부수어버릴 정도로 쿵쿵거리고 소란을 피웠다. 내가 문을 안 열어주니 베란다 쪽으로 가서 베란다 유리창을 치면서 소란을 피웠다. 연락을 받고 같은 빌라 옆동에 살던 언니들이 와서 그분을 말렸다. 그분은 술에 너무 많이 취해 주먹으로 벽을 치고 피가 났다고 한다. 그분은 술만 먹으면 우리 집에 와서 나를 힘들게 했다. 나는 무서워서 나가 보진 않았다.

혼자서 집을 지킬 때 가끔 와서 그러는 아저씨 때문에 너무 힘들었다. 술 먹고 자기가 사는 3층으로 올라가면서 우리 집 문을 쾅쾅 발로 찬 적이 한두 번이 아니다. 너무 고통스러운 기억이다. 어떤 분은 술 먹고 집에 전화해서 계속 뭐라고 하셨다. 전화 끊으면 또 오고, 전화 끊으면 또 오고…. 몇 번을 그러셨다. 내가 그분한테 그만 좀 하시라고 하면서 "내가 적금 든 것이 있는데 그걸로 갚아드리겠다"고 했다.

그 사람이 아빠한테 전화해서 "당신 딸이 돈 갚아준다고 했다. 적금 든 것이 있다고 하더라."라고 말했다고 한다. 다음 날 집에 와서 아빠는 나에게 엄청 화를 내셨다. "네가 왜 그걸 갚냐? 니가 뭘 안다고 그런 말을 하냐? 네가 뭔데 그걸 갚냐?" 하시면서 엄청 화를 내셨다. 나는 너무 섭섭했다. 나는 아빠를 생각해서 한 건데…. 아빠는 내가 걱정되서 그렇게 화를 내셨을 것이다. 내가 돈 준다고 했다가 안 주면 또 나를 쫓아와서 괴롭힐까 봐 걱정하셨을 거다. 너무 괴로운 시절이었다. 부모님이 밤에 나가시고 혼자 있으면서 그냥 혼자 감당해야 할 괴로움이었다.

서울 와서 가난하게 살았던 시절이 있었다. 가난해서 못 먹고, 못 입고 살았다. 그 빌라에 살면서 받은 고통은 그 가난에 비하면 아무것도 아니라는 생각이 들었다. 가난하면 그냥 좀 참으면 된다. 좀 불편할 뿐이다.

그런데 이렇게 빚을 지고 빚을 갚지 못해 당하는 고통은 말로 표현할 수가 없다. 내가 이러지도 저러지도 못하는 상황. 나는 그 시간이 빨리 지나기만을 바랐다. 그분들의 마음도 충분히 이해한다. 그분들도 처자식 먹여 살려야 한다. 오죽하면 그렇게 난동을 피우겠는가? 아빠가 건축 사업을 배울 때는 빌라를 지어놓으면 그냥 나갔다. 경기 좋을 때는 부동산 사업이 잘될 줄 알았다. IMF가 올 줄 그 누가 알았겠는가? 잘될 줄 알고 동업했던 분들이 무슨 죄가 있겠는가? 모든 것을 같이 투자한 아빠도 그분들도 모두 힘들었다. 참는다고 해결되는 것도 아니다. 협박한다고 해결되는 것도 아니다. 방법이 없었다.

오히려 가난해서 못 먹고, 못 입던 시절이 행복했다. 그때는 조금 힘들어도 잘될 거라는 희망이라도 보였다. 하지만 아빠의 그 건축 사업은 앞이 안 보였다. 그 사업으로 인해 우리 오 남매는 모두 힘들었다. 둘째 언니가 금융기관에 있다 보니 아빠한테 돈을 이렇게 저렇게 많이 융통해줬다. 아빠한테 융통해준 돈은 다시 돌아오지 않았다. 다 언니의 몫이 돼버렸다.

나도 내가 사회생활 하면서 결혼 자금으로 모아 둔 돈이 있었다. 그것도 아빠의 사업 자금으로 다 융통되어버렸다. 내 돈을 다 써버렸다는 게 억울하기도 했다. 하지만 그때는 우리 가족 모두가 다 어려워서 억울할 수도 없었다.

아빠의 사업으로 내가 받은 대출이 만기가 되어 연장을 해야 했다. 엄마랑 내가 같이 가서 도장 찍어야 하는 대출이었다. 나는 회사 눈치를 보며 오후에 좀 빨리 퇴근했다. 회사 일 때문에 내 나름대로 어렵게 어렵게 시간을 낸 것이었다. 그런데, 엄마가 보험회사에서 요구하는 어떤 서류 하나를 빠뜨리고 오셨다. 그 직원은 엄마와 나한테 나중에 다시 오라고 했다. 꼭 같이 시간 내서 둘이 같이 와야 한다고 했다. 얼마나 화가 나던지…. 어렵게 시간을 빼서 회사 눈치 보면서 목동에서 노원까지 왔다. 엄마의 실수로 내가 또 회사 눈치 보며 다시 시간을 빼야 한다는 것이 너무 화가 났다. 한마디도 하고 싶지가 않았다. 같이 말없이 엘리베이터를 타고 내려왔다.

아빠가 차를 대고 기다리고 계셨다. 나는 밖에 나가 그 길거리에서 엄마한테 소리소리 지르며 얼마나 짜증을 냈는지 모른다. 왜, 이렇게 나를 힘들게 하냐고 소리치며 엄마한테 퍼부었다. 엄마는 한마디도 안 하고 내 짜증을 그냥 다 듣고 계셨다. 나는 그렇게 내 말만 퍼붓고 전철 타러 가버렸다. 엄마한테 그렇게 소리 지르고 온 내가 너무 싫었다. 내가 얼마나 후회했는지 모른다. 집으로 돌아가는 전철 안에서 남몰래 눈물을 흘려야 했다.

나이 들어 새롭게 시작한 아빠의 사업은 우리 가족 모두에겐 고통이고 아픔이었다.

꿈은 그냥, 꿈으로 남겨야 돼

　남동생이 군대에 있는 동안 우리는 자양동 집에서 아빠가 지은 도봉산 빌라로 이사했다. 남동생은 마지막 휴가를 하루 남기고 군대에서 훈련 중 팔이 부러졌다. 휴가 나와서 하루 들어가면 제대였다고 했다. 휴가 전 날 동생이 있는 부대에서 전화가 왔다. 동생이 좀 다쳐서 휴가를 못 나가고 군인 병원에서 치료하겠다고 했다. 팔이 좀 다쳤다고만 들었다. 엄마는 걱정이 이만저만이 아니셨다. 나중에 동생은 팔에 깁스를 하고 제대했다. 사람들 말에 의하면 제대할 때쯤에는 몸을 사린다고 했다. 땅에 있는 낙엽도 밟지 않는다고 들었는데….

아무리 훈련에 자신이 있어도 그렇지 제대 하루 앞두고…. 한참 뒤 동생은 깁스를 풀었다. 동생의 팔을 보고 깜짝 놀랐다. 영화에서나 나오는 싸우다 칼을 몇 번 맞은 사람처럼 상처가 심각했다. 동생의 팔을 보면 싸움 좀 하는 사람들은 도망갈 것 같았다. 경수가 어릴 때 그렇게 심하게 뛰어놀아도 한 번도 다친 걸 못 봤는데 그 상처는 충격이었다.

경수가 도봉동 집에 제대하고 왔을 때까지도 우리 집이 심각하게 어려움을 당하고 있다는 걸 몰랐다. 부모님은 매일 빚 갚느라 허덕였다. 밑 빠진 독에 계속 물을 붓고 있었다. 희망이 없었다. 뼈 빠지게 돈 벌어 갚아도 갚아도 끝이 없었다. 제대하고 돌아와보니 이렇게 돼버린 우리 집을 보고 얼마나 충격이었을까? 상심이 많이 컸을 것이다. 누구 하나 우리 집이 어렵다는 걸 제대한 경수에게 설명도 해줄 수 없었다. 장남으로 태어났으니 어떻게 책임감을 느끼지 않았겠는가? 부모님 생각을 안 할 수가 없었다.

경수는 아빠를 닮아 주변에 사람도 많고 성실하다. 경수가 고등학교 때 대학 진학을 위해 엄마랑 둘째 언니가 선생님을 뵈러 갔었다. 공부를 잘하고 운동도 잘했다. 경수는 공부로는 서울대를 갈 수 없다고 생각했다. 운동하고 공부해서 서울대를 갈 생각으로 고등학교 2학년 때부터 학교에서 가르치는 운동을 했다. 입시 체육 학원을 따로 다닌 건 아니다. 학교에 그런 프로그램이 있었다고 한다. 서울대학을 가면 등록금도 싸다. 경수는 그때 가정 형편을 생각했다. 그래도 등록금이 싼 학교에 갈 생각이었다.

엄마와 둘째 언니를 만난 체육 입시 담당 선생님이 "어머니, 경수는 걱정하지 마세요. 저런 애가 없습니다. 어떤 환경에서도 무엇이든 잘해낼 겁니다. 그리고 경수는 효도할 겁니다. 경수는 잘될 겁니다. 걱정마세요." 하면서 칭찬에 칭찬을 아끼지 않으셨다고 한다. 부모님의 고생한 모습을 보고 자라서 그런지 비뚤어지지 않고 착실한 학생으로 살아왔다. 어릴 때 한 번은 친구들과 작은 마트에서 물건을 훔쳐 걸린 적은 있다. 심각하게 삐뚤어질 수도 있는 잘못된 행동이었다. 경수는 그 이후 많은 반성을 하고 더 모범적인 괜찮은 학생으로 자랐다.

수능을 보고 온 날 동생은 얼마나 속상했던지 문을 닫고 나오지 않았다. 시험을 너무 못 봤다고 했다.(참고로 동생은 수능 400점 시대의 첫 번째 학번으로 그해 수능이 너무 어려워서 결국 출제 위원들이 사과하는 일까지 생겼다) 체육 입시는 학교마다 종목이 약간씩 달랐다. 목표로 하는 학교의 종목 위주로 운동했다. 비슷한 종목이 많고 대부분 2년 정도 트레이닝을 하면 숙달되기 때문에 결국 성적과 내신이 중요한 변수라고 했다. 목표로 하는 학교에 떨어지면 그다음 학군에 지원하면 되는 것이다.

동생이 그렇게 수능성적에 속상해했던 이유는 서울대에 가려고 했기 때문이다. 수능이 결국 발목을 잡은 것이다. 아마 재수를 하고 싶은 생각도 들었을 것이다. 하지만 우리 집 형편상 재수는 안 한다고 스스로 생각한 것 같다. 보통 욕심 많은 남자애들 같으면 주변 상황과 형편을 고려하기 보다는 한 번 더 도전해보고 싶어 할 수 있을 것이다. 동생은 그 당시 등록금이 가장 낮은 한국체육대학교에 들어갔다.

입학 이후에 역시 성실함과 꾸준함으로 첫 학기 수석을 했다. 이후에도 장학금을 받고 열심히 학교생활을 했다. 2학년이 되자마자 IMF가 터졌다. 그때를 경험한 사람들은 알 것이다. 남자 대학생들은 군대에 가서 부모님의 부담을 덜어주는 것이 효도인 시대였다.

체육학과를 다니다가 바로 입대를 해서 그런지 군 생활은 그다지 어렵지 않았다고 한다. 일반 보병으로 시작해서 선택된 자들만이 경험할 수 있는 '유격훈련 조교(유격 조교)', 사격, 태권도 특제 교육 등에서 많은 특별휴가를 받고 나왔다. 특히 기억에 남는 건 군대에서 암기해야 하는 것들이 많다고 했다. 그와 관련된 부대별 시험도 본다고 했다. 그런 시험에서 부대 1등을 해서 특별휴가를 받았었다. 동생은 암기력이 좀 뛰어난 편이다. 경수는 몇 년만 일찍 태어나서 학력고사를 봤다면 분명 서울대에 입학했을 거라고 입버릇처럼 이야기할 정도였다.

경수는 군대 생활도 비교적 잘 해냈다. '사람의 삶의 방향과 속도는 바뀔 수 있어도, 삶의 태도는 쉽게 바뀌지 않는다.'라는 말이 있듯이 학생을 거쳐 성인에 이르는 오랜 시간 형성된 삶의 태도가 군대라는 특수한 환경에서도 빛을 발한 것이었다. 동생은 많은 남성들이 그렇듯 군대에서 부푼 꿈을 꾸고 생활했다. 제대하면 사람 된다는 말이 있지 않은가?

군대에서 더 성숙해 왔다. 경수는 제대하면 못다 한 공부를 더 하고 싶어 했다. 하지만 집에 와 보니 생각하는 현실과는 너무나 다른 현실에 꿈을 접었을 것이다. 또한 모든 걸 장남인 본인이 짊어져야 할지도 모른다고 생각했다. 경수는 모든 상황을 인식하고 공부를 더 할 수 없다는 판단을 했던 것 같다.

제대 후 대학교 4학년이 시작되자 결국엔 특별 인턴 형식으로 '취업계'를 제출하고 본격적으로 일을 시작했다. 체육학과를 다니다 보니 관련된 일을 하게 된 듯싶다. 2002년 한일 월드컵 때 4강 신화라는 기적이 이루어지고 스포츠에 대한 국민적 관심이 커진 이후 국내 스포츠 산업은 눈부시게 발전했다. 그중 한 분야인 러닝 대회를 기획 운영하는 회사에 몸을 담게 된 것이다.

처음에는 회사가 막 창업을 시작해서 사람이 필요했다. 학생 신분이라 아르바이트로 시작했던 일이다. 열심히 해서 인정받게 되었다. 이직률이 높은 분야지만 성실함과 꾸준함으로 같은 회사에서 12년을 일했다. 인턴에서 대리, 과장 차장을 거쳐 부사장 역할을 수행했다. 처음 직원 5명으로 시작했던 회사는 직원이 20명이 넘었다. 스포츠 기획사로는 규모가 있는 회사로 성장했다.

경수는 그러한 경험으로 그 업계에서 이름이 좀 알려지게 되었다. 막냇동생 친구가 경수 회사에서 아르바이트를 한 적이 있었다. 그 친구가 막냇동생에게 "너희 형 그 업계에서 보통 분이 아닌 것 같아. 진짜 대단한 사람이야."라고 했다고 한다. 이 모든 것들은 부모님의 영향이 아닌가 생각된다. 특별한 교육 철학을 갖고 계시진 않았다. 많이 배우지도 못하셨다. 본인들의 살아가는 진솔한 삶의 태도를 통해 인생을 살아가셨다. 사람을 대하는 방식과 주어진 책임을 다하는 모습을 몸소 가르치신게 아닌가 생각된다.

경수는 어릴 때 엄청나게 활발한 사내 아이였다. 온 동네 꼬마들은 다 데리고 다녔다. '나를 따르라'는 식의 골목대장이었다. 또한 부모님이 신앙생활을 열심히 하는 모습만 보고 자랐다. 그래서 동생은 기도를 시키면 기도도 잘했다. 어른들이 '어린 애가 기도도 잘한다'고 칭찬하며 너 커서 목사님 해라 그러셨다. 그래서 경수는 나중에 커서 목사님 한다고 했었다. 그건 부모님이 그러라고 하니 그냥 목사님 되겠다고 한 얘기다. 하지만 동생의 진짜 꿈은 교수였다. 어느 정도 본인의 자의식이 형성된 이후에 생긴 꿈이다. 남들에게 꿈과 비전을 심어줄 수 있고 자신도 모르는 잠재력을 발견하게 하고 더 영감을 제공하는 교육자가 되고 싶어 했다. 제대하고 공부를 더 해서 교수를 하려고 했다. 그런데, 집에 와서 보니 집은 너무나 어려운 상황이었다.

경수는 술만 마시면 난폭해졌다. 하루는 취해서 들어온 경수한테 물어봤다. "경수야, 너 도대체 술만 마시면 왜 그러냐?" 경수는 그동안 맺혀 있던 걸 얘기했다. 너무 취해서 경수는 기억 못 할 수도 있다. 나는 그때 경수의 마음을 알게 되었다.

"제대하고 공부 더 해서 교수가 되고 싶었는데, 집에 와 보니 이 모든 빚을 내가 짊어지게 생겼으니 온전한 정신으로 살아갈 수 있겠어?"

동생은 한 번도 말을 안 했지만 공부를 못하게 된 현실이 한이 되어 가슴에 품고 있었던 것이다. 또한 아빠가 사업을 잘못해서 엄마를 고생시킨 것도 마음 아파했다. 그렇게 경수의 꿈은 꿈으로 남겨둬야 했다.

하지만 동생은 그 꿈이 아직 끝나지 않았다고 한다. 스포츠 기획사에서 그 능력을 인정받아 본인이 생각지도 못했던 세계 최고의 스포츠 브랜드 회사로 이직했다. 여기에서 우리나라는 물론 세계의 스포츠 산업을 이끄는 프로젝트를 직간접으로 경험하면서 지금도 새로운 도전과 업무를 통해 실전 공부를 하고 있다고 한다.

이 책을 쓰면서 동생에게 아직도 교수의 꿈을 꾸고 있냐고 물었다. 본인의 '저니(Journey—꼭 이렇게 써야 느낌이 난다고 한다)'는 지금도 진행 중이라고 한다. 물론 일반적인 교수의 과정과는 많이 다르다. 응용 학문으로 '스포츠 마케팅'은 결국 사례가 중요하다. 경수는 그 많은 일들을 필드에서 직접 경험했다. 대학원에 진학해서 이후에는 꼭 강의를 할 것이라고 한다. 전문 직업으로서 '교수'의 역할도 물론 중요하다. 본인이 선택한 학문에서 꿈을 꾸는 많은 후배들에게 책 밖에서 살아 있는 경험을 통해 영감을 줄 수 있길 원한다고 했다. 경수의 꿈은 아직 진행 중이다. 그날이 올 때까지 동생의 앞길을 응원하고 항상 기도할 것이다.

엄마가 암이래 수술하면 괜찮대

아빠의 건축 사업의 실패로 부모님은 시장에 다시 나가 일하게 되었다. 왜, 우리 부모님은 밤낮이 바뀐 삶에서 벗어날 수 없는 건지. 하나님께 따지기도 하고, 회개도 하고 울면서 기도했다. 그래도 환경은 변한 게 없었다. 나의 마음이 그냥 담담해질 뿐.

다시 시장에 나가서 장사하시다가 아빠가 5톤 트럭에서 떨어지는 사고를 당하시고 다시 회복되기까지 긴 시간을 보내야 했다. 아빠는 집에서 치료하고 계셨다. 엄마는 혼자 시장에 나가 밤새 일하셔야 했다. 아빠는 목발을 짚고 어느 정도 움직일 수 있었다. 아빠가 해줄 수 있는 건, 엄마를 차에 태워 버스 정류장까지 바래다주는 것이었다. 지친 몸을 끌고 혼자 버스 타고 가시면서 고개가 떨어질 정도로 졸기도 많이 하셨다고 한다. 당연히 집에 오실 때는 내려야 할 곳에 못 내린 적도 많다.

우리 부모님은 서울에 처음 올라왔을 때랑 똑같은 모습이 된 거다. 그때, 언니들이 전학 오기 전까지 엄마 혼자 밤에 용산시장까지 가서 일하고 아빠는 어린 나와 남동생 둘을 돌보고 집에만 계셨다. 엄마는 혼자서 가락동 농수산물 도매시장을 2년 동안 다니셨다.

엄마는 장사하고 오시면 그날 번 돈의 10%를 십일조로 항상 따로 떼놓으셨다. 빚으로 허덕이고 빚 때문에 사람들한테 시달리는데도 10%는 무조건 하나님의 것이었다. 씻고, 식사하시고 그때부터 또 집안일을 하셨다. 좀 쉬시면 좋겠는데 일을 그냥 두고 주무시는 법이 없다. 엄마는 자기 몸이 로봇인 줄 알았을까? 왜 그렇게 혹사시킨 걸까?

너무 무리하신 엄마는 아파했다. '쉬지도 못하니 당연히 아프겠지.' 하고 생각했다. 엄마는 동네 병원에 다니면서 치료를 받았다. 어느 날 의사 선생님이 큰 병원으로 가보라고 추천서를 써주셨다. 다음 날 아빠는 엄마랑 바로 병원을 가셨다. 청량리에 있는 성바오로병원이었다. 그날은 검사만 하고 집으로 오셨다. '엄마가 너무 무리하게 일하셔서 좀 쉬라는 신호인가 보다.'라고만 생각했다. 며칠 후 검사 결과 방광암이라는 판정을 받았다.

아빠는 그 말을 듣는 순간 하늘이 무너지는 심정이었다고 하신다. 의사는 바로 수술을 하자고 권하셨다. 방광을 떼어 내야 한다고 하셨다. 방광을 떼어 내게 되면 평생 호스를 끼고 오줌통을 몸에 차고 다니셔야 했다. 아빠는 우리들을 다 불러 모았다. 그때는 나도 도봉동에 살았던 때라 다 같이 빨리 모일 수 있었다. 아빠는 엄마가 암이라고 말씀해주셨다. 나는 어이가 없었다. 이해할 수가 없었다. 정말 하나님이 원망스러웠다.

방광암 수술을 하면 방광을 떼어 내야 한다는 말에 요즘 기술이 너무 좋으니 떼 내지 않는 방법이 있을 수 있다고 생각했다.

여기저기 알아보다가 세브란스병원에 가기로 했다. 세브란스병원에서는 방광을 떼어 내지 않아도 된다고 했다. 암만 제거하면 된다고 하셨다. 우리는 당연히 그 수술을 선택했다. 엄마의 수술을 마친 의사 선생님은 수술이 잘됐다고 하셨다. 살짝 건드렸는데 암 덩어리가 쉽게 빠져나왔다고 했다. 의사 선생님은 기적이라고 하셨다. 엄마는 수술을 잘 마치고 집으로 돌아오셨다. 우리는 수술이 잘됐다고 하니 감사할 따름이었다.

엄마는 더욱더 하나님께 매달리고 기도로 사셨다. 엄마가 어느 정도 회복된 것 같아 보일 때 기도원에 들어가셨다. 우리는 가지 말라고 말렸지만 엄마의 마음이 그러하니 어쩔 수 없이 보냈다. 기도원에 다녀와 좀 시간이 지난 뒤 엄마는 다시 아프기 시작했다. 암 환자는 잘 쉬어야 하고, 잘 먹어야 하고, 따뜻한 곳에서 지내야 한다. 그런데 엄마는 기도원의 차디찬 바닥에 누워서 떨면서 잠을 잤다고 한다. 엄마는 다시 병원을 찾았다. 엄마는 6개월 만에 병원에 다시 입원하게 된 거다.

엄마는 다시 검사를 하게 되었다. 이번엔 암이 재발되었다. 수술 후 몸 관리를 제대로 못 한 엄마는 또 다시 암으로 입원하게 되었다. 그때는 정말 암담했다. 기술이 너무 좋아져서 수술만 잘되면 다 끝인 줄 알았다. 다시 병원에 가서 방사선 치료를 받으셨다. 치료 과정 중에 몸에 이상 반응이 생겨 더 안 좋아졌다.

가족 중 누구라도 아프다는 것이 먹구름이 집에 항상 껴 있는 느낌이다. 그나마 천만다행인 건 암 치료비를 건강보험공단에서 90%까지 다 지원해주기 때문에 한시름 놓을 수 있었다.

우리 오 남매는 그 당시 다 어려웠다. 아빠의 건축 사업으로 시작된 빚이 우리들한테 조금씩 조금씩 넘어왔다. 아빠한테 돈이 들어가면 다시 나오질 않았다. 그렇게 몇 번씩 하다 보니 그걸 메꿔야 하는 나도 정말 어려웠다.

아빠의 사업 실패로 다들 힘들게 사는데 엄마까지 저렇게 아프다니…. 정말 하나님께 따지고 싶었다. 우리 엄마가 뭘 잘못했냐고? 하루는 엄마한테 내가 기도원에 갔다 오겠다고 했다. "엄마. 나 기도원 좀 갔다 올게." 그랬더니 엄마는 "그래, 엄마 좀 살려달라고 가서 기도해라." 하셨다. 엄마도 정말 살고 싶으셨다. 엄마는 너무 많이 아팠다.

나는 애들을 신랑한테 맡기고 내가 젊었을 때 갔던 오산리기도원을 갔다. 운전도 못 하니 순복음교회를 버스를 타고 갔다. 내가 회사 다닐 때 여름 휴가 대신 혼자서 오산리기도원으로 기도하러 간 적이 있었다. 아가씨가 뭐가 그리 고민이 많다고 한창 놀 나이에 기도원을 갔을까? 그것도 남들 다 놀러가는 여름휴가 때 기도원을 찾아갔을까? 나는 그때 혼자 가 본 기억이 있어서 혼자 가는 건 별로 걱정이 안 됐다.

기도원에 가서 하나님께 엄마를 살려달라고 했다. 도대체 우리 엄마한테 왜 이러시냐고 따지고, 울고, 원망하고, 감사하고…. 혼자서 여러 가지 마음이 들었다. 예배가 다 끝난 저녁에 잠을 자야 했다. 잘 때 의자에 쪼그리고 잤다. 하나님이 엄마를 살려주실 거라 믿었다. 히스기야 왕도

수명을 15년이나 연장시켜주셨으니 엄마도 더 살게 해주실 거라고 믿었다. 나는 하나님이 우리 엄마를 쉽게 데려가시진 않을 거라고 생각했다.

엄마는 계속 아팠다. 그때 우리 큰아들 영광이가 일곱 살, 둘째 영성이가 네 살이었다. 애들을 어디다 좀 맡기고 엄마한테 가보고 싶은데 회사에서 일하고 오면 애들 때문에 가볼 수가 없었다. 시부모님께 말씀드렸는데 시댁 어른들은 여전히 바쁘셨다. 이러지도 저러지도 못하고 날마다 아빠랑 통화하면서 엄마가 괜찮은지 물었다.

한참 만에 신랑과 애들을 데리고 병원에 찾아갔다. 엄마가 너무 섭섭했나 보다. 왜 이제 오느냐고 뭐라고 하셨다. 우리 애들은 어디 데리고 다니기가 무서운 애들이었다. 엄마한테 애들 때문에 못 간다고 했더니 신랑한테 맡기고라도 오라고 하셨다. 신랑한테라도 맡겨두고 저녁에라도 가봐야 하는데….

세상에서 병원을 제일 무서워하는 나는 병원 가면 복도를 돌아다니지도 못한다. 나는 겁이 너무 많다. 지금도 마찬가지다. 낮에는 괜찮은데 저녁에 병원 한번 가려면 큰맘 먹고 가야 했다.

엄마는 또 수술을 해야 했다. 이번에는 암 제거 수술이라기보다 다른 곳에 전이되어 받게 되는 수술이었다. 그 당시 연세대 세브란스병원에서 노사 분규로 병원이 제대로 돌아가지 않았다. 다시 수술을 받기 위해서 기다리고 있었다. 장기적인 병원 파업으로 세브란스병원에 더 이상 입원해 있을 수가 없게 되었다. 그래서 건국대학교부속병원으로 옮겨져 입원했다. 엄마는 건국대학병원에서 다시 수술을 받으러 수술실로 들어가셨다.

수술실에 들어간 담당 의사가 엄마의 상태를 보고 수술을 하지 않고 그냥 나오셨다. 그 의사는 수술해봤자 3개월밖에 못 사신다는 것이었다. 수술해봤자 엄마만 힘드니 수술하지 말라고 하셨다. 우리는 그렇게 할 수 없었다. 실오라기만 한 희망이라도 잡고 싶었다. 그래서 급하게 서울대병원으로 수속을 밟아 서울대병원으로 옮겼다.

수술을 받고 서울대병원에서 치료를 받고 있는 중에 수술한 의사가 자기가 할 일은 다 했으니 퇴원을 계속 독촉했다. 세브란스병원이 파업이 끝났으니 다시 거기로 옮기라고 했다. 우리는 의사 말대로 다시 세브란스로 갔다. 서울대학병원에서 원하는 수술을 해주긴 했지만 생명을 살릴 수는 없었다. 그 의사는 본인이 할 것은 했으니 퇴원하라는 것이었다.

처음 성바오로병원에서 엄마를 보고 방광을 떼어 내야 한다고 할 때 그 의사의 말을 들었으면 우리 엄마는 지금 살아계셨을 수도 있다. 그 의사선생님은 방광을 떼어 내면 살 수 있다고 하셨다. 나중에 뒤돌아보니 그 말씀이 맞는 말이었다. 그냥 암만 떼어 내는 것이 아니라, 방광을 아예 떼어 내야 했다. 지나고 나니 다 후회뿐이다.

04

가보지 못한 남동생 결혼식

요즘 어른들 만나 얘기해보면 자녀들이 결혼할 생각을 안 해서 걱정하는 분들이 의외로 많다. 내가 하는 일의 특성상 어른들을 많이 만나는 일이다. 어른들의 맘속에 있는 이야기를 많이 듣게 된다. 제발 결혼해서 나갔으면 좋겠다. 갔다가 다시 와도 좋으니까 제발 결혼이라도 했으면 좋겠다고 말씀하신 분도 있었다. 오죽하면 그런 말씀까지 하실까?

학교를 졸업하고 자립할 나이가 되었는데도 부모님에게 기대어 사는 사람들을 '캥거루족'이라고 한다. 예전에는 20~30대 캥거루족이 많았다.

요즘은 30~40대 캥거루족이 늘어나고 있는 현상이다. 어릴 때는 건강하게 쑥쑥 커주기만 하면 된다. 자라서 학교 가면 공부 잘해야 하고, 친구를 잘 만나야 한다. 졸업하면 좋은 직장도 들어가야 한다. 돈도 많이 벌어야 한다. 그래도 마지막 부모님께 가장 큰 효도는 좋은 짝을 만나 결혼해서 행복하게 사는 모습을 보여주는 것이다. 그렇게만 살아준다면 그동안 잘못했던 것들이 다 해결된다.

우리 딸 셋은 너무 늦지도 너무 빠르지도 않은 나이에 결혼했다. 부모님의 다른 친구분들은 딸이 결혼 안 해서 걱정하는 경우도 많았다. 우리 부모님은 그런 걱정은 없었다.

큰언니는 스물여섯에 교회에서 형부를 만나 결혼했다. 언니는 순복음교회 조용기 목사님의 주례로 결혼한 특별한 사람이다. 순복음교회에서 조용기 목사님의 주례로 결혼할 수 있다는 건 순복음교회 다니는 사람들은 놀랄 정도로 대단한 일이었다. 시아버님이 순복음교회 장로님이셨다. 시어머님은 권사님이셨다. 언니의 시댁은 모두 순복음교회를 다녔다.

그곳에서 만나 형부와 언니는 6년이란 긴 세월을 사귀었다. 엄마는 형부를 좋아했다. 형부가 ROTC였는데 군대 가서 천만 원을 모았다는 말에 좋아하셨다. 우리 큰언니는 돈을 헤프게 쓰는 스타일이라 엄마는 그런 형부를 만나야 한다고 했다. 큰언니는 주머니에 현금이 있으면 현금을 다 쓰고 들어오는 스타일이다.

둘째 언니는 스물여덟 살에 결혼했다. 언니의 친구 미라 언니의 소개로 만났다. 그런데 형부네 집안은 4대째 내려오는 천주교 집안이었다. 우리는 기독교 집안이고 아빠가 장로님인데 종교적인 것 때문에 결혼해도 되는지 고민이 많으셨다.

한번은 형부가 우리 집에 온다고 해서 아빠가 횟감을 떠 와서 다 같이 먹었다. 그런데 이상하게 둘째 언니만 장티푸스에 걸렸다. 언니는 며칠 동안 열이 많이 났다. 열이 내려가지 않아서 검사를 받아보니 장티푸스였다. 언니는 서울아산병원에 입원해 있었다. 아주 옛날로 치면 전염병이다. 그래서 언니는 아산병원 1인실에 입원하게 됐다. 법적 전염병이라 병원비도 얼마 안 들었다.

하나님이 언니가 그동안 너무 열심히 살아와서 쉼이 필요해서 그런 병을 줬나 보다 생각했다. 형부는 그 병원과 회사가 멀었는데도 자주 와서 언니를 간호해줬다. 그 모습 때문에 부모님은 형부에게 감동했다. 그래서 결혼이 허락된 것이다.

나는 부모님과 다니는 교회에서 신랑을 만났다. 신랑은 군대 제대하고 우리 교회로 온 청년이었다. 어릴 때부터 드럼을 쳤기 때문에 교회에 와서 드럼을 쳤다. 신랑은 나보다 세 살이 어렸다. 신랑과 사귄다고 말씀드렸을 때 부모님은 반대했다. 우리 고모가 어린 신랑과 사는데 너무 고생한다는 이유였다.

그래도 나는 그냥 만났다. 부모님이 하지 말라고 해서 고분고분 말을 듣는 내가 아니었다. 시부모님은 태안에 살고 계셨다. 시동생은 군대 가고 신랑은 서울에 혼자 살고 있었다. 그런데 이사를 가야 할 일이 생겼다. 살고 있던 집이 재개발이 들어가는 지역이라 집을 비워줘야 했다. 신랑도 이사 가야 하고 나랑 사귀고 있는 상태라 새로 집을 얻어야 하니 빨리 결혼해서 살기로 했다.

시부모님도 내가 나이가 더 많으니 달갑지 않으셨을 것이다. 시부모님이 나를 만났을 때 신랑이 더 공부를 해야 하는데 괜찮겠냐고 하셨다. 우리는 결혼해서 외국에 나가 공부하면서 살기로 했다. 아기는 5년 정도 더 있다가 갖기로 했다. 그게 더 안정된 삶일 수도 있다는 생각이 들었다.

그런데 우리의 모든 계획은 물거품이 되었다. 5년 있다가 낳으려고 했던 아기가 5개월 만에 생겼다. 몸이 좀 이상해서 병원에 갔다. 병원에서는 신혼이라 그냥 약을 줄 수 없다고 했다. 산부인과를 다녀오라고 했다. 산부인과 가서 검사를 받는데 진짜 임신이었다. 나는 의사 선생님한테 그럴 리가 없다고 했다. 그럴 리가 없는 게 아니라 사실이라고 하셨다. 그러시면서 초음파를 보여주시고 앞으로 몸조심하라고 당부하셨다. 앞이 캄캄했다. 이제 내 몸이 내 몸이 아니었다. 나는 태어나서 입맛이 없어본 적이 한 번도 없었다. 그런데 속이 메슥거려 입맛이 없었다. 뭘 먹을 수가 없었다. 그게 입덧이라는 것이었다.

엄마는 우리 딸 셋을 결혼시켰다. 그리고 딸 셋의 손자, 손녀들이 태어나는 걸 보셨다. 우리들이 아무도 결혼을 안 했다면 엄마 속이 시커멓게 탔을 것 같다. 그래도 알아서 결혼하고 손자, 손녀도 볼 수 있어서 그나마 다행이라는 생각이 든다.

나는 엄마한테 어떻게 오 남매씩이나 낳았냐고 물어봤다. 엄마는 아들을 낳으려고 자식을 다섯이나 낳았다고 했다. 그 아들이 네 번째로 태어난 것이다. 경수는 엄마한테 그야말로 귀한 자식이었다. 딸 셋을 연달아 낳고 태어난 아들이라 엄마의 한을 풀어준 자식이다. 엄마는 티가 나게 경수를 생각했다.

내가 엄마랑 살면서 제일 크게 가진 불만은 "엄마는 경수밖에 몰라."였다. 그건 막냇동생 민학이도 마찬가지였다. 형만 좋아하는 게 불만이었다. 엄마의 사랑을 독차지한 경수는 사랑받는 만큼 잘했다. 부모님을 실망시킨 적이 없다. 말썽 없이 성실하게 잘 자라줬다.

우리 집 형편이 좋지 않았기 때문에 학원도 못 다녔다. 그래도 경수는 성실하게 공부도 잘했고, 학교생활도 잘했다. 운동도 잘했다. 초등학교 때 경수를 선수 시켜 보라는 제안도 받았다. 걱정 많은 부모님은 몸 다칠까 봐 반대했다. 경수가 외국으로 나가고 싶어 했다. 하지만 걱정하는 엄마 때문에 꿈도 꿀 수 없는 일이었다.

딸이 늦게 들어오는 건 걱정 안 해도 경수가 늦게 들어오면 엄청 걱정하셨다. 나는 그게 제일 불만이었다. 내 친구들은 조금만 늦어도 엄마가 전화해서 걱정했다. 우리 엄마는 알아서 잘하겠다고 생각하셨는지 모른다. 엄마는 딸 걱정은 안 하셨다. 엄마한테 몇 번을 얘기했다. "엄마, 아들 걱정은 안 해도 돼. 아들이 사고 치면 싸우는 것밖에 더 있어? 딸을 더 걱정해야 하는 것 아니야?" 그래도 엄마는 여전히 아들 걱정이셨다.

엄마의 상태가 너무 안 좋았다. 엄마가 오래 살지 못할 것 같았다. 경수는 사귀는 여자 친구가 있어서 빨리 결혼을 서둘렀다. 엄마가 돌아가시기 전에 결혼해야겠다고 생각했다. 올케 혜진이는 엄마가 건강할 때부터 봐왔다. 혜진이는 조카 나민이 돌잔치 때 처음 소개받았다. 처음 소개받았을 때 송윤아를 닮아서 깜짝 놀랐다. 예쁘고 참했다. 엄마도 혜진이를 마음에 들어하셨다. 경수가 혜진이를 집에 자주 데리고 왔기 때문에 엄마도 혜진이를 잘 안다.

아빠와 큰언니는 혜진이 부모님을 만나 상견례를 했다. 혜진이 부모님도 엄마의 건강 상태를 알고 계신 터라 결혼을 서둘렀다. 경수랑 혜진이랑 준비할 것도 없이 아빠네 집에 들어와 살기로 했다. 경수는 아무도 결혼을 안 하는 한여름에 결혼식을 올렸다. 그 더운 8월에는 특별한 일이 없는 한 아무도 결혼을 안 한다. 우리 집의 장남이 결혼을 한다고 하니 모든 집안 식구들은 다 왔던 것 같다.

엄마는 끝내 경수의 결혼식에 참석 못 했다. 일어날 수 없는 상황이었다. 엄마는 서울대학병원에서 수술한 지 얼마 되지 않은 상태였다. 엄마는 병석에 누워서 경수의 결혼 소식을 들어야 했다. 친척들은 예식이 끝나고 다들 엄마를 보러 왔다. 엄마의 언니, 동생들…. 엄마 옆에 서서 다 같이 기도를 했다. 엄마가 다시 건강해지기만을 기도했다. 너무 많은 사람들이 병원으로 오는 바람에 주변에 환자들의 눈치가 보였다.

모든 친척들은 그렇게 엄마를 한 번씩 보고 가셨다. 마음이 너무 아팠다. 엄마가 그렇게도 사랑하던 아들 결혼식을 못 보고 누워 있다니…. 나는 엄마가 경수만 좋아하고 자식을 차별한다고 불만이 많았다. 내가 그런 마음을 가졌던 게 미안하다는 생각이 들었다.

경수는 결혼식이 끝나고 혜진이와 인사한 뒤 신혼여행을 갔다. 엄마는 잘 다녀오라고 했다. 누워서 결혼식을 참석 못 한 엄마의 마음이 얼마나 아팠을까? 엄마는 그렇게 침상에 누워 경수의 결혼 소식을 들었다. 그렇게 아들 아들 했던 엄마는 경수의 결혼식을 참석하지 못했다. 막내 민학이의 결혼은 보지 못하고 돌아가셨다.

올케 혜진이와 유진이는 엄마 기일 때마다 힘들게 요리해서 준비한다. 우리 세 자매가 요리를 잘 못한다. 어떻게 혜진이와 유진이는 요리를 그렇게 잘하는지…. 혜진이와 유진이는 요리 못하는 우리 세 자매에게 먹을 것들을 많이 챙겨준다. 혜진이와 유진이에게는 동생들과 잘 살아줘서 내가 너무 고맙다.

05

하나님! 엄마 살려주세요

엄마는 정신력으로 사는 분 같았다. 체력이 안 되는데도 잠도 안 자고 일하신 것 보면 정신력으로 간신히 버티신 것 같았다. 몸 생각을 안 하셨다. 몸이 부서질 것같이 일만 하셨다. 시골에서 태어나서 그런지 아침에 잠이 없었다. 새벽 4시면 일어나셨다. 그리고 저녁 7시만 되면 꾸벅꾸벅 졸았다. 나는 엄마가 그런 분인지 영광이 산후 조리할 때 알았다. 나는 첫째 영광이를 낳고 친정에서 몸조리를 했다. 엄마가 항상 일을 하시던 분이다. 딸들 중에서 산후 조리를 친정집에서 한 건 내가 영광를 낳았을 때뿐이다. 평생 일을 하셨기 때문에 딸들 몸조리해주실 시간이 없었다.

엄마가 하루는 영광이를 안고 앉아서 꾸벅꾸벅 졸았다. 그 시간이 저녁 6시 정도였는데 엄마는 날이 저물기 시작할 때부터 졸립다고 하셨다. 그동안 평생 밤낮이 바뀐 삶을 사셨다. 밤에 배추 작업하면서 얼마나 졸렸을까? 하는 생각이 들었다. 밤에 일하는 게 너무 힘들었을 것 같다. 서울 와서 평생을 밤에 출근하고 낮에 들어오셨으니…. 얼마나 고된 삶을 사셨던 것인지, 보통 정신력이 아니셨을 것이다.

엄마는 막내 민학이를 낳고 몸이 아팠다. '오줌소태'라고 했다. 소변을 보게 되면 배가 아프고 자주 화장실을 가는 증상이다. 그때도 몸이 아파서 항상 얼굴을 찡그리고 계셨다. 아빠가 몸에 좋다는 건 다 사다 주셨다. 아빠의 정성이었던 것 같다. 엄마는 좋은 걸 드셔서 그런지 차츰 몸이 좋아지셨다. 그 뒤로 엄마는 특별히 크게 아파본 적이 없다. 감기도 잘 안 걸리시고 건강하셨다. 평생 엄마가 아프다고 누워 있던 적이 없는 것 같다.

그렇게 건강하셨던 엄마가 너무 무리하셨나 보다. 아빠가 다리를 다쳐 장사를 못 하시고 엄마만 밤에 장사하러 나가셨다. 그렇게 엄마 혼자서 2년 정도를 일했다. 어느 날 '오줌소태' 증상이 다시 나타났다. 소변을 보기가 힘들었고 소변에서 피가 나왔다고 했다. 몸이 피곤해서 그런 거겠지 하시고 가까운 동네 병원을 가서 약을 지어 드셨다. 그런데 계속 약은 드시는데도 몸이 좋아지지 않았다.

의사 선생님은 큰 병원으로 가보라고 소견서를 써 주셨다. 검사를 다한 후 며칠 뒤 병원에 가서 들은 얘기는 청천벽력 같은 소리였다. 엄마는 방광암이셨다. '암'이라니 그 말로만 듣던 무서운 암이었다. 그때 우리 모두는 너무 어려웠다. 오 남매 중 누구 하나 제대로 풍족한 자식이 없었다. 그러니 당연히 보험은 실효되고 없는 상황이었다. 먹고살 돈도 없고, 빚만 갚고 있는 처지에 무슨 보험을 유지할 생각을 했겠는가?

그때 당시는 집안에서 '암' 환자가 생기면 집 하나는 팔아야 한다고 얘기했던 시절이다. 모든 것이 걱정뿐이었다. 어떡하나? 엄마의 건강도 병원비도 다 걱정이었다.

아빠가 사업에 실패하고 도봉동으로 이사해 힘들게 살고 있을 때 하루는 FEBC(극동방송)에서 목사님이 사연을 듣고 기도해주는 프로를 들었다. 기도를 받으려고 전화했던 분들의 사연은 거의 대부분 몸이 아픈 내용이었다. 몸이 아파서 하나님께 기적을 바라며 기도를 받고 싶어 하셨다. 목사님들은 사연을 듣고 기도를 해주셨다. 엄마랑 나는 그 라디오 방송을 듣고 있었다. 그때 내가 엄마한테 한 얘기가 생각난다. "엄마. 다들 저렇게 아파서 기도해달라고 전화하는데 그래도 우리는 누구 하나 아픈 사람 없이 몸은 다 건강하다."라고 얘기했다. 빚에 허덕이고 힘들게 일하셨지만 다들 건강하다는 것만으로 감사하자고 위로했었다.

그런데, 그 말이 무색해졌다. 우리 집은 형편이 너무 어려워지기도 했지만 엄마가 몸까지 아프게 되었다. 그때는 하나님이 원망스럽다는 생각밖에 없었다. 엄마는 성바오로병원에서 방광을 떼어 내라는 수술을 거부하고 세브란스병원에서 수술을 받기로 했다. 세브란스병원에서는 방광을 안 떼도 된다고 하셔서 얼마나 다행이었는지 모른다. 엄마는 수술을 받았다. 의사 선생님이 암 덩어리가 쉽게 제거됐다고 했다. 의사 선생님도 기적이라고 했다. 종교가 있다면 신이 기적을 베푼 거라고 했다. 하나님이 살려주셨구나 생각하고 안심했다. 엄마는 병원에서 며칠 더 입원해서 회복한 후 집으로 오셨다.

어느 정도 몸이 회복되었을 때 엄마는 기도원을 가셨다. 엄마의 수술이 너무 잘됐기 때문에 걱정을 안 했다. 그런데 기도원을 다녀온 엄마의 몸은 더 안 좋아졌다. 기도원에서 너무 춥게 지냈다고 하셨다. 병원에 전화했더니 다시 검사를 받자고 하셨다.

엄마의 암이 재발했다. 암이 다른 곳으로 전이되어 수술을 받기 위해 다시 입원했다. 병실이 없어서 2인실에 입원하셨다. 병실 앞에 기도실이 있었다. 나는 엄마의 손을 잡고 기도실로 들어갔다. 의자에 앉아 엄마와 손을 잡고 기도했다. "하나님! 엄마가 또 다시 아파서 입원했습니다. 수술 잘되게 해주세요. 다시는 재발되지 않게 해주세요. 다시 건강하게 해주세요." 엄마 손을 꽉 쥐고 기도했다. 엄마도 나도 울었다.

　엄마 곁에는 아빠가 항상 계셨다. 아빠는 목발을 짚고 다니면서 엄마를 돌봐주셨다. 엄마가 수술하기 전에 6인실로 옮겨졌다. 거기는 암 병동이다. 다 암 환자들이다. 엄마한테 갔을 때 엄마가 나한테 귓속말로 얘기했다. 어제 저기 앞에 있는 사람이 죽어서 나갔다고 했다. 여기는 다 죽어서 나간다고…. 그때까지 우리 엄마는 그분들 중에서도 건강한 편에 속했다.

　엄마 옆에 고등학생이 있었다. 그 친구는 머리는 다 빠지고 힘이 없었다. 유방암으로 입원했다고 한다. 너무 어린 나이에 암에 걸리면 전이가 빨리 된다고 했다. 정말 병원에는 사연 없는 분이 없다. 그 여학생도 얼마 있다 세상을 떠났다. 죽기 전에 소리를 지르고 억울해하며 싫다고 했다고 한다. 그런 걸 옆에서 다 지켜 보고 있는 다른 환자들의 맘은 어떨까? 나와 똑같이 암에 걸린 사람들이 한 사람씩 죽어서 나가는 걸 보면 공포스러울 것 같다. 원래 병원이 무서워서 잘 못 가는 내가 그 말을 들으니 더 갈 수가 없었다.
　나는 기도원을 갔다. 사람에 힘으로 어찌 할 수 없으니 오직 하나님뿐이다. 내 기도를 다 들어주시는 하나님이 이번에도 들어주시리라 믿고 혼자서 기도원에 갔다. 하룻밤 기도원에서 자고 올 생각으로 짐을 챙겼다. 교회에서 기도원으로 가는 버스를 타고 오산리로 향했다. 엄마도 내가 기도원에 갔다 온다고 했더니, "그래, 가서 엄마 좀 살려달라고 기도해라." 하셨다. 엄마도 다시 건강하게 살고 싶으셨던 맘이 간절했다. 엄마도 엄마 자신이 그렇게 암으로 고통스러울지 생각도 못했을 것이다. 그걸 아셨다면 몸을 그렇게 아끼지 않고 일만 하셨을까?

 기도원에 도착해서 예배드리고 기도하고, 또 예배드리고 기도하고 밤늦게까지 기도했다. 하나님께 엄마를 살려달라고 기도했다. 왜, 엄마한테 이렇게 고통을 주시느냐고 따졌다. 원망하고 또 원망하고 그 원망의 기도는 나중에는 감사의 기도가 되었다. 하나님이 살려주실 걸 믿고 감사드린다는 감사의 기도로 끝냈다.

 모든 예배가 끝나고 이제 불이 꺼졌다. 기도원은 이상한 사람도 많다. 약간 정신이 나간 건지 밤새 돌아다니면서 뭐라 하는 사람도 있다. 나는 그런 사람들을 피해서 의자 한쪽에 자리잡고 잠을 잤다. 잠이 올 리가 없다. 밤새 이런저런 생각하면서 날을 샜다.

 엄마는 수술을 받고 방사선 치료를 했다. 그런데 다른 곳에 이상한 증상이 생겼다. 항문으로 나와야 하는 변이 소변이 나오는 곳으로 계속 흘러내렸다. 닦아도 닦아도 계속 흘렀다. 엄마는 암보다도 그게 더 아프고 쓰라리고 고통스럽다고 했다. 사람으로 살아갈 수 없는 증세가 나타난 거다. 엄마는 계속 누워계셨다. 계속 흐르는 변은 계속 닦아내야 했다.

나는 병원이 파업한다는 소리만 들으면 정말 화가 난다. 우리 엄마는 병원 파업으로 여기저기 옮겨 다니셔야 했다. 불쌍한 우리 엄마. 하나님께 엄마를 살려달라고 애원했던 기도는 이뤄지지 않았다. 엄마는 힘들게 몇 번의 수술만 받았다. 의사 선생님 말대로 우리 엄마는 3개월 뒤에 돌아가셨다.

06

얼마나 오래 산다고 이 비싼 옥장판을 샀을까?

세상에 건강만큼 중요한 것이 있을까? 건강해야 일도 하고 건강해야 행복한 거다. 집안에 한 명이라도 아픈 사람이 있으면 먹구름이 낀다.

자기 몸을 끔찍하게 아끼는 사람들이 있다. 자기 몸을 위해서라면 양 잿물도 마실 것처럼 몸을 생각한다. 반면에 너무 건강에 신경 안 쓰고 아무거나 먹는 사람들도 있다. 내 몸은 나만큼 아껴줄 사람도 없다. 내가 나를 지키지 않으면 안 된다. 내 인생의 주인공은 나다. 주인공이 죽어버리면 어떻게 되겠는가? 드라마는 끝난다. 그 드라마가 100부작이 될지,

50부작이 될지 그건 내가 어떻게 건강을 지키느냐에 달려 있다.

엄마를 보면서 내가 나를 아끼지 않으면 안 된다는 걸 알았다. 꼭 나만을 위해서가 아니다. 나의 가족, 내 자식들을 위해서라도 나의 건강은 내가 지켜야 한다는 걸 알았다. 엄마는 엄마 스스로가 엄마의 몸을 아끼지 않아 아프게 된 거다. 엄마도 그걸 알고 있었다. 후회했지만 너무 늦은 뒤였다.

나는 엄마를 보고 엄마처럼 살지 말아야지 하는 다짐을 했다. 나는 설거지가 아무리 쌓여 있어도 몸이 안 좋으면 그대로 두고 잠부터 잔다. 설거지 좀 쌓아놓는다고 누가 뭐라 그럴 것인가. 내가 힘들어서 쉰다는데, 내가 내 몸 아낀다는데 집안일이 쌓이면 좀 어떤가. 그런 걸로 죽고 살지 않는다. 그런 건 내일 해도 된다.

우리 아빠는 조금만 몸이 아프면 바로 병원으로 가신다. 조금만 신호가 오면 즉각 가신다. 그래서 아빠네 집에 가면 드시는 약도 많다. 반면 엄마는 아픈 걸 참고 참다가 병원에 가셨다. 병을 키우고 사시는 격이다. 몸은 거짓말을 하지 않는다. 몸은 내가 먹는 대로 내가 움직이는 대로 그대로 다 나타난다. 몸에서 쉬라고 신호를 보내면 눈치 볼 것도 없이 쉬어야 한다. 그것이 나를 위한 것이지만 동시에 나를 아는 모든 사람들을 위하는 것이다.

우리 친가는 할아버지보다 할머니가 먼저 돌아가셨다. 할머니는 아들을 큰아빠와 우리 아빠 둘을 낳으셨다. 큰엄마도 큰아빠보다 먼저 돌아가셨다. 우리 엄마도 아빠보다 먼저 돌아가셨다. 이게 집안 내력인가 싶기도 했다. 남자들이 여자들보다 10년도 넘게 오래 산다. 원래 여자들 평균수명이 더 길다고 했다. 그런데 우리 집은 남자들이 더 오래 산다. 그것도 많이 오래 산다. 아마도 남자들보다 더 많이 받는 스트레스도 있었을 것이다. 그리고 시골에서는 여자들이 일을 너무 많이 했다. 그것들이 다 골병 들게 만들었을 것이다. 여자들이 슈퍼맨도 아닌데 애들 보고 집안일 하고 밭일까지 했다. 정말 우리 어머니들은 강한 분들이시다.

내가 고등학교 1학년 때 계단에서 미끄러져 왼쪽 발목이 삐었다. 너무 아파서 조금 지나니 시커멓게 멍이 들었다. 당연히 병원을 가야 하는데 그냥 시커멓게 멍든 다리를 질질 끌고 학교에 다녔다. 그때 나는 우리 집이 가난하다는 생각에 엄마한테 다리 삐서 병원에 가야 한다는 말을 못 했다.

우리 식구 중에 누구라도 아파본 사람이 없어서 우리 집은 병원과는 가까이 지내지 않았다. 나는 다리가 삐어서 가는 병원은 엄청 비쌀 거라고 생각하고 그냥 다녔다. 그 후유증으로 지금 왼쪽 발목이 항상 위험하다. 조금만 잘못하면 왼쪽 발목이 삐걱거린다. 지난번에는 운동을 하다가 약한 왼쪽 발목이 또 삐었다. 어릴 때 고장 난 뒤 제대로 고치지 않아서인지 왼쪽 발목이 좀 약하다. 그 정도로 무식했다. 우리 엄마는 나보다 더했을 것이다. 조금 아픈 건 아무렇지도 않게 그냥 넘겨버렸을 것이다. 몸에서 신호를 줘도 무시하고 계속 일만 하셨을 것이다. 그러니 나중에 '암'으로 나타난 거다. 조금씩 내 몸이 신호를 보내면 바로 반응을 해야 한다. 나는 엄마가 돌아가신 이후로는 절대 내 몸의 신호를 내버려 두지 않는다. 그리고 대상포진이 생긴 이후로는 내 몸을 더 챙긴다.

내 몸 관리하는 걸 어릴 때부터 습관처럼 하지 않으면 커서도 마찬가지다. 나도 엄마가 돌아가시기 전까지는 건강에 별로 신경 안 썼다. 약하게 태어난 편이 아니라 건강에 신경 써본 적도 없다. 건강에 좋다는 음식을 챙겨 먹어본 적도 없다. 하지만 지금은 건강에 좋다는 건 뭐든 관심 가지고 본다.

건강할 때 건강을 지키라고 한다. 한번 어딘가에 스크래치가 나면 그 스크래치가 완전히 지워지지 않는다. 몸이 어딘가 안 좋아지면 그 이후로는 그 부분이 계속해서 안 좋다. 알러지가 없던 분이 갑자기 알러지가 생기기도 한다. 나도 금속 알러지가 갑자기 생겨서 목걸이, 귀걸이 같은 악세사리를 전혀 못 한다. 14K나 18K는 안 된다. 순금이어야만 한다.

어딘가 안 좋아져서 이런 알러지가 생긴 것 같다. 조금 이상 증상이 생긴 적이 있었는데 아무렇지도 않게 그냥 넘어갔더니 그 뒤부터 점점 심해진 것이다. 그때 병원 가서 약 처방 받고 먹었다면 지금처럼 심각하지는 않았을 것 같다. 그래서 건강을 건강할 때 지키라는 옛 조상들의 말이 맞는 것이다. 몸이 노화가 시작되면 가장 먼저 느껴지는 게 시력인 것 같다.

예전에 외할머니가 목포에 계실 때 방학마다 목포에 놀러갔다. 할머니가 바느질할 때마다 항상 나한테 실 좀 끼워달라고 하셨다. "할머니, 이게 안 보여요?" 하고 신기해했었다. 또 자라서는 엄마가 나한테 실 좀 끼워달라고 하셨다. 나는 그때 엄마가 늙었다는 걸 알았다.

어느 날 나도 글씨가 갑자기 흐려졌다. 나는 43세 됐을 때 노환이 왔다. 라섹 수술을 한 사람들은 노환이 더 빨리 온다는 얘기를 들었다. 그래도 너무 빨리 왔다. 요즘엔 핸드폰으로 문자나 카톡 보내다가 오타가 생긴다. 내가 틀리고 싶어서 틀리는 게 아니다. 눈이 안 보여서 틀리게 된다.

나는 우리 아들들에게 100살까지만 건강하게 살 거라고 했다. 말이 씨가 된다고 믿기 때문에 내가 100살까지 건강하게 산다고 하면 그렇게 될 것 같다. 그래서 애들한테 장난 말이라도 100살까지만 건강하고 살다 가겠다고 말한다. 요즘엔 의술이 좋아져서 나이 들어서 골골거리고 안 좋은 몸으로 오래 산다고 한다. 몸은 움직이지 못하지만 생명만 유지하고 사는 것이다.

부모님이란 존재는 그렇게 해서라도 살아준다는 게 자식들한테는 위안이 될 수도 있다. 부모님이 건강하지는 않으시더라도 자식들 옆에 있어주는 것만으로도 세상을 살아갈 힘이 되기도 한다.

엄마의 유품을 아빠랑 정리했다. 옷장에 엄마의 짐들이 들어 있었다. 특별히 화장대도 없다. 옷장 한켠에 엄마가 쓰던 화장품이랑 옷들이 전부다. 그리고 성경책. 그게 다였다. 성경책만 남겨두고 다 정리했다. 이불장에 이불이 많았다. 엄마는 버리지 못하는 성격이었다.

쓸 만한 것들은 나중에라도 쓰신다고 쟁여두었다. 이불도 그렇고, 그릇도 마찬가지다. 그리고 엄마가 항상 주무시던 옥장판이 있었다. 옥장판이 한참 유행일 때가 있었다. 어른들은 그게 좋다고 팔지, 반지, 목걸이 등 옥으로 된 것들을 몸에 여기저기 달고 다니시는 걸 봤다.

시장에서 장사하는 분들은 몸이 여기저기 안 좋기 때문에 옥장판 같은 것에 솔깃해한다. 하루는 이모가 옥으로 된 팔찌며 목걸이 등을 하고 다니시는 걸 봤다. 그런데 실제로 팔이 안 아프다고 하셨다. 얼마 뒤 우리 엄마도 팔찌, 목걸이를 하고 다니셨다. 팔찌도 하나가 아니라 양쪽에 차고 다니셨다.

그러더니 하루는 이모가 옥장판이 있는데 너무 좋다고 하시면서 사고 싶다고 하셨다. 옥장판이 몇백만 원 정도 했다. 갖고 싶어 하는 엄마를

위해 영미 언니가 옥장판을 사 드렸다. 옥장판에 누워 계실 때는 100살

까지도 살 것 같더니만 그렇게 가시다니….

　얼마나 오래 산다고 이불을 저렇게 쟁여놨을까? 얼마나 오래 산다고

그릇은 저렇게 다 뜯지도 않고 놔두셨을까? 얼마나 오래 산다고 이 옥장

판을 사고 그렇게도 좋아하셨을까?

5장

사랑은 나중에 하는 게 아니라
지금 하는 것이었다

01

침상에서 남긴 엄마의 말

암 환자들의 일상을 보여준 다큐멘터리 프로그램이 있었다. 자녀와 아내를 두고 떠나는 가장의 모습, 남편과 어린 아들을 두고 떠나야 하는 엄마의 모습, 부모님의 반대에도 불구하고 결혼 생활을 시작했으나 얼마 지나지 않아 암에 걸린 20대 여자의 모습. 사랑하는 가족을 떠나 보내야만 하는 남아 있는 가족들의 모습을 담았던 방송이었다.

우리 가족도 엄마를 그 고통스러운 암으로 떠나보내야 했다. 옆에서 암으로 아파하는 엄마의 모습을 지켜보는 건 그야말로 고통이었다. 방송에서 우리와 똑같은 고통을 겪고 있는 모습을 보고 있노라면 정말 가슴이 찢어지는 것 같았다. 결국은 진통을 줄여주기 위해 마약 성분의 진통제를 투여해야 한다. 나중에는 그마저도 소용없다.

엄마는 몸이 아팠지만 내가 병원을 갈 때마다 이런저런 얘기를 많이 하셨다. 엄마와 대화할 시간이 있었다는 것만으로도 감사할 일이다. 세브란스에 계속 계셨다면 자주 가지도 못했을 것이다. 세브란스를 가려면 신랑과 애들까지 같이 가야 해서 애들 때문에 엄마랑 오래 있지도 못했다. 그런데 건대병원은 애들을 안 데리고 가도 되니 엄마와 얘기를 많이 할 수 있었다. 엄마는 오래 살지 못할 것을 알았던 것일까? 말할 기운이 있을 때 뭔가를 말하고 싶으셨던 것일까? 건대에 있는 시간이 그리 긴 시간은 아니었다. 그래도 엄마랑 가장 많은 얘기를 나눌 수 있는 곳이었다.

나는 집 전세 계약이 만기가 되어 이사를 가야 했다. 애들이 다니던 어린이집도 있고, 친정도 그곳이니 그 근처에 갈 만한 곳을 찾았다. 마땅하게 내 마음에 드는 집이 없었다. 부동산 한군데에 집 좀 알아봐달라고 부탁해놨다. 괜찮은 집이 나왔다고 하면 바로 가서 구경했다. 어린이집을 다니는 아이들 때문에 어린이집 차가 우리 집까지 와야 하는 곳을 찾아야 했다. 애들을 위해서 마당이 있었으면 좋겠다고 생각했다. 또 주차하기 편한 곳이어야 했다. 부동산 사장님께 연락이 와서 친정집과는 좀 먼 거리를 소개받았다. 내가 그 집을 결정하게 된 이유는 넓은 마당이 있어서 애들이 자전거 타고 놀기도 좋을 것 같았기 때문이다. 집이 좁아 불편했지만 주차할 수 있고, 감나무가 심어진 마당이 있다는 게 좋았다.

집을 계약하고 병원에 계신 엄마한테 갔다. 엄마는 여전히 변이 계속 흐르는 것 때문에 고통스러워하셨다. 나는 흐르는 변을 계속 닦아주면서 엄마한테 투덜거렸다. "엄마! 이사해야 하는데 돈은 많지 않고, 딱 내 맘에 드는 집도 없어. 집 계약했는데 집도 너무 좁고, 화장실도 작고, 주방도 너무 작아." 그냥 엄마 옆에서 습관처럼 계속 불만을 털어놓고 투덜거렸다.

내 말을 다 들은 엄마는 "영숙아! 불만 불평하지 마라. 감사해라. 말 잘해라. 말대로 된다. 내가 니들 곁에 오래 있어줘야 했는데, 내가 말을 잘못해서 일찍 죽는다. 말 그렇게 하지 마라." 하시면서 힘도 없으면서 불평하지 말라고 손사레를 치셨다.

엄마는 또다시 말씀하셨다. "내가 '나 죽어봐야 니들이 나 귀한 줄 알지.' 말을 잘못했다. 말대로 되더라. 말 잘해라. 말 조심해라. 감사해라." 하셨다. 엄마는 엄마가 평소에 습관처럼 했던 말들을 후회하셨다. 엄마는 그 침상에 누워서 뒤늦게 깨닫고 알게 되신 거다. 엄마가 말한대로 됐다는 사실을…. 나는 엄마의 말을 듣고 한마디도 할 수 없었다. 나도 엄마가 말한 대로 됐다는 사실을 알았기 때문에 엄마한테 할 말이 없었다.

엄마가 투덜투덜 "죽겠다. 힘들다. 내가 죽어봐야 귀한 줄 알지." 그렇게 말씀하실 때 내가 엄마한테 한 얘기가 있다. "엄마! 그래도 우리 중에 누가 아픈 사람이 한 명도 없잖아. 엄마, 아빠도 자식들도 손자, 손녀들도 다 건강하잖아. 그것만으로도 감사해야지." 엄마는 그때 맞다고 고개 끄덕이셨다. 그래도 그때뿐. 엄마는 집안일을 하면서 계속 투덜투덜하셨다.

"니들이 나 죽어봐야 귀한 줄 알지. 니들이 나 죽어봐야 귀한 줄 알지."

정말 엄마의 말대로 되어버렸다. 엄마가 돌아가시고 엄마라는 존재가 얼마나 귀한지 뼈저리게 느꼈다.

"부모는 자식을 위해 오래 살아야 되는데 내가 너희들 곁에 오래 있어주지 못해서 미안하다. 미안하다."라고 하셨던 말씀이 가슴에 사무친다.

준비한 이별

건대에 있으면서 엄마의 상태가 좋지 않은 걸 알았다. 엄마가 돌아가시기 전에 아빠는 경수를 빨리 결혼시켜야겠다고 생각하셨다고 한다. 엄마가 그렇게도 귀하게 생각했던 장남 경수. 경수도 엄마가 돌아가시기 전에 결혼하는 걸 보여 드려야겠다고 생각했다. 그래서 사귀고 있던 혜진이와 결혼을 서두르기로 했다.

혜진이 부모님과 아빠, 큰언니가 상견례를 했다. 그때가 여름이라 누구도 결혼을 하려는 시기가 아니었다. 예식장은 건국대학교 바로 앞에 있는 곳을 잡았다. 신혼집도 따로 없었다. 부모님이 살고 계신 도봉동 빌라에 신혼방을 꾸미기로 했다. 결혼 준비는 정신없는 경수 대신 혜진이가 다 알아서 했다.

엄마는 고통스러운 몸을 이끌고 서울대학병원으로 옮겨졌다. 서울대학병원에 암 수술을 받으러 간 게 아니다. 변이 계속 흐르는 걸 막기 위한 수술이었다. 계속 이 병원 저 병원 옮겨 다니셔야 했던 엄마도 많이 힘드셨을 것이다.

병원마다 항상 침상이 모자란다. 처음에 병원 자리가 없어서 응급실로 가게 되었다. 응급실은 그야말로 응급한 환자들이 오는 곳이다. 침상이 없어서 응급실 복도에 누워 있는 환자도 많았다.

엄마도 처음에는 응급실 복도에서 자리가 날 때까지 기다렸다. 복도에서 대기하면서 침대에 누워 있었다. 거기서 바로 병실로 옮겨지는 게 아니었다. 응급실 안쪽에 자리가 나서 응급실 안으로 들어갔다. 며칠을 응급실에 입원해 있었다. 응급실 안으로 들어갔더니 이 검사 해야 한다고 피 뽑고, 저 검사해야 한다고 피 뽑고…. 계속 피만 뽑는 간호사들한테 엄마가 힘없는 목소리로 한소리 했다. "아픈 건 낫게 하지도 못하면서 맨날 피만 뽑는다"고 뭐라 하셨다.

세브란스에서, 건대에서, 여기 서울대학병원에서 지금 피만 몇 번째 뽑는건가? 고통스러워하고 쓰라려하는 건 고치지도 못하면서 엄마 말대로 맨날 검사한다고 피만 뽑으니 얼마나 화가 나셨을까? 이제 몸은 쇠퇴할 때로 쇠퇴한 상태였다. 엄마도 엄마의 몸이 점점 안 좋아지는 걸 느끼실 텐데…. 힘도 없고, 목소리는 모기 소리만 하고 그 모습을 보고 있자니 마음이 아려 왔다.

며칠 동안 그 암흑 같은 응급실에 계시다가 위에 병실로 옮겨졌다. 엄마를 보신 의사 선생님은 "수술은 걱정 마세요. 잘될 겁니다."라고 말씀하셨다. 우리는 연신 잘 부탁드린다고 인사를 했다.

엄마가 수술하기 전까지 얼마간 기다려야 했다. 아빠가 그동안 엄마 간호하느라 너무 힘이 든 상태였다. 우리는 간병인을 썼다. 간병인은 오전에만 엄마를 돌보시고 저녁에는 퇴근했다. 우리는 돌아가면서 하룻밤씩 엄마와 지내기로 했다. 나도 하루를 정해 애들은 신랑한테 맡기고 엄마를 밤새 간호했다.

엄마가 서울대병원에서 수술이 끝나고 잠깐 있는 동안 경수는 결혼을 했다. 앉아 있을 수조차 없을 만큼 쇠퇴해버린 엄마는 침상에만 누워 있었다. 그렇게도 사랑하던 큰아들 결혼식에 참석하지는 못했다. 결혼식이 끝나고 친척들이 전부 다 엄마를 보러 왔다. 정말 많은 친척들이 결혼식에 참석하지 못한 엄마를 보려고 몰려왔다. 엄마의 자매들…. 이모들이 다 모였다. 돌아가신 분도 있지만 대부분 살아계셨다.

이모들이 다 같이 모여 침상에 있는 엄마를 잡고 눈물 흘리며 기도했다. 사람들이 많이 몰려온 것도 짜증 나는데 소리 내어 기도까지 하니 다른 환자들이 뭐라 하셨다. 이모들은 눈물을 닦고 엄마와 인사를 나누고 돌아갔다.

한 부모 밑에서 태어나 젊은 시절을 같이 보냈던 엄마의 언니들과 동생들 이모. 그 마음이 얼마나 아팠을까? 우리 엄마가 고생고생하는 모습만 봤으니 좋은 세상을 못 보고 가는 것 같아 마음이 아팠을 것이다. 이모들도 삼촌들도 다들 엄마를 떠나보낼 마음의 준비를 했을 것이다. 같이 자랐던 삼촌들과 이모들 그리고 조카들. 서울대학병원에서 침상에 있는 엄마의 모습을 본 것이 마지막이다.

경수의 결혼식으로 양쪽의 모든 친척들이 다 모였기 때문에 엄마의 마지막 모습은 거의 모든 친척들이 다 보고 가셨다. 그렇게 우리 모두는 엄마를 떠나보낼 준비를 하고 있었다.

예식을 마치고 경수랑 혜진이가 신혼여행을 가기 전에 엄마에게 인사드리러 왔다. 엄마는 경수의 결혼을 사진으로만 봐야 했다. 경수는 엄마한테 잘 다녀오겠노라고 인사하고 며칠 신혼여행을 갔다. 그동안 엄마는 세브란스병원으로 옮겨졌다.

경수가 신혼여행 다녀왔을 때는 엄마가 세브란스에 계셨다. 엄마는 세브란스에서 계속 암 치료를 받았다. 병이 무서운 건 딴 게 아니다. 전혀 먹지 못하고 다 토해버리니 뭘 먹을 수가 없었다. 엄마는 아무것도 먹을 수가 없었다. 암은 더 무섭게 엄마를 괴롭혔다.

변이 새어나오는 이상한 증세는 없어졌다. 하지만 몇 번의 수술을 받고 치료를 받은 엄마는 몸이 많이 지쳐 있었다. 이제 치료도 무의미했다. 세브란스병원 의사 선생님은 우리에게 호스피스병원으로 옮길 것을 권하셨다. 선생님도 엄마가 이젠 얼마 안 남았다는 것을 아셨다. 호스피스병원은 죽음을 앞둔 환자들이 편하게 죽음을 맞이하는 곳이라고 했다. 나는 그때까지도 엄마는 다시 건강하게 다시 일어날 것이라고 믿고 있었다.

병원에서는 서울시에서 운영하는 은평구에 있는 병원을 추천해주셨다. 엄마는 또다시 은평구에 있는 호스피스 병동으로 옮겨졌다. 저녁에 퇴근하고 언니들과 엄마가 계신 호스피스병원을 찾아갔다. 아무 생각 없이 택시를 타고 오다 보니 그곳이 은평구였다. 우리 집 식구들이 서울에 처음 올라와 살던 곳이 은평구 대조동이었다. 택시를 탔는데 우리가 살던 곳을 지나쳐오는 것이었다. 엄마가 처음 서울에 와서 고생고생하던 그곳을 엄마가 가는 마지막에 다시 오다니…. 만감이 교차했다.

나는 엄마가 병원에 누워 계신데도 다시 건강해질 거라고 믿고 있었다. 의사 선생님들은 환자의 상태를 보면 다 아시는 것 같다. 많은 환자를 만나봤으니 이분이 얼마나 살게 될지를 아시는 것 같았다. 그분들은 우리에게 계속 엄마의 죽음을 예고해줬다. 그리고 준비하게 했다. 우리는 엄마와의 이별을 준비하고 있었다. 엄마의 형제들 이모, 삼촌들도 엄마와의 이별을 준비하셨던 것 같다. 우리 가족들은 마음의 준비를 해야 했다.

03

엄마, 자주 못 와서 미안해

엄마는 암이 재발되어 입원하셨을 때까지만 해도 많이 아프지 않았다. 방사선 치료가 잘못된 뒤부터 엄마는 더 고통스러워졌다. 처음에 입원했을 때 내가 영광이, 영성이를 데리고 병원에 가면 엄청 좋아하시고 반가워하셨다. 어린 손자들이 왔으니 얼마나 좋았겠는가?

첫 수술 때는 의사도 너무 걱정하지 말라고 하셨다. 그리고 수술도 잘되었다. 엄마가 다시 아파서 병원에 입원해야 한다고 했을 때는 엄마한테 자주 가봐야 할 것 같았다. 엄마랑 같이 살던 둘째 언니도 나현이, 나민이를 시댁에 맡겼다. 시댁 어른들은 엄마 아프면 애들이 시끄럽게 하면 안 된다고 애들을 데리고 가셨다. 나도 애들을 맡기고 엄마한테 가 있고 싶었다. 아침에 어린이집을 보내고 저녁에는 빨리 퇴근해서 애들을 데려와야 했다. 애들이라도 없으면 병원을 자주 갈 수 있을 것 같았다. 나도 애들을 시댁에 맡겨보려고 전화했다.

시부모님은 너무 바쁘셔서 영광이, 영성이를 돌봐줄 수가 없었다. 애들 때문에 엄마한테 자주 가보지 못했다. 처음에 엄마가 입원했을 때도 신랑과 애들을 데리고 갈 수 있는 게 고작이었다. 다시 입원하셨을 때는 시간 내서 낮에 가기도 했다. 하지만 그것도 한 번뿐이었다. 나는 운전도 못 했다. 신랑이 태워주지 않으면 가기가 너무 힘들었다. 또 애들 데리고 대중교통 이용한다는 건 너무 힘든 일이었다. 나는 이런저런 핑계로 엄마한테 자주 가보지 못했다.

엄마가 암이 재발해서 다시 입원했을 때 내가 할 수 있는 것은 오직 기도뿐이었다. 잘 가보지도 못하고 옆에 있지도 못하고…. 엄마한테 기도원을 다녀오겠다고 했다. 엄마는 엄마를 위해 기도원에 다녀온다고 하니 좋아하셨다.

다시 재발해서 입원한 세브란스병원에서는 이상한 병만 하나 더 얻었다. 병원이 농성 중이라 수술도 못하고 다시 다른 병원을 찾아야 했다.

엄마가 건국대병원에 있을 때는 낮에 잠깐이라도 가볼 수 있었다. 엄마는 병실에서 나와의 많은 추억을 말씀하셨다.

"너는 결혼하기 전날까지 나랑 한 번도 떨어져 살아본 적이 없었다. 자식 중에 계속 같이 산 건 너뿐이다."

엄마는 그게 좋았던 걸까? 그 말씀을 몇 번이고 하셨다. 큰언니와 둘째 언니는 전학이 안 되어 몇 달을 엄마와 떨어져 시골에서 살아야 했다. 경수와 민학이는 군대를 가면서 엄마와 떨어져 살았다. 민학이는 대학에 들어가서 기숙사 생활까지 했다. 엄마는 나와 한 번도 떨어져 본 적이 없다는 걸 강조하셨다. 엄마한테 그게 그렇게 중요한 일이었을까? 그게 고마웠던 건지 계속 말씀하셨다.

또 한번은 "너는 나한테 한 번도 맘에 못 박는 소리를 안 했어. 니네 언니들은 나한테 못 박는 소리를 했는데 영숙이 너는 한 번도 나한테 맘 아픈 말을 안 했어."라고 하셨다. 나는 잘 모르겠다. 나도 엄마랑 싸울 때는 이 말, 저 말 엄마한테 상처 주는 말도 많이 했던 것 같은데 엄마는 내가 한 번도 상처 주는 말을 안 했다고 한다. 그 말에 너무 미안했다. 나도 엄마한테 많이 상처를 줬는데 그걸 고마워하시다니….

그동안 엄마는 얼마나 많은 사람들에게 상처받는 말을 많이 들었을까? 아들을 못 낳는다고 들었던 상처의 말도 있었다. 아빠가 다리가 아프니 누군가는 뒤에서 수군거린 적도 있을 것이다. 우리 집이 너무 가난해서 상처 받은 적도 많을 것이다. 시골에서 다 망하고 서울에 올라와서 들었던 상처도 있었을 것이다. 교회 다니면서도 얼마나 남모르게 상처를 많이 받으셨을까?

엄마가 많이 배우지 못한 게 한이라고 했다. 글도 남들처럼 또박또박 잘 못 읽었다. 구역예배를 할 때 가끔 성경책을 돌아가면서 읽기도 한다. 그럴 때면 얼마나 창피했을까? 또 누군가는 뒤에서 엄마가 글을 잘 못 읽는다고 수군거리지는 않았을까? 엄마는 속으로만 갖고 있던 그런 상처를 누구한테든 털어놔본 적이 없었을 것이다. 아빠한테도 말로 상처를 많이 받았다고 했다. 엄마가 나에게 했던 얘기가 세 번 생각하고 말하라는 것이었다. 그리고 매로 맞는 것은 상처가 아물지만 말로 받은 상처는 평생 남는다고 하셨다. 엄마는 내가 올 때마다 말이 중요하다는 걸 말씀해주셨다.

손자 영광이와의 추억도 말씀해주셨다. 영광이는 유일하게 엄마가 산후조리해준 손자다. 언니들 그 누구도 산후조리를 해준 적이 없다. 오직 영광이 때만 해줬다고 하시면서 그 추억을 말씀하셨다. 영광이가 보통 까탈스러운 놈이 아니라고 하시면서 영광이를 낳고 엄마가 내 산후 조리를 해줬던 걸 말씀하시면서 흐뭇해하셨다. 엄마는 언니들의 산후조리도 다 해주고 싶었을 것이다. 그런데 항상 시장에 나가야 했던 엄마는 그럴 수가 없었다. 그런데 어찌된 건지 영광이 낳을 때는 엄마가 시장 일을 잠깐 쉬셨다. 나한테 미안한 마음에 그러셨을 수도 있다.

아빠는 내가 결혼할 때 쓰려고 모아놓은 돈을 다 빼서 써버리셨다. 나도 몰랐다. 나중에 알았을 때도 어쩔 수 없었다. 아빠 사업이 망했으니 다들 고생한 시기였다. 내가 결혼할 때 100만 원 들고 결혼했다. 엄마는 그걸 미안해하셨다. 건국대병원에 있을 때 엄마와 지난날의 이런저런 얘기를 했다. 엄마의 한마디 한마디가 예사롭게 들리지 않았다. 가슴에 새겨지는 말들이었다.

경수의 결혼 준비를 하느라 아빠도 바빴다. 아빠도 이것저것 준비할 것들이 많았다. 아빠가 경수 결혼 준비 때문에 병원에 안 계신 날이 있었다. 엄마는 아빠한테 내가 이렇게 죽게 생겼는데 당신은 잘살 생각만 하냐고 짜증을 내셨다. 아빠가 곁에 없는 것이 불안하셨던 모양이다. 경수가 결혼을 하니 기뻐야 할 텐데도 몸이 너무 아프니 기쁜지 뭔지도 몰랐을 것 같다.

엄마는 더 이상 뭘 먹지도 못하셨다. 세브란스에서는 아빠가 항상 곁에 계셨다. 목발을 짚고 다니면서 엄마를 열심히 간호하셨다. 내가 병원을 오랜만에 찾아갔다. "엄마, 자주 와보지 못해서 미안해. 애들 때문에 올 수가 없어."라고 했다. 왜 애들 때문에 못 오냐고 엄마는 화를 내셨다. "니 애들은 신랑한테 맡기고 오면 되지. 왜 못 오냐"고 야단을 치셨다.

애들이 병원에서 뛰어다니고 시끄럽게 하니 빨리 가봐야 했다. 엄마는 나라도 옆에 있어 주길 원하셨다. 애들을 왜 데려왔냐고 뭐라 하시면서 가라고 하셨다. 너무 맘이 무거웠다. 애들을 어디 맡길 수만 있다면 엄마 옆에 좀 있을 수 있을 텐데. 내 주위에 우리 아들들을 돌봐줄 만한 사람은 없었다. 지금 생각해보면 엄마는 우리 딸들이 매일 와주길 바라셨던 것 같다. 그래도 영미 언니는 그 바쁜 와중에도 자주 갔다. 애들 핑계로 나만 엄마한테 자주 못 간 것 같다. 이렇게 후회되고 미안할 줄 알았다면 밤늦게라도 가 봤어야 했다. 지금에서야 엄마의 맘을 알 것 같다.

04

너무 늦어버린 후회들

호스피스병원에는 좋은 분들이 너무 많다. 자원봉사를 하시는 분들도 많고 다들 친절하셨다. 그 병원은 그야말로 생이 얼마 안 남은 분들을 위해 봉사하는 곳이다. 그냥 보통 사람의 생각으로는 그런 병원에서 근무를 못 할 것 같다. 간호사님들은 거의 수녀님이셨다. 그리고 봉사하는 어머님들도 많았다. 정말 조용한 곳이었다.

엄마는 그 병원에 일주일 정도 계셨다. 엄마는 계속 진통제를 투여하고 주무셨다. 편안하게 주무시는 엄마를 깨우지는 못하고 우리끼리 이런

저런 얘기를 하면서 웃기도 했다. 나는 엄마가 그렇게 누워 있다가 당연히 다시 일어날 줄 알았다. 다들 죽음을 맞이하는 병원이라고 했어도 나는 엄마가 돌아가실 거라고는 상상도 안 해봤다. 하나님이 엄마는 데려가지 않으실 거라 생각했다. 아빠는 엄마 옆에서 매일 기도하셨다. 성경 읽어주고 찬송을 불러주고 기도만 하셨다. 매일 저녁마다 엄마를 살려달라고 기도를 하셔서 다른 병실에서 항의했다고 한다.

우리 중 누구도 엄마의 죽음을 받아들일 사람은 없었다. 나는 기적의 하나님이 기적적으로 엄마를 살리실 줄 알았다. 엄마한테 갈 때마다 엄마는 주무시고 계셨다. 엄마가 평안히 잠든 모습만 봐서 그런지 나도 맘이 편했다. 엄마를 보고 갈 때면 "엄마 또 올게." 하고 갔다. 엄마는 나은 것이 아니었다. 진통제를 맞고 계속 주무시는 것이었다. 항상 편하게 누워만 계셔서 그때는 별로 걱정을 안 했다. 엄마랑 얘기를 하고 싶어도 엄마는 주무시기만 했다. 가끔 눈을 뜨면 나를 알아볼 뿐 힘이 없었다. 나를 보면 "그래. 왔냐? 애들은 어떻게 했냐?" 걱정하셨다. 애들을 데리고 그 병원에는 가보지 않았다. 호스피스병원에는 항상 언니들과 같이 갔던 것 같다.

지금 생각해보면 59세라는 나이는 너무 젊은 나이다. 나랑 일하는 분들 중에도 59세가 넘은 분들이 굉장히 많다. 다들 나이를 모를 정도로 젊으시다. 59세밖에 안 되셨는데 엄마의 머리카락은 온통 하얀색이었다. 피부는 여전히 좋았지만 얼굴에 뼈만 앙상하게 남았다.

며칠 후 아빠한테 전화가 왔다. 엄마가 위독하다는 전화였다. 손이 덜덜 떨렸다. 회사에서 버스 타고 가는데 뭘 어떻게 챙겨서 나왔는지도 모르겠다. 가면서 계속 엄마가 어떤 상태인지 물어봤다. 아빠는 "아직 괜찮아, 괜찮아." 하셨다. 엄마가 나를 안 보고 가시면 어떡하나? 엄마를 못 보면 어떡하나? 가슴이 조마조마했다. 병원에 도착했을 때 아빠와 경수, 언니들은 이미 엄마와 작별인사를 했다고 한다.

엄마는 숨을 가쁘게 쉬고 계셨다. 엄마는 의식이 없었다. 주변에 엄마의 죽음을 준비하러 온 봉사자들이 있었다. 그분들이 귀는 아직 들을 수 있으니 엄마한테 마지막 인사를 하라고 했다. 나는 엄마가 못 들을까 봐 엄마의 귀에 가까이 대고 말했다.

"엄마, 내 엄마로 살아줘서 고마워. 엄마, 너무 고생 많았어. 이제 고통 없는 천국에 가서 하나님과 잘 지내요. 엄마, 나중에 천국에서 만나요. 엄마, 미안해."

엄마는 아무런 반응이 없었다. 계속 눈은 뜨고 있고 가쁜 숨을 크게 크게 쉬셨다.

영미 언니가 엄마한테 말했을 때는 눈물을 흘리셨다고 한다. 나한테는 반응이 없었다. 엄마가 내 말을 들었을까? 엄마가 뭐라고 반응을 해주길 바랐지만 엄마는 계속 가쁜 숨만 쉬고 계셨다.

마지막으로 막내 민학이가 왔다. 민학이는 엄마의 손을 잡고 엄마에게 마지막 인사를 했다. 엄마를 보내는 막냇동생을 보고 있자니 마음이 아팠다. 그렇게 계속 숨을 가쁘게 쉬고 계신 엄마에게 다 마지막 인사를 했다. 봉사자들은 엄마를 위해 찬송가를 계속 불러주셨다. 그리고 수녀 간호사님도 엄마에게 하나님 품에 편히 안기시라고 위로의 말을 계속 해주셨다.

"자매님, 이제 하나님 품에서 편히 쉬세요."

엄마의 숨이 멈추고 의사 선생님은 "신복심 씨, 2007년 9월 28일 1시 3분에 사망하셨습니다."라고 말씀하셨다. 엄마는 그렇게 무서운 암과의 사투 끝에 세상을 떠났다.

통통 부어 있는 엄마의 다리. 하얗게 변해버린 엄마의 모습. 이제 엄마는 이 세상 사람이 아니다. 엄마의 모습은 그냥 편안해 보였다. 너무 고통스러워 하실 때는 그냥 편하게 돌아가시는 게 나을 것 같다는 생각도 들었다. 하지만 막상 엄마가 돌아가시니 '아파도 괜찮으니 우리 곁에 더 오래 있었어야 했는데….' 하는 생각이 들었다.

아빠는 마지막으로 엄마와 인사를 하셨다. "나 만나서 사느라고 고생했네. 잘 가소. 고생했네. 내 걱정하지 말고 잘 가소." 말씀하시고 나가셨다. 아빠는 집으로 가서 준비할 것들을 챙겨서 장례식장으로 오기로 하셨다. 언니들도 엄마와 작별을 한 후 장례를 위해 아빠와 함께 집으로 갔다. 막내 민학이는 엄마가 돌아가시고 밖으로 나갔다. 벽을 치면서 어찌할 바를 몰랐다.

우리는 건국대 장례식장으로 가기로 했다. 아빠와 언니, 민학이가 다 가고 나와 경수만 남았다. 경수는 돌아가신 엄마의 볼에 입맞춤을 하고 어루만지고 울었다. "엄마, 고생했어요." 하면서 엄마의 볼을 계속 어루만졌다. 그날 엄마를 보내는 아빠와 경수, 민학이의 모습이 생생하다. 그 모습이 내 가슴속에서 지금까지 지워지지 않는다. "잘 가소. 고생 많았네." 인사하고 돌아선 아빠의 모습. 엄마를 보내고 벽을 치며 가슴을 치던 민학이의 모습. 엄마의 하얀 얼굴을 어루만지고 입맞춤을 하며 울던 경수의 모습. 이 모든 것들이 다시 꺼내기 힘든 나에게는 너무 마음 아픈 장면들이었다.

아들을 못 낳는다고 구박받던 엄마의 한을 풀어준 경수. 엄마의 사랑을 가장 많이 받고 자란 경수였다. 잘되는 모습을 보여주고 싶었을 텐데 그렇게 고생만 하고 보내야 하는 경수의 마음이 오죽했을까? 군대에서 엄마와 떨어져 있다가 같이 몇 년 못 살고 엄마를 보내야 했던 경수였다. 막내 민학이는 우리 중에서 가장 엄마와 짧은 시간을 보낸 자식이다. 그게 막내다. 벽을 치며 울던 막내를 생각할 때는 내 가슴이 찢어지는 것 같았다.

경수랑 나는 엄마와 건국대병원으로 바로 가기로 했다. 엄마를 구급차에 태우기 위해 병원에서는 붕대로 감아주었다. 구급차 뒤 칸에 엄마와 나 경수 셋이서 탔다. 경수는 차가 흔들릴 때마다 엄마가 어떻게 될까 봐 꽉 잡고 갔다. 건국대 장례식장에는 사람들이 많이 왔다. 우리가 오 남매라 형제가 많아 조문객도 많았다. 엄마가 돌아가셨다는 말을 듣고 친척들도 시골에서 다 오셨다. 너무 젊은 나이에 동생을 보내야 했던 이모들과 삼촌이 제일 마음이 아팠을 것이다. 나의 핏줄인데, 내 동생인데, 언니보다 먼저 간 동생이 얼마나 안타까웠을까? 이모들은 엄마가 고생만 하다 갔다고 계속 눈물을 흘리셨다.

우리 다섯 남매가 모두 엄마의 마지막 모습을 볼 수 있어서 다행이었다. 누구라도 외국에 나가 있으면 엄마의 모습도 못 볼 수도 있을 텐데. 엄마가 돌아가시기 전까지 다들 엄마 곁에 있었다. 그것만으로도 엄마는 행복한 분이다. 엄마가 돌아가시기 전까지 모두 엄마 근처에 살았다. 엄마는 손자, 손녀와 가까이 지냈다. 그것이 그나마 다행이라는 생각이 들었다. 다들 멀리 살았다면 엄마랑 마지막에 그렇게 시간을 못 보냈을 것이다. 엄마는 우리 모두가 엄마 곁에서 살았다는 것이 좋으셨을 것이다.

엄마는 엄마의 모든 걸 자식들한테 다 내주고 간 분이다. 엄마의 마지막 진액까지 다 주고 갔다고 할 정도로 우리를 위해서만 살았던 분이다. 평생 살면서 누구랑 놀러 가보지도 못했다. 술 마시고 스트레스를 풀어본 적도 없다. 누구를 만나러 간다고 늦게 들어와본 적도 없다. 오직 자식과 시장, 교회뿐이었다.

엄마가 가시고 남은 건 엄마한테 못 해드린 후회뿐이었다. 엄마한테 자주 가지 못했던 것이 후회됐다. 이렇게 일찍 가실 줄 알았다면 자주 왔을 텐데…. 엄마가 호스피스 병동에 누워 계실 때 주무시기만 해서 평안한 줄만 알았는데…. 그게 아니었다.

아빠는 엄마가 돌아가시기 전날 밤 엄청나게 고통을 호소했다고 말씀하셨다. 그걸 혼자서 지켜보고 있었을 아빠가 얼마나 힘드셨을까? 하는 생각이 든다. 장례식장에서 염할 때 나는 엄마를 보지 못했다. 언니들이 그러는데 엄마가 너무 편안해 보이고 천사 같은 모습이셨다고 했다.

05

엄마, 그 이름만으로 따뜻하다

생명 중에 엄마 없이 태어난 건 아무것도 없다. 동물들도 다 어미한테서 나왔다. 고통 중에 새로운 생명을 탄생시키는 게 엄마다. 그 엄마가 이젠 세상에 없다.

우리는 건국대 장례식장에서 3일을 있었다. 지난달에 경수가 결혼했는데, 이번에는 엄마가 돌아가셨다. 다시 한번 친척들이 건국대 장례식장에 다 모였다. 영광이, 영성이를 장례 치르는 동안은 돌볼 수가 없어서 시부모님들이 태안으로 데리고 가셨다.

3일 뒤 엄마 고향인 전라남도 신안군 지도읍 탄동리로 내려갔다. 고향에 엄마를 묻기로 했다. 장례를 다 마치고 신랑은 애들 때문에 먼저 태안으로 갔다. 우리는 어릴 때 다녔던 교회에 주일날 예배까지 드리고 가기로 했다. 엄마가 신앙생활 하던 교회였다. 아침에 예배를 드리고 나는 먼저 시댁으로 출발했다. 나머지 식구들은 좀 더 있다가 서울로 올라가기로 했다. 나도 가족들과 더 있고 싶었지만 어린 애들이 걱정이 되어 빨리 시댁으로 가야 했다.

버스를 혼자 타고 태안으로 가면서 얼마나 울었는지 모르겠다. 장례를 치르고 바쁘게 돌아가던 시간을 뒤로하고 혼자서 차를 타고 가면서 이런저런 생각에 잠겼다. 엄마가 이 세상에 없다. 이젠 엄마의 목소리도 들을 수 없다. 엄마를 만질 수도 없다. 느낄 수도 없다. 보지도 만지지도 못하는 곳으로 영영 가버리셨다. 엄마가 돌아가신 게 내 반쪽이 없어지는 느낌이었다.

가만히 혼자 버스 타고 오면서 엄마가 이젠 없다는 게 현실이라는 것을 알았다. 생각하면 할수록 이것도 저것도 다 후회와 미안함뿐이었다. 엄마한테 한약 한 번 못 해줘서 미안했다. 좋은 옷 한 벌도 사주지 못해서 미안했다. 그렇게 빨리 돌아가실 걸 알았다면 옆에 오래 있어드릴 걸. 후회뿐이었다. 못다한 말도 많은데 이젠 엄마는 없었다. 몇 시간을 버스를 타고 오면서 눈물만 흘렸다.

저녁 늦게 시댁에 도착했다. 어린 영광이 영성이는 엄마가 왔다고 좋아했다. 그때, 영광이가 일곱 살, 영성이는 네 살이었다. 지금 물어보면 그때의 일은 둘 다 기억을 하지 못한다. 애들을 보니 눈물이 더 났다. 내 마음은 지칠 대로 지쳐 있었다.

도착해서 씻고 시부모님과 신랑과 둘러앉았다. 시아버지는 엄마는 잘 보냈냐고 물어보셨다. "그런데 왜 엄마가 목요일에 돌아가신 줄 아냐? 장례 다 치르고 본 교회 가서 예배드리라고 목요일에 돌아가신거다. 왜 시골에서 예배를 드리냐? 다들 본 교회 돌아가서 예배를 드려야지." 이렇게 말씀하셨다.

마음은 아팠다. 위로도 해주시지만 신앙적으로 지킬 건 지켜야 한다고 말씀해주신 걸 보면 역시 시아버님은 성직자는 성직자이시다. 어떤 환경에서도 굴하지 않고 신앙의 기본은 지켜야 한다는 말씀이셨다.

우리는 다음 날 바로 서울로 올라왔다. 나는 아빠네 집에 갔다. 아빠는 너무 힘들어하셨다. 잠을 못 자고 아빠의 맘을 어찌하지 못하셨다. 아빠는 그 당시 단 하루도 술을 안 마시고는 잠을 못 잤다. 장로님이 무슨 술을 마시냐고 말할 수도 있겠다. 하지만 그 고통을 못 느껴본 사람은 절대 그 마음을 모른다. 아빠는 엄마가 돌아가시기 전 아빠 걱정을 많이 했다고 했다. "당신은 이제 나 없으면 어쩔라요. 당신은 나 죽으면 이제 어떻게 살라요?" 평생 아빠의 아픈 다리가 돼주었던 엄마는 아빠가 걱정스러

웠을 것이다. 아빠의 가방은 항상 엄마가 들어주었다. 아빠는 다른 데는
다 건강한데 한쪽 다리가 약간 불편해 무거운 것은 잘 못 드셨다. 평생
아빠를 대신해 그 일을 엄마가 하셨다.

아빠는 하늘나라에 먼저 보낸 엄마를 생각하면서 힘들어하셨다. 건강
하지도 못한 남편을 만나 고생 고생만 하면서 살아온 일들을 생각하면
미안하고 불쌍한 생각에 마음을 잡지 못하셨다. 이 슬픔과 고통을 그 누
가 알아주랴. 아빠는 오직 하나님만 믿고 의지하며 기도하면서 슬픔과
고통을 이겨나가셨다. 날마다 하나님께 기도하며 사는 것이 아빠 삶의
전부였다.

슬픔을 이기지 못하는 아빠는 세브란스병원에 사별가족 모임에 나가
셨다. 아내나 남편을 먼저 보낸 사람들이 서로를 위로하는 모임이었다.
아빠는 그곳을 다니면서 많이 안정을 찾아갔다. 아빠의 집은 월세로 내
어주고 아빠는 둘째 언니네 집으로 들어가셨다. 언니 직장도 태워다주고
나현이, 나민이 유치원도 데려다주고 학원도 데려다주면서 바쁘게 사셨
다.

아빠는 어느 날 고향 형님의 소개로 혼자 살고 있다는 분을 소개받았
다. 사랑의 아픔은 사랑으로 치유되는 것 같다. 처음엔 남동생들이 이해
하지 못했다. 하지만 그 어머님이 너무 좋으신 분이라 나중에는 다들 인

정하고 고마워했다. 엄마의 빈 자리를 우리 자식이 다 채워줄 순 없다. 그 어머님께 얼마나 고마운지 모르겠다. 우리는 맘을 못 잡고 고통스러워하는 아빠에게 엄마가 보내준 분이라고 생각했다. 10년이 넘은 지금까지도 두 분은 잘 지내신다. 우리 외가댁 친척 모임도 나가신다. 정말 하나님이 아빠에게 보내주신 분 같다. 아빠가 뭐가 있다고 아빠한테 희생하시면서 지내시겠는가? 정말 천사 같은 분이시다. 그 어머니도 아빠의 다리가 되어주고 계신다. 정말 두 분이 건강하게 오래오래 행복하게 사셨으면 좋겠다.

큰언니, 둘째 언니, 나, 경수, 민학이. 우린 엄마를 너무 빨리 보냈다. 환갑이 되기 전 59살 되셨을 때 돌아가셨다. 엄마는 우리가 세상을 살아가는 단단한 기초였던 것 같다. 엄마는 돌아가시기 전 영미 언니를 제일 많이 걱정했다. 아빠의 사업으로 제일 고생을 많이 했다. 아빠에게 빌려준 돈들은 돌아오지 않았다. 그것이 고스란히 영미 언니의 빚이 돼버렸다.

얼마 전에 외삼촌이 돌아가셨을 때 이모들을 만났다. 이모들이 하시는 말씀이 엄마가 영미 언니를 제일 걱정하셨다고 했다. "우리 영미, 영미 어떡하느냐"고 영미 언니 위해서 기도 좀 많이 해달라고 부탁하셨다고 한다. 엄마가 천국에서도 기도했을 것이다. 엄마의 부탁을 받은 이모들도 언니를 위해 기도했을 것이다. 엄마의 바람대로 영미 언니는 사업이 잘되고 신앙생활도 제일 잘하고 잘산다. 천국에서 엄마도 이젠 안심하고 계실 것이라 믿는다.

민학이는 엄마가 돌아가신 후 몇 년 뒤에 결혼했다. 민학이가 결혼식 할 때는 왜 이렇게 마음이 아픈지. 기뻐해야 하는데 엄마 없이 막내가 결혼하는 모습이 참 마음이 아팠다. 민학이는 졸업 후 야무지게 사업을 해 나갔다. 아빠가 항상 하는 얘기가 있다. 민학이한테 너무 고맙다고 하신다. 아무 도움 없이 혼자의 힘으로 저렇게 크게 사업체도 만들고 잘살고 있으니 민학이한테 고마워하신다. 엄마가 걱정했던 영미 언니도 너무 잘산다. 막내라 마음에 항상 두었을 민학이도 결혼하고 잘산다. 엄마가 이 모습을 보면 얼마나 좋을까?

밖에는 눈이 오는 추운 겨울이었다. 지금 엄마가 살아계셨다면 밍크코트 좋은 것도 사 드릴 수 있는데. 엄마한테 좋은 것 많이 해드릴 수 있는데. 이젠 엄마한테 사 드릴 수 있는데…. 엄마 생각하면서 버스에서 눈물을 줄줄줄 흘린 기억이 있다. "엄마. 내가 이젠 밍크코트 사 드릴 수 있는데 엄마 대신 아빠한테 잘할게요." 했다. 엄마에게 좋은 것 하나 사 드린 적이 없는 것이 너무 마음이 아팠다.

엄마는 나를 이 세상을 보게 해준 분이다. 엄마의 사랑으로 우리는 이 세상을 살아가는 것 같다. 그 강한 사랑이 가슴 깊이 새겨져 이 험한 세상을 이겨나가는 것 같다. 14년이 지나는 지금 이젠 엄마의 얘기를 꺼낼 수 있다. 더 늦기 전에 나는 엄마의 이야기를 들려주고 싶었다. 엄마는 '엄마'라는 그 이름만으로도 따뜻하다.

06

엄마, 이제 우리 아이들에게 들려줄게요

다섯 남매의 손자, 손녀들은 많이 컸다. 성인이 된 애들이 넷이나 된다. 큰언니의 아들, 딸 선용이, 예원이. 둘째 언니의 큰딸 나현이 그리고 나의 큰아들 영광이. 모두 어릴 때 할머니가 살던 곳에서 같이 자랐다. 영광이는 형과 누나들을 너무 좋아한다. 어릴 때 다 같이 살았을 때 너무 재미있었다고 이야기한다. 코로나가 끝나면 같이 모여서 스키장도 가고 여행도 같이 가고 싶다고, 그날이 언제가 될지 아쉬워한다. 가끔 친구들한테 친척들 얘기를 하면 부러워한다고 했다. 그렇게 사촌들과 서로 보고 싶어 하고 놀러 다닌 친구들이 없다고 한다.

선용이는 어릴 때부터 순했다. 조금 약하게 태어나서 큰언니가 걱정을 많이 했다. 하지만 반듯하게 잘 자랐다. 선용이를 가끔 만나면 '뭐, 저런 청년이 다 있나?' 싶다. 언니하고 동생한테 하는 것 보면 너무 착하다. 식당에서 같이 밥을 먹을 때도 서빙해주는 아주머니한테도 연신 고맙다고 인사한다. "고맙습니다. 잘 먹겠습니다." 내가 지금까지 밥을 같이 먹어본 청년 중에 그런 청년을 처음 봤다고 할 정도다. 친절과 겸손이 몸에 배어 있는 것 같았다. 아들들은 거의 아빠의 모습을 보고 배우는 것 같다. 형부가 아들 교육을 정말 잘했다는 생각이 들었다.

예원이는 한마디로 딱 부러진다. 겉으로는 강해보여도 알고 보면 맘이 여리다. 예원이 또한 형부한테 예절 교육을 너무 잘 받은 것 같다. 예원이는 일어를 독학했다. 기타도 학원 한 번 안 다니고 예술급으로 잘 친다. 지금은 불어 공부를 독학으로 하고 있다. 예원이는 한 번도 학원을 다녀본 적이 없다. 그런데도 일어를 잘해서 교환학생으로 일본에도 다녀왔다. 나는 조카를 잘 둔 덕분에 큰언니랑 일본에 여행 간 적이 있다.

큰언니가 항상 하는 얘기가 있다. "우리 애들이 부모보다 더 어른스러워." 진짜 선용이 예원이는 정말 부모님 속 한 번 안 썩이고 잘 자라주었다. 친정 아빠도 선용이 예원이가 너무 잘 자라줘서 고맙다고 하신다.

나의 딸 같은 나현이, 나민이는 언니에게 정말 좋은 딸들이다. 나현이랑 나민이도 엄마보다 더 마음이 깊다. 나현이는 언니랑 모든 걸 서로 대화로 나눈다. 부모님과 소통이 잘되어서인지 정말 바르게 잘 자라고 있다. 내가 영광이를 임신하고 집에 있을 때 나현이를 1년 정도 돌봐준 적이 있다. 그때 나현이한테 더 잘해주고, 더 잘 놀아주지 못해 너무 미안하다. 부모님이 첫 번째 낳은 아이를 키울 때 처음이라 서툰 것처럼 나현이한테는 그런 마음이 있다. 나민이는 우리 가족들이 인정해주는 정말 똑 부러지는 아이였다. 어릴 때부터 마음이 넓었다. 어릴 때 나민이를 돌봐주셨던 친정 아빠는 우리 나민이가 뭐가 되도 될 놈이라고 하셨다. 어른만큼이나 생각도 마음 씀씀이도 크다. 나민이는 특히 우리 친정 아빠의 사랑을 많이 받았다. 사랑을 많이 받고 자라서 사랑을 줄 줄도 아는 것 같다.

나의 큰아들 영광이는 나와 많이 닮았다. 가끔 영광이를 보면 어쩌면 저렇게 나랑 비슷할까 하는 생각도 든다. 겉으로 보면 차갑다. 하지만 알고 보면 누구보다 마음이 따뜻하다. 나와 다른 건 남의 말에 호락호락 넘어가지 않고 냉정하게 판단한다는 것이다. 운동을 잘하고 음악을 잘하는 걸 보면 외갓집을 많이 닮았다. 지난번에는 멀리서 누군가가 걸어오는데 남동생 경수와 걷는 모습이 똑같아서 깜짝 놀랐다. 바로 영광이었다. 어떻게 경수랑 저렇게 비슷한지…. 둘째 아들 영성이는 그냥 겉으로 보면 착해 보인다. 겉모습만 그런게 아니라 마음도 따뜻하다. 한번은 영성이가 초등학교 다닐 때 수어를 배워왔다. 왜 수어를 배웠냐고 물어봤더니 친구 엄마 중에 말씀을 못 하시는 분이 계시는데 친구 엄마한테 인사하려고 배웠다고 했다.

경수의 딸 지후, 연후와 민학이의 딸 하은이는 할머니를 모른다. 할머니는 사진으로만 봤다. 경수의 첫째 딸 지후는 연년생으로 태어난 동생 연후한테 꼼짝을 못했다. 연후에 비해 지후는 약했다. 동생 연후는 본인이 호랑이띠라는 이유로 그 누구보다 자기가 제일 센 줄 알고 있다. 막내 조카 하은이는 아직 유치원에 다닌다. 하은이를 보면 민학이 딸이라는 걸 단번에 알 수 있다. 어쩌면 저렇게 똑같이 생겼는지…. 하은이는 우리 집안에 사랑을 독차지한다. 조카들이 하은이를 다 보고 싶어서 안달이다. 다 같이 모였을 때 하은이를 한 번씩 다 안아보려고 난리다. 우리 엄마의 손자, 손녀가 모두 아홉 명이다. 엄마와의 추억을 기억하는 조카들도 있고 그렇지 못하는 조카들도 있다. 조카들이 외할머니와의 추억을 기억하며 외할머니의 그 사랑 또한 인생을 살아가는 데 기반이 되었으면 한다.

아이는 부모의 거울이라고 했다. 가끔 우리의 모습을 보면서 엄마를 발견하기도 한다. 우리 다섯 남매는 엄마와 많은 대화를 하면서 지내지는 못했다. 우리가 어릴 때부터 엄마는 먹고사는 걸 해결해야 하는 가장

이기도 했다. 엄마는 아프기 전까지 맘 놓고 쉬어본 적이 없이 평생 일만 하셨다. 별말은 없어도 열심히 살아가는 모습을 보여주셨다. 그것이 우리가 보고 자란 것이다. 그것이 산 교육이 되었다. 아무리 힘들어도 오뚜기처럼 일어나는 부모님을 보고 자랐다. 하나하나 이뤄가시는 부모님을 봤다.

그래서 그런지 우리 다섯 남매는 생활력이 강하다. 특히나, 회사 일에는 다들 열심이다. 나도 내가 다니는 회사를 내 몸처럼 생각하고 다닐 정도로 애사심이 강했다. 회사 구석구석을 내 몸처럼 아껴야 된다고 생각했다. 대충 일해도 월급은 나온다. 하지만 우리 부모님이 그렇게 살지 않으셨다. 누구보다 성실하셨다. 누구보다 부지런하셨다. 아빠는 인생을 개척하며 사신 분이다. 아빠는 사업하면서 실패도 많이 하셔서 가족들이 고생했다. 하지만 아빠는 뭐든지 해보려고 하셨다. 그냥 안주하며 사시는 분은 아니셨다. 이런 아빠와 엄마의 모습을 보고 자란 우리들도 똑같다. 누구 하나 일을 대충 하는 자식이 없다. 그리고 항상 어려운 사람들을 생각한다. 엄마가 그랬던 것 같다. 아파트에 살 때도 경비아저씨한테 철마다 뭘 가져다 주셨다. 보이지 않게 누가 어려우면 발 벗고 나서는 분들이셨다. 돈이 안 되면 부모님의 지혜라도 빌려주었다.

다섯 남매는 누가 뭐라 할 것도 없이 열심히 살아간다. 우리도 엄마랑 똑같다. 자녀들에게 뭐라고 잔소리하며 키우진 않는다. 그냥 믿고 지켜

보는 스타일이다. 우리가 열심히 사는 모습을 보고 자란 우리 아이들도 나중에 커서 험한 세상을 헤쳐나가고 이겨낼 것이다. 그것이 산 교육인 걸 다들 알고 있다.

코로나가 오기 전 겨울에 경수가 스키장 시즌권을 끊었다. 우리는 시간이 허락하는 대로 조카들을 모두 데리고 스키장을 다녔다. 언니가 조카들을 못 챙기면 내가 챙겨서 갔다. 내가 못 챙기면 동생이 챙겨서 갔다. 하루는 막냇동생 민학이 가족만 빼고 스키장에 놀러 갔다. 펜션 하나를 빌려 다 같이 밥도 먹고 술도 마셨다. 술을 마실 수 있는 선용이, 예원이, 나현이까지 다 같이 술도 마셨다. 우리는 당연히 돌아가신 할머니를 추억했다. 그러면서 추억으로 이야기꽃을 피웠다. 나는 조카들에게 꼭 할머니가 나에게 남긴 말을 해주고 싶었다.

엄마가 언니와 동생들에게 무슨 말을 남겼는지 잘 모르겠다. 하지만 나는 엄마가 침상에서 하셨던 말로 인해 내 인생이 완전히 변했다고 할 수 있다.

"미안하다. 내가 말 잘못했다. 내가 말 잘못해서 일찍 죽는다. 니들 곁에 오래 있어줘야 했는데. 내가 말 잘못해서 일찍 죽는다. 말조심해라. 말대로 된다. 말 좋게 해라."

이 말은 나의 가슴 깊은 곳에 새겨져 있었다. 엄마의 그 말로 인해 나는 책을 찾아보기 시작했다. 『시크릿』, 『긍정의 언어』 등 말과 관련된 책들을 찾아봤다. 말이 얼마나 무서운 건지 알 수 있었다. 우리 조상들도 말은 씨앗이라고 했다. 말대로 된다고 했다. 성경에도 나와 있었다. "사람은 입의 열매로 말미암아 복록에 족하며…." 나는 이런 말이 성경에 있다는 것도 나중에야 알았다. 하나님은 말씀으로 천지를 창조하셨다. 예수님도 말씀으로 마귀를 물리치셨다.

그런 하나님을 믿는 우리에게 말에 권세가 얼마나 강하겠는가? 입술의 권세를 주신 것이다. 나는 조카들에게 그 말에 관한 중요성을 얘기해 주고 싶었다. 할머니가 말조심하라고 하셨다면서 할머니 얘기를 해줬다. 영광이, 영성이가 "배고파 죽겠다, 피곤해 죽겠다"고 말하면 다시 말하게 한다. "배고파 살겠다, 피곤해 살겠다, 아파 살겠다."

인간만이 말을 할 수 있다. 우리는 말 속에 살아가는 존재들이다. 어떤 말을 듣고 죽기도 한다. 어떤 말로 인해 다시 살아나기도 한다. 엄마의 말처럼 매로 때린 건 상처가 아물면 된다. 하지만 말로 받은 상처는 가슴에 남는다. 누군가의 한마디가 평생 한이 되어 남는 경우도 있다. 그래서 말에는 씨가 있는 것이다. 그 말이 열매를 맺게 되니 이 얼마나 말이 중요한가?

이젠 우리의 아이들에게 이 말에 중요성을 알려줘야 한다고 생각했다. 그날 나는 술에 약간 취했다. 그리고 할머니가 남기신 말을 조카들에게 해줬다. 엄마의 그 말이 내 인생을 바꾸는 계기가 되었듯이 나의 조카와 아들들도 그 진리를 깨달았으면 좋겠다. 우리의 거울인 우리 아이들에게 이젠 우리가 가르쳐야 한다. 말대로 되니 말조심하라고 말을 좋게 하라고….

07

사랑은 나중에 하는 게 아니라 지금 하는 것이다

인간은 완벽할 수 없다. 그리고 세상일도 완벽한 것은 하나도 없다. 하나님 외에 어떤 것도 완벽한 것은 없다. 실수도 많이 한다. 그러면서 인생을 또 배워간다. 뒤돌아보면 다 후회뿐이고 아쉬움뿐이다.

부모님이 먼저 돌아가신 분들의 얘기를 들어보면 다들 후회와 아쉬움, 미안함뿐이다. 단 한 명도 "나는 부모님께 너무 잘했다."라고 얘기한 사람이 없다. 다들 돌아가신 부모님을 생각하며 안타까워하고 아쉬워한다. 못 해 드린 생각밖에 안 든다.

학교를 졸업하고 성인이 되었을 때는 어릴 때 싸우면서 엄마한테 상처 줬던 것들이 생각난다. 그러면서 '내가 그때 왜 그랬을까?' 후회한다. 결혼하고 나서는 엄마랑 더 많은 시간을 갖지 못한 걸 후회한다. 결혼하게 되면 이제 내 몸은 온전히 나의 것만은 아니다. 부모님 밑에서 같이 살 때나 내 몸이다. 결혼하면 시댁도 챙겨야 하고 남편도 챙겨야 한다. 특히 어린아이들은 두 눈 부릅뜨고 한시도 눈을 떼지 못하고 챙겨야 한다.

그래서 결혼하면 엄마와 많은 시간을 나눌 수가 없다. 그래도 부모님 이랑 아이를 같이 돌보고 있다면 그나마 다행이다. 그럴 때는 그전보다 더 많은 얘기를 나눌 수 있을 것이다. 그건 그나마 행복한 삶이다. 하지만 요새는 다들 직장생활을 하기 때문에 친정엄마한테 아이를 맡겨놓고 일 나가는 경우가 더 많다.

엄마는 영원히 우리 곁에 있을 것 같다. 엄마는 영원히 슈퍼우먼일 것 같다. 하지만 엄마는 나이 들고 몸이 아파온다. 여기저기 몸이 고장이 난다. 나를 키우느라 고생한 엄마에게 나의 아이까지 맡겨 힘들게 한다. 이 얼마나 마음 아픈 일인가? 아이를 낳으면 어디 맡길 곳이 없다. 부모님 의 도움을 받아야 한다. 나도 회사에서 퇴근이 늦어지면 주무시는 엄마 를 깨워 영광이 좀 데리러 나가달라고 부탁했다. 한참 깊이 주무시고 계 신 엄마를 깨우자면 얼마나 미안했는지 모른다.

나는 엄마와 여행을 가본 적이 단 한 번도 없다. 내가 어릴 때 내 친구들을 보면 여름휴가 때는 가족들끼리 산으로 바다로 놀러 갔다. 다들 그렇게 사는 게 보통의 가정이었다.

그런데 우리 부모님은 봄, 여름, 가을, 겨울 눈이 오나 바람이 부나 비가 오나 일하러 나가셨다. 우리에겐 여름휴가라는 것이 한 번도 없었다. 처음 서울에 올라와 여름 방학이 지나고 방학 동안 어딘가에 다 놀러 갔다 온 친구들이 신기했다. 차츰 학년이 올라갈수록 그건 신기한 게 아니었다. 여름에 가족들이 여름휴가를 가는 건 당연한 것이었다. 여름 방학이 끝나고 다들 휴가 때 강원도를 갔다거나 남해를 갔다거나 친구들끼리 얘기했다. 나는 한 번도 그런 대화에 끼어본 적이 없다.

우리 가족은 엄마가 돌아가시는 그날까지도 단 한 번도 여행을 못 가봤다는 게 지금으로써는 이해가 안 간다. 어릴 때는 부모님 밑에서 자라느라 부모님이 바빠서 못 갔다. 커서는 우리들이 친구들하고 놀러 가느라 우리들이 바빴다. 단 한 번이라도 엄마와 여행을 가본 적이 없다는 것이 이렇게 한이 될 줄은 몰랐다. 그때 조금 어려웠더라도 엄마랑 한 번쯤은 여행을 갔어야 했다.

예전에 같이 일하던 분이 어머니를 모시고 딸 네 명과 함께 일본 여행을 다녀온 얘기를 들었다. 그 사진을 보고 얼마나 부럽던지…. 우리도 엄마가 지금까지 살아계셨다면 지금은 다들 살 만하니 엄마랑 여행 한 번 못 가봤겠는가? 엄마는 교회 야유회도 한번 안 갔다. 야유회 한번 가려면 잠을 포기해야 한다. 엄마 몸이 항상 피곤해 있으니 누구랑 어울릴 수도 없었다. 일하느라 잠이 항상 모자란 분이셨다. 우리가 아무리 좋은 곳을 모시고 가도 그 일을 그만두지 않는 이상 엄마에게는 모든 것이 사치에 불과했다. 우리들 시집 보낼 때 살림살이 보러 다닐 때도 엄마는 잠을 포기하고 같이 다녀주셔야 했다. 얼마나 피곤하셨던지 가구 보고 있는 잠깐 동안에 잠시 의자에 앉아 졸고 계셨다.

부모님을 생각하면 뭐든지 바로 생각났을 때 해야 한다는 걸 알았다. 생각났을 때 찾아가고, 생각났을 때 전화하고, 생각났을 때 여행도 가야 한다. 지금 우리 아빠한테 어디 여행을 가자고 하면 못 가신다. 지금은 걷기도 너무 힘이 든다. 이젠 아빠랑도 어디 여행을 가볼 수도 없다. 아빠가 힘들어서 못 가신다.

언제나 내 곁에 있다고 생각했던 아이들도 크면 부모님을 다 떠난다. 학교나 직장생활 때문에 부모님과 떨어지는 경우도 있다. 결혼하면서 먼 곳으로 가야 하는 경우도 있다. 아이들이 커서 외국에 나갈 수도 있다. 그 누구도 나의 생각처럼 영원히 내 곁에 머물 수 없다. 우리는 또 언젠가는 누군가를 남기고 떠나야 한다. 이걸 조금이라도 생각하고 산다면 내 주위에 있는 소중한 가족에게 말이라도 따뜻하게 해야 한다. 표현할 수 있을 때 표현해야 한다. 가고 나면 후회뿐이다. 인간이 이런 존재인 걸 어쩌겠는가?

아빠는 올해 78세다. 아빠는 아빠가 살아온 길을 컴퓨터에 저장해놓으셨다. 어릴 때 힘들게 남의 집에서 눈치 보며 공부하셨다. 공부를 잘해서 선생님들이 학비도 내주셨다. 엄마를 만나 하나씩 만들어가셨다. 바다 한가운데에 표류되어 생사의 기로에서 살아나셨다. 서울에 올라와 힘들게 하나씩 만들어가셨다. 아빠는 이 모든 것들을 컴퓨터에 저장해놓으셨다고 했다. 아빠한테 받은 한글 파일은 30장 정도 되었다. 나는 아빠가 오래전부터 아빠의 이야기를 책으로 쓰고 싶다는 얘기를 들었다.

그리고 나 또한 언젠가는 엄마가 나에게 해줬던 귀한 말들을 책으로 쓰고 싶었다. 나의 인생을 바꾼 엄마의 말 한마디. 침상에서 들려주셨던 엄마의 말을 꼭 책으로 써서 사람들에게 들려주고 싶었다. 말이 얼마나 중요한지 내가 깨달았던 것처럼 다른 사람들도 꼭! 깨닫길 원했다.

아빠가 더 나이 드시기 전에 책을 써야 겠다는 생각이 들었다. 슬프고 불쌍한 엄마 얼굴만 생각하고 마음 한켠에 묻어두었던 엄마의 얘기를 하나씩 하나씩 써 내려가면서 내 자신이 치유된 것을 느낀다.

그리고 큰언니가 맏딸이라는 이유로 얼마나 고생을 했는지 알 수 있었다. 고생한 큰언니를 생각하면서 많이 울었다. 아빠로 인해 가장 큰 고통을 겪은 자식이 영미 언니라는 건 알고 있었다. 하지만 엄마가 눈을 감는 그날까지 영미 언니 걱정을 했다는 것도 이번에 책을 쓰며 알았다. 엄마한테 말해주고 싶다.

"엄마, 이제 걱정 말고 편안하게 지내세요."

엄마가 살아 계셨다면 영미 언니는 엄마한테 모든 걸 다 해줬을 것이다. 경수가 아직도 교수의 꿈을 접지 않았다는 것도 알았다. 그리고 경수가 얼마나 대단한 사람인지 얼마나 크게 될 인물인지도 알 수 있었다. 막내 민학이는 그냥 사랑스럽다. 막내라는 이유로 민학이는 그냥 사랑이다. 민학이가 나보다 훨씬 키도 크고 잘산다. 그래도 민학이한테는 뭐라도 자꾸 해주고 싶은 마음이 든다. 혼자의 힘으로 모든 걸 만들어낸 민학이는 정말 대단하다. 나의 사랑하는 조카들과 나의 아들들. 우리 엄마의 손자, 손녀들. 모두 잘 자라주고 건강해서 너무 감사하다. 아빠의 말씀대로 이 모든 것은 다 하나님의 은혜다.

마지막으로 사랑하는 아빠. 김춘만님. 주사를 잘못 맞아 한쪽 다리에 힘이 없어 약간 절룩거리며 평생을 사셨다. 다른 사람들 같으면 내가 왜 이렇게 됐냐며 비관할 수도 있었을 것 같다. 하지만 아빠는 단 한 번도 비관하거나 위축되거나 기죽지 않으셨다. 항상 당당하셨다. 항상 모든 일에 적극적이셨다. 우리 아빠한테는 배울 점이 너무 많다. 엄마가 먼저 가셨지만 지금까지 우리와 잘 지내준 아빠께 너무 감사하다. 지금 현재 함께 옆에 계신 어머님께도 너무 감사드린다. 나는 우리 아빠가 절대 기다려주지 않는 걸 안다. 아빠가 우리와 함께 계실 때 조금이라도 더 잘 해드리고 연락 드리고 기쁘게 해드리고 싶다.

절대 부모님은 기다려주지 않는다. 천년만년 나랑 같이 살 것만 같지만 절대 그럴 수 없다. 그래서 사랑은 나중에 하는 것이 아니다. 지금 옆에 계실 때 해야 하는 것이다.